田耳 作品

衣钵

上海文艺出版社
Shanghai Literature & Art Publishing House

目录

衣钵
1

打分器
23

揭不开锅
50

最简单的道理
77

在场
102

到峡谷去
122

独舞的男孩
141

事情很多的夜晚
167

狗日的狗
191

我和弟弟捕盗记
213

寻找采芹
233

衣钵

仪式前一天的晚上，李可坐在一座山与另一座山中间，能吹进大量的风，通常叫做垭口的地方。他家的晒烟棚子建在那里，石头垒的，他记得很小时候他和父亲在这里连续干了五天，一座小巧并算得上精致的房子就冒出来了。从那时起，他相信父亲是无所不能的，父亲不仅是个道士，他远远不止是个道士。现在，父亲显然在虚弱，在衰老。晚上已经开始了，李可看见自己的父亲操起巨大的艾香，驱赶起蚊虫。也许是父亲的职业使然，李可老也觉得他每个动作都像在祭祀。香火舞动的迹线是很熟悉的，父亲走动的步幅是很熟悉的，很快地，这种弥漫着香火气息的环境也是很熟悉的。这么多年来，每当李可和父亲在一起不言不语的时候，他便能感觉到祭祀般的神圣。

李可是一个道士的儿子。前些年这是个令李可尽量回避的事实，可是到了这一天，他早就不这样想了。明天就是为李可而举行的仪式，他知道很多年前父亲就是经过这一环节而成为一个道士，一个在乡间最为需要的人物。

烟棚是有两层。底层晒着烟，上层是供人过夜的凉棚。茅草很厚。下面的烟子升了上来，李可知道在以后的生活里面，这种烟雾的味道是经常有的。他扇动鼻翼吸进去了很多。同时他看见在自己的周围有无数微小的飞虫在跌落，就像是转瞬而至的一场细雪。他听见它们砸在泥土上时那种细密的声音。再一抬头，那边远远的山已经被夜色所吞噬。二十岁以后他逐渐理解了父亲的那种说法，夜来的时候，是一只狗慢慢吞掉了一切，所有的东西都会被这狗吞掉。天地间很多不可想象的灾难只不过是一些狗在捣乱，这样的狗那样的狗，无形的狗无体的狗，它们充斥在人眼看不见的地方，但道士有一定修为以后是可以看见它们的是可以降服它们的。父亲认为他毕生的事业是在和一群看不见的狗作斗争。李可很喜欢父亲这种大无畏的见解。一般的道士总是把灾祸看成是妖魔在横行无忌，他们千辛万苦地降妖除魔，要把自己的行为渲染得玄之又玄，无比高尚，借此向别人索要更多的钱财。但父亲不同，他居高临下把别人眼里的妖魔仅仅看成是一些狗，这样的狗那样的狗。他认为与暗中潜伏的狗们作斗争只不过是一个道士应尽的义务，以保一方平安。李可的父亲是个称职的道士，是整个村中最受敬重的人，去年人们把他选为村长了，拿到一份足以让颜面生辉的村干补贴。父亲得到了肯定。李可知道父亲是好样的，虽然在读大专时没有同学可以理解一个道士的儿子赞美自己父亲。这是一个很奇怪的现象，在他所读的那个班，别的所有的人都来自城市，他们的父亲都可以保证自己的儿子一出来就得到一份不错的工作，但他从不赞美自己的父亲，他们时髦地认为父亲这个名称本身就富含着悲剧色彩。唯有李可，一个道士的儿子，以父亲从事的职业而自豪。别的人都感到不可理喻。

父亲发话了。他说，睡了？

李可回答说，醒着。

父亲说，早点睡，明天还要到场上过一道仪式的。

李可说，知道。

父亲在吸烟。他说，这次挂钩实习，不能帮你联系到别的，只能跟着我做道士了。

也不错，道士也是要人去做的。

你那个女同学联系到哪里实习？

市有线电视台。他爸就是那里面的。

别想她了，那是不可能成的。

知道。大学里谈恋爱一般都是走过场，也没有谁真的就成了。

在黑暗中，父亲淡淡地笑了。他说，现在你们年轻人真是看得开。

李可说，我睡了。

父亲嗯了一声，然后向坎下走去。这夜色里父亲的背面是恍惚不已的影迹，很快这团影迹就闪进了看不见的地方。李可再度想起父亲的说法，那只狗来了，趁着夜色，又把一

3

些东西悄悄地吞没了。

躺下去以后李可睡不着,他想起了过去的事情。他清楚记得,还很小的时候他就有极强烈的走出去的想法。那时他五岁,也许是六岁。村庄所在地方是山地,山地使人的眼界相当局促,不管在哪个地方,看到的都是群山四合,密密匝匝,目光再也不能到达远一些的不一样的地方。正是这种无边无际的封闭,使李可有了出去看一看的想法。虽然那时他还那么小,这想法却与日俱增,像着了魔一样。李可过早地体会到一种折磨。他知道县城、所在的市、所在的省城还有首都的名字,在他理解当中,走过几重山就是县城,再过去点是市,然后是省城,继续往下走,就是北京——就像一个村庄毗连着另一个村庄一样。那个下午他咬了咬牙,焐熟几个红薯当口粮,就开始了寻找北京的旅程。他走啊走,他不停地走,累了,就在路边一个古驿站躺下。然后他感到一阵颠簸,醒来,发现自己被箩筐装着,挑在一个同村人的肩头。那人说你醒啦,我送你回家。李可就说,你放开我,我要去北京。村里人笑着说,我先送你回家,你再去北京好啦。

这次行为自是令父亲大为光火,他把所有的饭菜和吃的东西都收到厨房的大柜里面,再找来一张藤椅坐在厨房的门口。他放话说,李可必须跪下来跟他认错,才可以吃到里面的东西。李可犯起倔来,他勇敢地坐在堂屋里面,任母亲怎么劝也不去跟父亲认错。他想父亲会把东西端过来给自己吃的。两人僵持着。这样捱到了另一个晚上,李可感到饥饿原来是很可怕的,根本不是想象中那样温文尔雅。母亲在一旁无声地哭着,她早已说不出什么来。后来,李可不知不觉就站了起来,他走向厨房,看见父亲仍然坐在那里,不看他,头扭向一侧吸着烟。李可走到父亲的跟前,作势就要跪下了。他想吃饭。还没有完全跪下的时候,父亲一手就扶起他来,说,知道错了就行了,你吃饭吧,还热着。不知什么时候那饭已经热在锅里了。

在他扒饭的时候父亲说,以后别乱走了。你会被狗吃掉的。

李可说,我不怕狗,村里哪家的狗我都不怕的。

父亲就叹了一口气,说,看得见的狗是不必怕的,但还有很多狗你是看不见的。

李可就不说什么,趁着蒸腾的热气多往口中扒两筷子。他想,暂时还是不去北京啦,原来家里的饭也是很好吃的。

醒来的时候李可看见一片很好的天。等一会,太阳要出来的,会照在每个能照进的角落。乡场上会人满为患,李可想,趁这个机会,仪式肯定显得隆重。他不知道这样好不好,大多数时候,他是不喜欢人多的场合,也许那会令自己紧张。父亲从山路拐角的地方提着一甑饭过来,他烟袋里的火光在晨雾里很暗淡。他估计父亲从那边过来会走多少步路,三百步或者四百步。这是一段很短的路,父亲很快就会到达跟前的。

李可想起了今年三月刚回来时,同班的美女王俐维也跟着要来。他很难堪,虽说把一个蛮不错的女朋友带回家在常规的理解上是一件光彩的事情,但李可感到无所适从。他在

5

王面前把自己家乡说得非常不错，青山绿水，地富人丰。那只是他的想象，很多晚上他的确在梦里看见家乡变成了这个模样，可事实上不是的。他感到了家乡面临着露馅的危机。另外，李可知道，自己搞不好是要回乡种田的，到时候村里人发现自己失去了那样一个美丽的女孩子，总是免不了暗自幸灾乐祸。总之，他不希望村里人知道自己曾有过一段美好的恋爱。王俐维到底是来了，她跟父亲谈得很投机，特别是对那些有关道士的故事感兴趣。白天的时候李可带着王俐维满村子转悠，满村子清一色由石头和泥坯构成的房子令王俐维看不够，照完了所带来的全部胶片。她说，你们这里很有特色，很古朴。能生活在这种地方真好。

李可就笑了。村子在王俐维的眼里是一片用过去式写就的风景。她是个匆匆来去的看客，而自己则是这里的树木，扎下根的。这片穷敝的土地说不定就是生活的全部。她也许一时间看着很好，很新鲜，真要她在这里住上半个月，她就决不会这样想了。

李可说，是很好。

王俐维说，我留下来你会高兴吗？男耕女织，养儿育女。

李可说，这里也只能生一个，计生同样抓得紧。

王俐维住三天就回去了。她父亲要她回去实习，她父亲帮她挂钩到市电视台实习。王俐维有很好的身材长相，普通话也讲得标准。李可想，如果不出意外，她很快会成为市台的节目主持，成为地方上的名人，有很多优秀的男人向她求爱，为她死去活来。王俐维走了，他送她送到县城。回来的时候父亲在必经的垭口上等他。

父亲说，走了？

李可说，是的，走了。

别想她了，不现实。

我知道，我早就想通了，你放心。

父亲就嘉许地睃了他一眼，两人一前一后走了回去，说了些从前没有说过的话。

本来父亲也给他努了一把力，通过在县上工作的远亲韩光到县政府联系实习。但韩光哼哼哈哈地，没有回个准话。父亲不想去找第二次，去一次已经很让他为难了。父亲跟李可说，反正实习表现得再好，以后也不可能给安排进去的，我看你就跟我实习当道士得了。反正那些丧堂歌你大都会唱的，唱得不错，忙的时候正好可以帮我——现在我嗓子是越来越不行了，你可以多唱点。

李可就笑了，他说，还没听说过有实习做道士的。

父亲没笑，正儿八经地说，道士也是要人做的——有死生婚丧就要有道士去办道场，哪有什么巧的。再说我还是村长，你又可以实习当道士又可以实习当村长，多好。现在挂个钩实习，一般都是要交钱，你跟着我的话这笔钱也省下了。李可说，好，我就跟着你实习得了。村委有公章吗？有公章才行，实习报告上必须盖公章。

那以后几个月李可就留在村里跟着父亲实习。这一段时间里，李可就是个实习的道士了，他偶尔猜想，自己是不是唯一读完大学去实习道士的人呢？这种猜想是很有趣的，不过猜不出个所以然来。很短的时间内他学会了所有的丧歌、祭祀歌谣，还粗通了在打绕棺时临时编词一些法则。那种现编的词，用来概括地唱颂死者这一生。作为一方道士，显功夫的地方正在于如何现编现唱。要把死者千篇一律的一生唱颂得委婉动听催人泪下，不是每个道士都来得了的，这样，同是道士才见了个高下。父亲之所以在四面的乡村都薄有名声，主要就是编词能张口就来，唱出来总也能让人想哭。大概有十余次，甚至死者的家属跨过省来邀父亲过去做道场。道士做到这个分上，就已经很了得了。现在父亲跟李可讲解起编词当中的一些定式，父亲唱丧歌唱了几十年，如何遣词造句如何抑扬顿挫能让人心酸落泪，父亲是一清二楚的。李可领悟得非常快，他感觉这跟以前高中时的老师讲作文技法差不到哪去。听着听着，他恍然地想，对了，读中文系的去当道士，也算是专业对口呵。

父亲转眼来到面前了，饭甑里的饭还是热的。父亲跟他说，快点吃，我帮你到镇上置了一套新法衣，很好看的，等一会千头庄的陈师傅帮你试衣。麻石湾的计师傅，道里村的吴三泉师傅都来了，等一会他们给你主持这个仪式。

李可用长长的筷子挑出饭甑里的饭，吃着，并问，那你呢？你不去镇上了吗？我看最好做仪式时是你给我引路，我有些心慌。

父亲笑了，他说，那有什么心慌的？道士只要按规矩把程式都完成了，没有出差错，他就不应该有什么心慌的。

李可说，是不是有规矩说，当老子的不能在仪式上给儿子引路？

那倒也不是。父亲想了想说，我自己觉得不大合适。我看，还是站在一边看着好。

他们听到村头的鞭炮声。那些请来给新道士引路的师傅进村了，向东望去，在三棵榆树的后面腾起火药的烟子。父亲说，快点扒两筷子，我们好过去。

又是一前一后地走着。这山道永远都是这样，不容得两个人并着排走。李可跟在父亲的背后，移目四望，天色还是那样地早，山头氤氲的气雾还没有散开，在流动。李可看得见那些清烟的流动，很多年前父亲就说过在所有烟雾的深处隐藏有道家仙山的路迹，做道士臻化境的时候是可以拨开云雾看见路的，当道士和各种狗们斗了一辈子以后，那条路的出现就是为这一生作了最好的肯定。李可知道，找到那条路是父亲没有说出来的终极愿望，在父亲的心目中，那条路的存在是一个无可置疑的事实。它在某个地方，没有找见它永远要从自己品行上找原因。父亲口中的那个看不见的世界与李可在学校里知道的那一切总是完全相悖。他清楚书本上的白纸黑字是更值得信赖的，那是无数人世代努力得到的客观事实，而父亲对世界的认识总是脆弱得经不起推敲，父亲说什么，从来就不打算为自己所说的拿出证据。有一大段日子，李可总是尖锐地对父亲说，愚昧。可是父亲对待这种诘难，总也表现出大度和宽容的态度，他很自信也很慈祥地说，总有一天你会知道的。结论不要下早。

李可很奇怪，这么多年来，父亲就是被这些充满了神秘气息的东西规范着言行,那些从来就不具体在眼前展现过哪怕一次的东西,竟然使父亲这一生都从容而善良地活着。慢慢地,随着年纪还有阅历的累积,李可反而常常叫自己相信,也许父亲说的那些是有的,父亲是对的。冷静下来,他发现头脑里对于事实和虚幻的认识依然是如此分明,但不知何时两者已经能够融洽地共处了。

相信父亲!这话李可在心里对自己说了若干遍。

今天,他要通过仪式正式成为一名山村里的道士了。这个仪式要在热闹的乡场上做,要让四村八里赶来的人都看到。从这以后,别人知道了有这样一位年轻的合格的道士,如果有什么事情,可以找他。李可从父亲那里已经感触到了,以后即便是和最虚无的东西作斗争,也将得到村民们高度的肯定,赢得他们尊敬。做一个道士无非就是这样。忽然他心间被一种崇高之感挤得满满的。这是很重要的,以后的日子里,他必须用这种感觉去影响别的人。他又看了一眼正要消去的晨雾,他明白了,自己一直就向往着某种神秘。而神秘,只是莫名的气氛而已。

场面有点滑稽。计师傅的穿着与父亲做道场时一样,青衣道袍,两片瓦缀长布条的帽子,道貌岸然。而吴三泉显然是释家的打扮:包着香烟锡纸闪耀金属光泽的莲花僧帽、绸布上面用金粉画着砖块纹便是袈裟、那条一头有几个叉的木棒想来必然是做禅杖用的。李可一点也不感到好笑,村里一直就是这样,人们不知道佛和道的历史渊源,以及现实中到底有多少区别。这一片地方,没有政府下批文的正规道观庙宇,做和尚的做道士的脱了衣便和别人毫无二致地种地养家娶妻生子,丧葬嫁娶时再把行头用上,尽着义务。做起道场时,和尚道士们总是非常默契地配合在一起。他们念的一样的经,唱的是一样的绕棺歌谣。今天就是这样,确认一名小道士的仪式上和尚也来捧场。

还从村小请来不少儿童作道童打扮,事后每人可领到一份薄酬。

鼓乐班也来了,一行人分好前后秩序,站好位,在计师傅的带领下向镇上的集市出发。一途要经过三四个自然的小村落,有的村落小得仅有三四户人家。但早先人们都是知晓了这一天的仪式,当队伍行经一片稀拉的房舍,总有人出门来放一挂千字头响炮。声音飘到山谷中空的地方,听见了回响由近渐远。在父亲的说法里,声音有自己的灵性,它像雾霭一样喜好围着山绕,如果这山的层叠没有尽头,这一团团响亮的声音也会一直缭绕着传递开,原封不动地沿着山走,从这里到那里,没有损耗,没有消散的时候。前面村子的人听到鞭炮的声音会提前做好准备。李可感到这一天的天气很好,这一块或那一块挡在太阳底下被阳光镶了金边的云朵或许可称之为祥云。一个道士是应该在一块祥云的荫庇下进行仪式的。

这一支铿锵作响的队伍很快来到了离乡场不远的地方,在山路陡转一个弯时他们看见整个乡场在眼前暴露无遗。很多的人,很多的货物,车子受堵缓慢行驶着,一些狗在人们的脚下面游走,啃吃弃物。没有谁可以例外,人们互相拥挤着，挥汗如雨。

走过这长达一里路的场区，穿越这片人群。李可知道，这便是整个仪式最核心的内容。他暗自担心起来，按理说人们会让出道来的，没有谁敢于阻梗这样隆重的仪式。但事实上人们还让出道来么？道路只有那么宽而人又是那样多。李可觉得没有把握。队伍按原有的速度，一直就这么走着，向人多的地方走着。

前面的道童又放起鞭炮来。他们走进场区。唢呐手一齐吹奏《梅花滚浪》，敲锣使钹的一阵紧于一阵地弄响起来，压住了场上其他的声音。人们豁然地让开道了，这简直有点不可思议，道路上满满的人竟可以向两旁压缩不止，直至出现一条宽五尺有余的小道。所有的车都不能开了，所有的人也根本不能动了。这一幅场景，使李可蓦然就想到《西游记》里有关流沙河的章节：水断流了，在中间分开一条路。那里的描述和眼前所见，简直太像了，李可没法不生出如此的联想。

计师傅和吴三泉口中都是念念有词。他们经历过仪式的洗礼，此外还无数次面对过如此这般的场合。他们对两旁的人视若无睹，双目微瞇。眼前是一些飘带在披拂，零乱的声响，香火的气味，夹道两旁的人投来横七竖八的目光。李可很快就适应起来，他努力地使自己镇定，心不二用，脸上要显出虔诚之态，并对自己说，只不过是从众人面前走过去，就这么简单。这一里路自是比通常所走的要漫长得多，他听见人们的议论纷纷，他听见人群中本村的熟人正在用无所不知的语气向别村人介绍他李可。别人都想知道他有多长时间的道行,他唱歌的喉咙怎么样,以及他的个人情况。在这片乡村,道士可以说是最公众的人物。

走过去了,李可的余光掠过路边众人五花八门的脸庞,这时便感到一种从未有过的眼花缭乱。另外他发现自己的心是热乎着的,回味起来,他还是在乎被别人关注,看来并没有什么不好。

计师傅又带着队伍掉了个头,看样子还要从人群里穿回去,仪式才算结束。回头看看,刚才分开的人们又合流了。队伍前头的两个人锵锵锵耍起钹片,一阵急风骤雨般的暴响。人们又像刚才一样分开了,还是有五六尺宽的道,可以顺利通过。再走到人们的中间,忽然李可几乎听不到什么声音。这下子再折返,人们变得安静了,他们闭上嘴巴,注视着这个小道士,仿佛是在向他致意。李可明白他们眼里的虔诚是由何而来。每个人都是要面临生死病痛的,有人出世就有人辞世,吃一样的饭食偏要生出百般不同的疾病,反正生活在乡间的话,都少不了有请道士的时候。在人们那些特殊的时候,道士可以为他们传达许多常规情况下无法得到的信息,办一些常人办不到的事情。反正是人总有请得着道士的时候,这不是以个人的意志为转移的。

在某个地方,李可分明觉察到一种熟悉不已的气息,他估计父亲正站在人群中间仔细地盯着他看。父亲的脸藏在无数个脸面的深处,父亲的双眼也在所有眼睛堆里炯炯地发着光。李可惬意地让父亲的目光抚摸着,他的精神为之一振。

李可由衷地想，这一刻，父亲心里是否欣慰呢。应该会的。

队伍离开了人群，原路向村子进发。场上的人还有很多，同样挤在那里。而年轻的道士已经完成了入门仪式，就像和尚受戒熏了顶，开始了另一种生活。

有人在后面放响许许多多鞭炮，李可的耳际震颤不已，他还不知道今天这些步骤都是由谁安排的，费用又是怎样支付的。他不需要问的。

离开长长的队列，离开那杂乱的喧嚣之声。李可一进屋就赶忙把一身酱褐色的道袍脱掉了，换上平日所穿的衣服。母亲蹲在灶门前吹火，她见儿子来了，就问，你爸呢，他怎么不和你一起回来。

他也去乡场了？李可也说不清楚为何自己明知故问。他说，我没看见他。这倒是事实。

母亲就说，哦是了，昨天听他说，老金要请他还有老计老吴喝酒，他可能是直接往老金家里跑了。

李可嗯了一声。他估计也许父亲他们现在正喝得非常开心。老金那次得一场说不出名字的怪病，村里赤脚医生王拐和父亲一道去诊治的，王拐先治，没辙了，就让父亲再试一试。结果父亲三下两下便把老金弄活了回来。事后父亲悄悄地跟所有的人说，自己和王拐所用的药完全一样，分量都没有出入，只不过做了个道场。父亲几次想以此阐明自己的见解和立场，要儿子李可相信那些看不见的，只在自己心底里的东西。

也没什么奇怪。那时李可暗自地想，心理作用，药疗结合心理治疗而已。

然后李可就睡了，睡得很沉，转眼工夫进入了梦里。这个晚上的梦很好，他梦见父亲和自己的形象，虽然在梦里的所见都不太清晰，但他知道那两个差不多大小的人形影迹正是自己和父亲。这个梦是有关飞翔的梦，两人都成了还珠楼主小说里仗剑驰骋的剑仙，以各种自由姿态翱翔于无比瓦蓝的天空下，倏忽而逝，瞬息千里，简直没有比这更惬意的事情。他在梦中陶醉于这片天际一望无垠的瓦蓝。在他记忆里，梦总是灰色的基调，梦里一切永远都给人阴冷的感觉。但这夜的梦中出现如此瓦蓝的天空，真是从未见过。李可于是笑了，他醒来后不会知道一个人在梦中也会流露出会心的微笑，但他确实笑了。

自后他就听到了哭泣的声音，从天空之上的地方传来，隐隐约约，却又像把天空下一切的事物都笼罩住了。天已不是刚才那片天，云也不是刚才那洁白的云，他梦里的天空看来又要下雨了。

之后就是惊醒，被这怪异的说变就变的梦惊醒。这时他才发现哭泣是真实的，他掐了自己一把，这哭泣的声音仍然传来。是母亲的声音，他从未听见过母亲会这样伤心地哭，以致他要花几秒钟才敢断定这哭声来自母亲。

李可走到堂屋，堂屋里有很多人，地上躺着一个人。不用想了，躺着的人是自己父亲。果不然，他看清了，父亲已经闭上双眼，嘴角似乎还留有微笑。他从混乱的说话声中大概听出来了，他们在说父亲死于醉酒。父亲在老金家喝了很多很多酒，酒后嚷嚷着不肯在别人家里歇，坚持要回家。走到半路上，遇到一个大坎，纵身一跳，没有跳过去，跌倒在坎下，头也不巧撞上一块坚硬有棱角的石头。他就这样死了。以前，也曾千次万次的行经这道坎，父亲不是往下面包些路走过去就是从上面跳过去，没有困难。这个晚上面临沟坎的时候，父亲突然想起，有好些年都没跳过去了尽是往下面走过，一时又很想再跳一次。他觉得自己还和年轻时一样，轻轻一跃就能到坎的那一边，就像是飞过去的。

堂屋太嘈杂，母亲的哭声一点点地加大。李可分开众人走向外屋。天还没有完全亮起来，只是出现天空的轮廓。有鱼肚白翻出来的迹象，可以预知，今天的天空和昨晚那个梦将吻合起来，又是非常晴朗的一天。李可坐在猪圈的石顶上，他记起就是在这里，曾和父亲谈到过死。在父亲看来，死就是那么回事，就像地面上凸起的石块，早一天晚一天，该绊在上面总是要绊在上面跌一跤的。父亲告诉李可，这个世界上每一秒钟都在死人。所有的人都已经被谁排好队了，逐一地死，一个接一个，不能停下来。这是一列漫长无比的队伍，前看不见头后看不见尾，所有的人都排在里面。也许排在你前面的会是个无所不知的聪明人而排在你后面的又是个白痴，谁也不知道，谁也无能为力。为这个队列安排秩序的说不定是个神仙，也说不定是一只脸上一贯挂着嘲笑神情的狗。父亲还说过，排好了队的人们，谁也不可以赖皮，轮到谁就是谁，没有价钱可讲。有的人很倔强，在这个队伍中不安神，道士就必须给他指引，要把他送好。而道士呢，更不能赖皮的，道士赖皮那就是明知故犯了。

按父亲的说法，今天正好轮到他本人了，他是绝不会赖皮的。

李可控制住了感情，他心里面想的，只给父亲做些身后的事情了。他一直想在学成以后找到工作，对父亲多年的养育有所报答。没想到，父亲没有给他机会。他清理一下思路，决定这晚的道场，要由自己做。他走进屋去换上了昨天那身道袍，出门，看见计师傅和吴三泉都赶来了。计师傅的道袍很旧，吴三泉依然把自个弄成一个和尚样子。他俩看见李可穿好了新道袍，就说小李啊你这是干什么？

李可说，我要给我爸起水，我要给他做一堂。

计师傅就说，那怎么好，有我们啊。今天你要做孝子的，怎么好做道场呢？我们给你老子做一堂得了。

李可说，不要紧，我脱了这衣就做孝子，穿上这衣就做道士，累点累点，两不误。

吴三泉就说，那怎么行，没听说过可以这样搞。

李可不明白了，他问，吴师傅，有规矩说孝子不能给老子做道场吗？

吴三泉怔了一会，说，倒也没听说过不行，不过以前谁也没有这样干过。

李可听后，很严肃地跟两位师傅说，我很想送送我爸。

两位师傅看看他的样子，也各自点点头。

又把昨天那队伍找了出来，整理一下，首先就往河沟进发，给死去的李道士起水。李可走在最前面，他看见了天空的样子，蓝得这样纯然，他想父亲一定是飞升到了哪个地方。天空一时还没有太阳，但已显得有几分耀眼。到溪边起水之后，李可执一块罗盘去堪舆去选择葬地，并拖了一只羊，让羊把选定那块地皮上的乱草吃掉。太阳这时很烫了，道袍厚了些，不是这时节的穿着，他皮层泛起一层湿气。他心无旁骛，分出神又去想今晚那堂打绕棺歌曲应该如何唱来。

晚上来的人很多，因为李道士是个道士又是个村长，在这小小的地域里也算是有名望之人。他们来给死者守夜。夏夜是很难熬的，热气依然源源不断往上升起。人们按惯例支起很多张牌桌和麻将桌，不多时所有的桌上都满员了，还有围观接手的，他们议起每一圈要赌多少钱。几个女眷在哭，除此之外，整个灵堂也跟娱乐场差不多。走了的人只是要去他应去的地方，没有什么可悲的，人们都习惯了。人们陪着先去的人度过了数不清的夜晚，送走了一茬又一茬的人，早就习惯了，不可能次次都那么悲伤。

到夜半，就开起唱堂来。李可深呼吸几口气，以一曲《探亡者》开始这一晚的唱堂。歌词是这样的：

一探亡者往西行，阎魔一到不容情。堂前丢下妻和儿，哭断愁肠悲断魂。忧闷长眠黄泉下，从此下到地狱门。山崩哪怕千年树，船开哪顾岸上人。死了死了真死了，生的莫挂死的人。丢了丢了全丢了，千年万年回不成。从此今夜离别去，要想再见万不能。棺木恰是量人斗，黄土从来埋人坟。在生人吃三寸土，死后土掩百岁人。琉璃瓦屋坐不成，黄土岭上过千春。人人在走黄泉路，任你儿多空牵魂。二探亡者……

李可接下去又唱了《失亡绕》《迎灯绕》《弥陀绕》和《香山绕》。这几首曲子一般都是必唱的。每一曲唱毕鼓钹停下来进，就显出桌上的人们吆喝声极为响亮。唱完这几曲，计师傅说，小李啊你休息一下，给你爸上炷香烧一刀纸吧。李可褪去道袍，便又是孝子的身份，跪在遗像前尽着孝子的义务。过不多时，又把道袍披上，唱起现编的词来。死者是他父亲，他相信对于父亲，是再了解不过了。他能把父亲这一生唱好。他说不上这二十年来自己到底有多少个日子与父亲朝夕相处，父亲一颦一笑一举一动是会长久闪现眼前的，他是那样熟悉，他知道只需把记忆里的千分之一或者万分之一唱出来，就是一首不错的丧歌。刚才唱那些绕歌时李可有一种放不开声音之感，也许是受父亲生前的影响，父亲教他唱的时候嗓门已经嘶哑了。现在，自由发挥阶段，李可感到自己挣脱了束缚，自己的声线也挣脱出来了。他清清喉咙，再张开嘴时，一句句平常而又恰切的歌词很顺当地冒出来。

随着歌的飘展，外面码牌的人们渐渐已放慢了速度。他们听见了别样不同的东西。多少年了，人们听到的丧歌都很暗哑，钝钝的，于是都以为丧歌就是这样，只能是这样唱来，听上去就得有钝刀割肉之感。可是他们听到了另一种唱法，一种明亮清丽的声音，婉转得起来。李可的声线是很优秀的，早在读高中的时候班主任就建议他不妨试音乐专业，如果专业分上线的话，文化分是降得很低的。

在灵堂周围坐的人们，听着小道士唱老道士的一生。小道士李可随鼓点而唱，不疾不徐，娓娓道来。人们这才发现，李道士，他们的村长原来是这么好的一个人，他一生都在为别人着想，受过的委屈从来都放在心里，他从来不干令人不愉快的事，他一直试图把这一村弄得像个大家庭一样和谐。原来怎么就没注意到村长李道士的好呢？静下来大家仔细一想，他确实是这样一个人，他儿子唱的句句是实。可是这么好的一个人如今驾鹤西去了。

听着听着，眼前有些迷糊。用手去擦擦，是湿的。

于是人们一夜之间就知道了李道士的儿子李可也是个极好的道士，他的歌声很轻易就能把人唱哭，在这一点上绝对是青出于蓝而胜于蓝。

李可也不知唱了好久，一堂终于唱了下来，他母亲给他倒了一碗清水。喝下去才觉嗓门干涩。

到凌晨四五点样子，人们都已很累，精力再好的也打起盹来。计师傅就跟李可说，闹闹场子吧，让大家再坚持一会。计师傅又去把王拐的小儿子王村叫来。王村来的时候，手中拿了一柄浸满松膏油的火把。李可知道计师傅是要自己和王村玩烧道士的游戏。烧道士是道场上的好戏，当人们昏昏欲睡的时候道士就以此提神。大家都爱看。李可记得父亲就是玩这游戏的高手：与持火把者一同按逆时针方向绕着死者的遗体跑动，后面的人用火把怎么烧也烧不着自己衣上一根纱。李可无数遍地看过父亲踩出那种蹊跷的步法，看过跑在父亲身后的年轻人追得有多么狼狈。大约读初一时他问父亲，那腿上的功夫是不是叫做凌波微步。父亲听了很诧异，他回答说，我也不晓得这叫什么功，说不定就是你说的那个名字。但这个，李可一直没有学会。他觉得那是天生的，自己再吃苦也学不上来。

王村说，你不要跑快，我不会烧你的，做做样子就行了。

李可不作声。他围绕着双目紧闭的父亲，跑得非常慢，慢得连王村终于都等不及了，开始催促地说你也快点啊，要不然我可真烧你了。李可丝毫不听，依旧慢跑着。王村就拿着火把作势戳了几戳，他几乎央求地说，李可你再不快点，我真的烧你衣服啦。接着，一个不小心，火头真的接上李可的衣服，或许一些松膏油滴落到了那道袍上面，道袍燃得很激烈。

计师傅和王拐在一旁训起王村来，他们说，王村你真的烧呵，小李穿的是新衣服。

王村慌了，想去扑灭李可衣服上的火，可是，李可这当头忽地加快速度，变得极为灵活，王村根本追不上他。

那是因为，李可忽然想让这道袍燃起来，让自己被火烧一烧。

旁边观看游戏的人围了上去，捉住李可，把火扑熄。计师傅说，可惜，衣服烧坏了。

下一堂歌由计师傅唱。

李可走出去，走到屋后的山上，找一块平滑的山石坐在上面。同样，他记得也曾和父亲一齐在这里坐过。他看看月亮，这晚的月亮几乎完美。他看了一会，眼睛看热了，酸了。他明白，那是很多的泪水流淌出来。刚才，他忙于各种事情，他是那样地投入去做，以致没有哭出来。现在，该做的都做完了，他想到那个再也回不来的父亲，潸然泪下。很久之后，他惘然想到以后，想不出个所以然。按他原有的想法，实习完拿足学分毕了业，得到外面找个工作，反正不回这里就行。可是现在他免不了自问，去哪里呢，干点什么呢？月亮照到正当头的地方。李可进一步地看清了月亮，它的光在地上像是结了一层白茧，给了他一种从未有过的宁静，就像在他体内某个最为柔和的地方抚摸他。他听见母亲呼唤他的声音，还和很小的时候一样急促。

　　以后的事不去想太多了。李可准备回答他的母亲，不过还要等一等，一出声就会弄破整片月光的。不去想以后的事情了，他又一次地跟自己说。眼下，他明白，只要在这里留一天，自己就是个很不错的道士，像父亲那样。他看一看眼底晦暗之中的村子，他看见或者听见母亲是在一个很熟悉的地方一声声喊他，他正要走向那里。

打分器

你要是想算一算运程,可到仙门弄找我。我那台电脑比西街算命的十几个瞎子加起来还灵光。因为瞎子们让鸟抓牌,绝对在搞迷信,但我那电脑搞的是科学。科学,科学你懂吗?要是你敢说一台电脑在搞迷信活动,那么明天出门一准会被雷劈的哟。要知道,这是我们俚城第一台投身于算命事业的386电脑。一般来说电脑不屑于干这种事,是经过我一番苦心劝说,悉心调教,它最终才愿意这么干。

我高中毕业考不起大学,却对科学有着异常坚定,近乎信仰一般的热情,此外对赚钱也不反感,将两者结合起来后,就有了这家电脑算命店。我没有电话,更没有手机,要联系我确实有点难。寻呼机我都还没买,街对面青云酒楼李老板腰里倒是别着一个。他还拿给我看,并摆在桌子上,告诉我说,呶,我这个非但有汉显,而且带振。我问他什么是带振,他就要我等着瞧。他跑回他的酒楼用座机拨号,于是那只汉显就在我的桌面上像青蛙一样跳起来。我看着它一路跳动姿态优美,竟没发现它即将跳出桌面。是李青云关键时刻一个箭步,一个纵跃将它接住,上演了好莱坞式的最后一秒钟救赎,那只汉显才没有断手断脚。

我店门开张那天,不放鞭炮,屁大一个门面也不好意思叫朋友送花篮。当天生意一般,三块钱一卦,到天黑时还没赚足三张十元钞。黄昏时,巷口忽然很热闹,来了几辆警车,十几个警察,有枪的掏枪,没枪的掏出警棍,包围了那幢商住楼。我走到店门口,听卖卤肉的何老五说,是有家人遇到入室抢劫,被劫后户主(一个孕妇)报了警并紧追劫犯,她眼看着劫犯钻进那幢商住楼。警察赶来后,当然就把商住楼围了起来,但商住楼体型庞大,四通八达。眼下,地毯式的搜索正在有条不紊地进行中。

我盯着巷口看热闹,巷口有个警察竟然朝我走来,近了,我才看清是马第。他曾是我初中同学,初中毕业后读的是警校,现在当了警察。

丁小宋,你怎么在这里?哟,当老板做生意了?

稀见啊,马警官。托你的洪福,我这店子今天开张。

他一看是算命店,就走了进来。我还提醒他,这算不算擅离职守。他说,一个小蟊贼,这么多人去捉,有我没我一回事。他又说,哎,人呐,千万不要把自己看得挺重要。看得出来,他当了一年警察,对人生以及命运已有颇多体会。见我电脑能算命,马第来了兴趣,要我给他测一卦。我就输入他的名字,马第,一回车,他一生的运势和最近的运程便通过针式打印机"叽嘎叽嘎"地搞成了白纸黑字。他最近的运程是:诸事不顺。

那天,躲进商住楼的那个劫犯,分明已是闷罐中的王八。警察后来还增了一车,颇有几个戴头盔穿了避弹衣,在商住楼里穿来穿去忙活一个多小时,没见着劫犯的人影。

马第第二天跑到我的店上,把电脑拍了一拍,说,你这个玩意真的是很准咧。他不光是说说,事后还经常带人来,要人家也用我的电脑算一算运气。这一带属于马第他们所的管片,他闲着没事,经常来我店子里坐一坐,算算是否转运,再扯一扯闲淡。读警校时,他的理想是破大案立大功,起码也要成为俚城的福尔摩斯。但分到了派出所以后,他才知道警察无非和所有人一样,大多数时间都要用来忍受生活的平淡。

我用386电脑给人算命,口评一般都还不错,80%以上认为电脑不是瞎胡说,有准头。有的人看看打印出来的结果,摇摇头说不准,但不以为意,扔三块钱走人。但有时也会遇到小麻烦,比如西街苗大,那次给他母亲算命没算准,惹了麻烦。我的电脑前不久测算苗大的母亲能活到九十九,但不到半个月他母亲得了一场小感冒后竟一命呜呼了。苗大认为这跟我的电脑有关联(他母亲因有命相撑腰,就对病情放松了警惕),甚至认为他母亲是被我的电脑放了蛊,算死的。他带人来了以后,倒没对我下毒手,只是让人砸我那台电脑。我被三个人围起来不能动弹,386很快挨了一家伙,嗡嗡地作响。我痛苦万分，虽然这电脑级别不高，却是我最大的财产。如果我老婆在我眼前被人搞了，差不多也是这么痛苦。马第当时正坐在我店上闲聊，穿着一身制服，他想制止苗大手下的人闹事。苗大只瞪了他一眼，说，你们刘所都不敢管我的事，你是哪旯旮儿冒出来的？我妈被他这台破电脑算死了，你负得起这个责吗？马第闻言就熄火了，脸上是左右为难的样子，站着岿然不动。我眼睁睁地看着他们还要动手揍我的386，李青云恰到时机地走了进来。他仗义执言地说，苗大，你家老太君仙风道骨身板硬朗，能是一只破机子算死的？说出来丑人哟。你们搞一下解解气也就算了，砸人饭碗可不行。苗大说，老李，不管你什么鸟事。李青云慈祥地微笑着，把手搭在苗大的左侧肩头。苗大愤懑地把他手甩开，结果李青云另一只手又搭在苗大另一侧肩头。于是，苗大就跟着他走出去，小声地打着商量。那一刻，我发现人之所以生着两只手，自有它的道理。李青云把苗大叫了出去，嘀咕一阵，事情就解决了。

有了那次的事，李青云简直令我崇拜。我一度用他替代了雷锋、张海迪或者赖宁，作为最新一款的榜样。我也幻想着有朝一日在两拨恶狠狠的人中间，长袖善舞、进退裕如、轻描淡写地化解一桩桩江湖恩怨。

我们在仙门弄做生意，虽然还算热闹，但都做得不大，基本是单铺面，唯有李青云的酒楼比较牛逼。我们市政府不知道发了什么神经，竟然在青云酒楼定了点，李青云可以承接政府接待，每月底拿着签单去兑换人民币。生意好起来，他免不了要搞兼并，向左兼并了一家盒饭店一家早粉店，向右兼并了一家铁器铺。

现在，我已有多年没见李青云了，写到他，竟然记不清他的模样，简直是忘恩负义。与此同时，我又把他店子上洗碗的乔妹记得个纤毫毕现，这真是毫无道理。乔妹在青云酒楼专事洗碗，洗碗池子就在我店面的正前方。李青云叫她乔妹，别的人也这么叫她。我跟着他们一起把她叫做乔妹，她却很生气，因为我比她小得多。但我愿意在她面前充大个，整条街，就她能提供我充大的机会。我叫她乔妹，她好几次抓起一只丝瓜瓤朝我扔过来。丝瓜瓤里面富含有洗碗水，汁液横流，我躲得开丝瓜瓤但躲不开洗碗水，身上斑斑点点全是青云酒楼残渣剩菜的气味。但是我不会因此屈服，继续地叫下去。乔妹慢慢地就默认了，因为老扔丝瓜瓤，李青云会批评她，跟她摆道理说，乔妹，你和一个小鸡巴打情骂俏，老脸往哪里摆嘛？

再往后，我时不时冲她喊，乔妹！

她听疲了，便回应，嗯，丁小哥，有么子事？

没得事咧，我说，就看你今天喊不喊得应。

乔妹老相。一般的女人都比她看上去年轻几岁，人们也宁愿这么夸。但面对乔妹，别人想夸都夸不上嘴。何老五跟乔妹说，乔妹，你只有四十来岁吧？乔妹脸一扁，冲他说，我属猪的咧。何老五掐了掐指头马上算起数，又说，唷，都四十九了啊？看不出来，真是看不出来。

你个死猪头，我刚满三十七。

我的个天，三十七了？何老五啧啧地摇摇头，又说，死活看不出来。你看上去顶多三十冒头。

乔妹马上伸手去抓丝瓜瓢，何老五躲闪得快，乔妹敢将那东西扔到他的卤肉堆里，不偏不倚，被几只猪拱嘴顶住。然后她就开心地笑了。她头上扎的两只辫子还抖动起来，像是给笑声打着节拍。其实乔妹的头发已经不那么黑，略微地发灰，扎成辫子，硬硬的，仿佛上了糨糊。

她是李青云的亲戚。李青云讲义气，酒楼里缺人，首先想到的是照顾亲戚，这样，乔妹就来给他干活了。乔妹刚来的头几天，不敢吭声，埋头干活。有人发现她新来，跟她打招呼，她嗯地一声把头埋得更低，几乎能吸溜到池子里的洗碗水；等打招呼的人转身走了，她才抬起头飞快地朝别人背影扫去一眼。

我用电脑替人算命已有一年，自从苗大的人把386敲了一家伙以后，生意就越来越不好，甚至有三天无人光顾的纪录。当然，这也不能怪苗大，就像拉不出屎时，不能怀疑地球失去了引力。现在，越来越多的饵城人知道，电脑里面发生效用的不是科学，而是程序，程序都他妈是人编的。这种商业机密也被人吃饭喝茶时随意谈起，我的生意当然就不好做，开始思考着转行。我不停地低头思考转哪行，头一抬，总是看见乔妹洗碗。

乔妹来了半个月之后，那天，我正看着她，她照样在洗着碗。突然，她清了清嗓子，出其不意地唱起歌来。我抽了自己一个耳光，才听出来是乔妹在唱歌。歌词的确是从她嘴里羊拉屎似的一粒一粒蹦出来，然后连成了串，泻成了一片。幸福的花儿心中开放，爱情的歌儿随风飘荡。我们的心儿飞向远方，憧憬那美好的革命理想。啊……她唱头一遍时我根本没听清楚，老是走神。之后她把洗毕的那堆碗放进收集箱，又开始唱了起来，还是这首歌。这下我听清了，记起来那是一部很老很老电影里的插曲。那电影叫什么来着？我记不起来，但很快就意识到这并不重要。重要的是，这支歌是打乔妹嘴里飙出来的。前半个月她很沉默，此时一旦开了嗓门，就有点收不住。她仿佛只会唱这一首歌，那天反复再三地唱了七至九遍。

何老五跑到我店里，问我，你听一听，是乔妹在唱歌，没错吧？

我说，你耳朵是不是掉进卤锅里煮了？

何老五便嘿嘿地笑，挨近乔妹，侧起一只耳朵异常享受地听着。我走出店面，看着何老五。我知道他是想把乔妹搞得不好意思，然后把嘴闭紧。但乔妹更加来神，把声音又升高了几度。

这时，我听见隔壁蔡师傅猛打了一通喷嚏。

镶牙店紧挨着我的店子，没生意时很安静，有了生意也很安静。虽然他没有那些让人眼花缭乱的设备，但是他技术过硬，一般情况下不会把顾客搞得哭爹叫娘。我听见他打喷嚏，就朝那边喊了几声，蔡师傅蔡师傅……他走出来，脸色苍白地睨了我一眼，问有什么事。我摇摇头说没事，他又进去了。

　　此后,乔妹把那首歌一天天地唱下去,一洗盘子就唱。这声音千针万线地缝进我耳朵眼里,想不听都不行,于是只得细细品味一番。我从不觉得自己的生活充满阳光,既然乔妹死活要唱这歌,我只好调整心情,试图让自己被阳光充满。于是,我品出来了。乔妹要将这首老歌搞成美声唱法——她主观意图确实是要往美声上面靠。美声唱法在我看来是一把双刃剑,唱好了固然让人思绪飘飞心旷神怡,但功力稍有不逮,尖起嗓子用假声冒充美声,简直搞得死人。比如说拖长的腔,那些大腹便便的男女高音可以操控丹田之气,拖得再长也圆润自如;但乔妹的气息总是不够用,偏要人为地将声音抻长,于是她的假嗓就不停地发抖,哆哆嗦嗦全是颤音。只要乔妹有心情,她可以把每一个字音拖得老长,犹如锯片,架在人脖子上反复地拖拽。

　　于是我找了一些柔软的东西塞进耳朵,却进一步发现,乔妹的声音纵是有点钝,却充满着穿透力。堵上耳朵眼,音量固然有所下降,但那种隐隐约约的感觉,犹如蠕虫蠕动,反而更过不得日子。

　　我们听乔妹唱歌,用不了多久,一个个精力涣散,成天提不起神。我们几个把李青云叫过来打商量,要他管一管乔妹,叫她别再成天唱歌。李青云苦笑地说,我可管不了,我这亲戚,天生有点缺心眼,逆反心理超级严重。你们要是叫她不要唱了,她说不定会唱得更来劲。你们不要轻易惹她,到时候要收不了场,你们别怪我事先没有提醒。

何老五问，她也一把年纪了，怎么成天都唱得起劲呢？

……搞不好，她这是想男人了。李青云扑哧一笑，又说，乔妹在家里摆了几十年，缺心眼嘛，哪有人娶她？同样缺心眼的男人，她又看不上。……何老五，你老婆反正不能生孩子。要是你看着顺眼，把婚离了，娶我家乔妹吧。我家乔妹，搞不好还是个处女咧。

马第不知几时来了，他听得有趣，插话说，她还没结婚呐？怪不得，女人想男人时最爱唱歌。

警察同志，你有见识。李青云说，我老姨死活要我把乔妹带到城里来，她说乡下找不到男人，没准城里头有谁会娶乔妹。她妈是我老姨，我有什么办法？……何老五，我家乔妹说不定和你有缘咧。……处女咧！

好的好的。何老五说，要和她过日子，我死都不怕了。

但我忽然想起来，隔壁老蔡大概是光人一条。我就提醒地说，蔡师傅好像是个老光棍嘛……我这么一说，何老五眼珠子又亮起来，说，你看你看，有现成的，你何必盯着我呢？说不定蔡师傅还是个黄花崽咧。李青云有点当真，遂谨慎了起来，问我，能确定吗？我答不上来，只说从没见过有女人来找老蔡。和老蔡说话，问三句他也不答一句，根本不知道他底细。

李青云要我先用386算一算，他俩有没有姻缘。

我说，老大，你觉得有就有。一台破386敢跟你老人家唱反调？

此时生意正闲，大家都乐得滋事。何老五自告奋勇，去老蔡那里探一探底,问问他到底有没有老婆。去了一阵,何老五碰了一鼻子灰回来。何老五说,这个老蔡太不通人情,我们是想成他的好事,他还摆起架子,问我打听这些搞什么。我还能搞什么?抢他老婆?

马第来我这里来得多了,周围这些人他也认识。他跟何老五说,我估计蔡师傅一直没女人,你提这些,正好杵到他的痛处。接着,他扭过头跟我说,不如,我俩再过去问问。我有办法。

我和马第进到老蔡的店子里,马第直截了当地问,蔡师傅,你到底有没有女人?

老蔡瞟来一眼,说,你们今天怎么搞的?我有没有女人,你们用不着操心。

马第说,你不愿说是吧?也好,我们局里的电脑,全省联网。听你口音是朗山的,你的档案一查就出来了。

老蔡想了一想,把手中捏着的镊子扔在弯盘里,然后说,呃,是没有女人。你们肯帮我找一个?

我和马第就开心地笑起来,扭头看看店外,乔妹正往洗碗池里放水。她喉咙像男人一样动弹起来,看样子,唱歌也是在所难免。我指了指乔妹,跟老蔡说,你知道吗,乔妹还是黄花闺女。

老蔡苦笑了一声,马第则继续推销。乔妹弯下了腰准备洗碗,一对大胸立时凸显了出来。马第说,你看你看,冲人家这种丰满,你也绝对不亏,夏天能消火冬天能暖床。马第这么一推销,老蔡的脸上有了古怪的神情,仿佛迟疑着,又仿佛含有喜悦和期待。我和马第则趁热打铁，拽着老蔡过去，用386替他算一卦。出来的结果，当然完全顺着我的意思。

看着我俩把老蔡叫了过来，何老五嘴巴一扁，轻轻地说了声，贱人。

……呃，你这人，天生没得女人缘，前半辈子只能靠打手铳敷衍自己了。马第看着打印在纸上的命相，又说，但是眼下，你的桃花运来了。上面说：遇有仙人指路，即日跨入福门。你现在来仙门弄做生意，仙门仙门，不正应了这句话么？

老蔡接过打印纸看了看，眼里的疑惑更深了。恰这时候，乔妹又在对面开嗓唱歌了：幸福的花儿心中开放，爱情的歌儿随风飘荡。我们的心儿飞向远方，憧憬那美好的革命理想。啊……

老蔡吞着口水，喉头汩汩地抽搐几下，像是误吞了一只老鼠。

老蔡和乔妹几时搞了对象，我也不清楚。应该是某个晚上，老蔡大起胆子约乔妹下了班轧马路，乔妹呢，半推半就地答应了。他俩的事眼看着要变成真的，我却对此没了兴趣。他俩年纪加起来奔八十岁去了，我刚满二十，若是替他俩操心，简直应了"替古人担忧"的说法。

让我担忧的，当然还是生意。那台破386，没法帮我赚到钱了。俚城用电脑算命的店子越来越多，甚至超市门口都架起几台，既能收银，又能算命，有时候懒得找零，就算一卦抵钱。卡拉OK店子的生意越来越好了,我打算转业。但这台电脑,报废了我又有点舍不得。我打算将它废物利用。但怎么利用?我很快想起来,曾经见过一种双卡录音机,带有原始的卡拉OK功能,上面还有一个打分器,谁OK完了,液晶屏就显示出一个分数。而侢城现在能买到的VCD,都没有这项功能。于是,我又把老电脑看了看。我知道,一切不过是程序的问题,而程序,都像橡皮泥一样可以任意地捏来捏去。

我去问了懂程序的朋友梁猛,把我的想法跟他讲。梁猛说有点难,但可以试试,不保证成功。他要我把电脑搁到他那里去,短则一周,长则半月,尽量帮我把这件事办成。

梁猛的家就像是个电器修理铺,亲戚都把专业维修店修不好的东西扔给他修,死马当成活马医。如果彻底废了,那么废物就扔在他家里,时日一久,就积攒了不少。他就地取材,从废品里找了一些零件和串线,把电脑和功放机硬生生地串接了起来。K歌时,音乐和人的嗓音会在电脑屏上以两组跳动曲线表现出来,有点像心电图。一曲唱罢,一个液晶显示器上就会出现两位数。那个液晶显示器很大,通了电以后,上面的数字也很醒目。据他说,是从小学校报废的一台打铃控制器上摘下来的。其实,电脑就可以显示分数,但梁猛非要外接一个液晶屏不可。因为电脑上某些操作,不能让顾客看见。电脑要藏在我的工作区间,而液晶显示屏则放在营业区间。

哎,你要知道,评分当然是可控制的。我在这一头敲电脑键盘上相应的键钮,电脑就知道在哪个分段选择一个分数,比如说，我选择了 80 到 89 这个区间，最终得分是 85 还是 88，真就是电脑的事了。梁猛曾跟我说了一通原理，但我根本没有听懂。我这不是全程暗箱，真要那样我也不愿意。要给每个顾客唱的每支歌曲仔细打分，会累得我小便失禁。

我感谢梁猛帮我弄这个程序，他却抱歉说为不耽误我开业，只能做成这样。他已经有了清晰的思路，知道应该利用程序将人的歌声切分为几种数据，假以时日，他会让程序全自动地给顾客打分，而且会具有相当的公正性和极高的专业水平。当时，还没有申请专利的意识，那几天他就当是帮我忙，整出这组打分器。后来，某号称打工皇帝的老牛逼宣称自己拥有卡拉 OK 评分系统的专利，梁猛才感到后悔，因为他帮我弄这个的时候，那老牛逼还在美国皮包大学里混假文凭。

……搞好了啊！

我的新店面装修妥当之后，邻居们就纷纷过来左瞧右看。这是仙门弄里第一家卡拉 OK 店，而且我告诉他们有电脑评分系统。他们进来一看，还是那台 386，眼熟，就问它怎么转行了？我说，换瓤不换壳，不要小看它，今非昔比哟！

我的店子重新开业以后，生意只是一般。打分器这玩意确实吊起了不少顾客的胃口，唱一首歌，看看自己能得多少分。但是，这比我预计的状况要差许多。

又是李青云帮了我一回忙。那天，西街苗大和江洋路的申佬佰各自带了几个人，在青云酒楼上开会，讨论问题。他们的问题，无非是你的小弟无意中搞了我的女人，或者是我小弟不小心冲撞了你家亲戚的生意。这些问题一年到头层出不穷，所以西街苗大随时都要保持着精神抖擞的样子。他们开会时，个个都摆出不可一世的样子，这就很容易打架。

那天，两拨人说着说着，调门越吵越高，眼看着又要搞全武行了。李青云赶紧站在两拨人中间，说，我的个爷（读牙）哎，与时俱进好不咯。我们都是熟人，打架换个地方好不；要是可以不打，也有别的解决方式嘛，我就可以免费给你们出个方案。

两拨人奇怪地看看他。

这么多年，你们打架打来打去，还不是便宜了公安局那一帮废物？你们打架，他们就罚款，两边罚。李青云心疼地说，所以说，换一个办法，斯文点的，才能自己解决问题。你们说我说得有没有道理？

没有回答。李青云佘佘嘴皮接着说，我想，卡拉OK你们每个人都会吧？咦，我对面那个卡拉OK店，最新引进意大利技术，你唱歌，电脑里装有超级智能软件，给你打分。你们要比个高低，干脆各出五个人，每人唱一首歌，把分子打起来比一比嘛。

那天，李青云凭他一张巧嘴，就把这股祸水引到了我的店子里。他朝我走来，还丑表功地说，小丁小丁，我给你带一票大生意来了。苗大和申佬倌带着各自的小弟，一下子就把我摆在路边的桌椅全占满了，点了好几件啤酒，开始挑人手。一边各挑五个，两个老大都自我感觉不错，要压轴出场。

苗大说，你这个打分器，不会像以前那个算命电脑一样，不晓得轻重吧？他一边说一边朝我挤一挤眼睛。

我说哪会呢？这是日本进口的打分器，整个佴城只这一台。

刚才老李不是说，采用意大利的技术么？

……对啊，意大利的技术，日本的产品。我说，意大利的评委最专业，日本的产品最有技术含量，两个国家强强联手，为你们两位老大评分。

他们很快确定了人选，经过猜拳，申佬倌的小弟先唱。我有心让苗大的手下得更高的分数，因为西街毕竟离仙门弄近一些。但是，由于是模糊控制，偶尔也要失控。那晚，我给苗大率先出场的两个小弟八十多的得分区间，他们分别只唱到 81 和 81 分，我有什么办法？而申佬倌的小弟确实唱得好一点，他第一个小弟唱出了 87 分，下一个我只好让电脑在七十多的区间打分，他顶多能得 79 分，结果他就得了 78 分。我有什么办法？要是我控制在六十多的得分区间，申佬倌肯定会怀疑我做了手脚。最后，申佬倌唱得很好，电脑给了他 88 分，苗大唱得丑，打分器却给了他 91 分。分子一相加，苗大这边多出了四分。苗大赢了。

他们赢了的高兴输了的晦气，我的心却一直悬着。幸好给了苗大九十多分的区间，要不然，凭我对这台电脑的理解，它能打 91，调低一个区间，它往往就打 81。打分器有点死脑筋，十位数被我控制了，个位数它认得很准。

申佬倌也认输，又要了几件啤酒，喝完后付了所有的酒钱和唱歌的钱，并表示双方和解，以前曾有的误会，任何人不能再提起。申佬倌甚至不允许我给他打 88 折。他搂着苗大的肩膀说，我对兄弟的感情，你他妈敢打折？

我赶紧说，不打，不打。

那以后，我的生意明显好起来，每天晚上，我的桌椅上总会有一些膀子上雕龙画虎的青皮。苗大和申佬倌在我店子上解决纠纷的事，很快在佴城传开了。他俩竟然很有号召力，佴城的青皮自后得来一个良好的习惯：想打架的时候，就相邀着去K一顿歌，谁输谁掏钱认错。我看着那些面相不善的青皮在我店上竞相献嗓，颇有些家伙声情并茂，就很来成就感。我甚至认为，如果谁把打分器推广到每一家卡拉OK店，谁就有资格去打一打诺贝尔和平奖的主意。

我生意好不了几天，又不行了。那个梁猛，现在专事给别的卡拉OK店做打分器，每做一套有几百块赚头。既然打分器成为时髦之物，别的卡拉OK店都不会甘居人后。梁猛家里都成流水线了，他这么一搞，打分器不再成为我店子里的招牌。

生意清淡下来，我的注意力又得以放到别的事物上。我这才发现，老蔡延长了营业时间，总是要等乔妹洗完所有的碗，他才关门，和乔妹并排走出仙门弄。听别人说，老蔡乔妹来得规矩，并不到处乱走。每天晚上，老蔡把乔妹送到洋广铺路的宿舍，这才折回自己的店子。他吃住都在那里面。

现在，乔妹洗碗时唱的歌都跟以前不一样了，时而是毛阿敏的《思念》，时而又是老电视剧《昨夜星辰》的主题曲，时而又换成了《明明白白我的心》。看样子，恋爱改变了她的心情，唱起歌来都花样翻新，层出不穷。

我注意到，老蔡和乔妹每一次从我眼前走过，都保持着半公尺左右的距离，不会挨得太近，更不会勾肩搭背。乔妹脸上仍有娇羞。我发现我都好久没和她打招呼了，那晚看见她又和老蔡并着走，就冲她喊，乔妹，哪天吃糖？

要吃，你就去茅坑吃……你自己买糖吃吧！乔妹咯咯地笑了起来，看看老蔡严肃的脸庞，赶紧敛住笑容改了口风。

那天下午，苗大带着一帮小孩去到青云酒楼吃饭。他的儿子小苗过生日，班上几个同学给他买了礼物。小苗一高兴，一定要苗大请一桌饭菜，回报小兄弟们的盛情。小苗和他的同学很快吃饱了饭走人了，李青云不肯收苗大的钱，苗大拖着李青云，两人对酌起来。喝到晚上八点，他俩互相搂着肩，跌跌撞撞地走到我店子里，要唱歌。我店子上没有生意，一桌客都没有，我正和马第有一搭无一搭地说话。马第本来要去泡一个妹子，约好见面的，结果被人家放了鸽子。所以，他憋一肚子委屈到我这里诉说。

苗大说，凑几个人，分成两组比一比。小丁，你去叫人，今天晚上我请客。

我应了一声，先是把何老五叫了过来。李青云到酒楼里叫来三个伙计，出门时又跟乔妹说，别洗碗了，来唱歌。既然乔妹都来了，我和何老五就把老蔡一起叫来。他说他不会唱歌。

国歌会唱吗？我说。

不会的话，居委会眼下正在抓这事，他们包你会。何老五说。

……呃，会的，国歌我会。

于是，老蔡就逃不脱，被我和何老五一左一右架了过来。我店子里现在有了十个人。大家约定，得分少的一组钻桌；得分最少的那个人，必须把空啤酒瓶串起来，当成草裙围在腰际。李青云和苗大当队长，他俩划拳，李青云赢了，由他先挑队员。他俩各挑了三个队员，还剩下老蔡和乔妹。李青云要从这两人中间先挑一个，不禁皱了皱眉头。乔妹正眼巴巴地看着李青云。前面选了三轮，她竟然被剩了下来，心里肯定想不通的。李青云想了一会，面对着乔妹的眼神，他忽然龇牙一笑，冲老蔡说，蔡师傅，你现在是我的人了。

苗大只好捡起仅剩的乔妹。

两人再次划拳，苗大又输了，苗大的队员先唱。他排兵布阵，把何老五排在第二，把乔妹排第四，他本人压轴。李青云的排法大同小异，马第和我对位，老蔡和乔妹对位。而他自己，等着和苗大来个将帅交面。

我们前六个人唱得都算是中规中矩。我让电脑将分数一直控制在八十多，前六个人唱下来，两边当然是势均力敌。

接下来，按顺序是乔妹出场了。她本来是想唱《我们的生活充满阳光》，但是我说，对不起，这歌没有。于是她把碟片刨了刨，挑出一首《梦醒时分》。她说这歌她会唱。

乔妹拿着话筒蓄势的时候，何老五就拢了过来，压低声音说，小丁，别手软，一定让乔妹晓得，她唱得有多丑。我点点头，何老五的想法和我不谋而合。虽然何老五和乔妹是一边的，但他宁愿钻桌子，也要给乔妹提这醒。我想，我得给乔妹一个"梦醒时分"，让她系着啤酒瓶草裙好好反省一番。我按了 Alt+ T 键，这是个不及格的分数，50—59。乔妹唱起了这首歌。不管是哪首歌，她的颤音都是一如既往地锯人，但我们已经皮实了。音箱放大着乔妹的声音，往来的路人会看来一眼，紧一紧身上的衣服，然后匆匆离去。

打分器仿佛善解人意，亮了 52 分。我本以为它只给 50 分，没想到还多有两分。这说明我的 386 同志在谨言慎行与人为善方面有了提高。随着年龄的增长，它懂得了宽容。

乔妹脸色登时大变，这个结果她无法接受。她明明看见前面六个人都是八十多分，为何自己一下子就掉下来 30 分？凭她的脑袋，还不敢怀疑电脑在作弊。而何老五，他最爱干顺水推舟的事，赶紧用尼龙绳串起十来个空酒瓶，在乔妹眼前晃一晃。他说，你要是眼珠子再瞪圆一点，这条裙子其实也蛮好看的。

乔妹哇地一声哭了出来，想跑，但是李青云一把捉住了她，命令她在椅子上坐好。李青云说，乔妹，愿赌服输。再说，还没唱完哩，你怕什么？万一不是你呢？你给我端正坐好，别他妈再出我的丑了。

何老五也安慰地说，乔妹，裙子下面允许穿底裤，你怕什么呢？

乔妹在哭，大家都在笑，包括老蔡也在笑。非但笑，这个平时不苟言笑的家伙一旦笑起来，分明比别人更开心。乔妹狠狠地瞪了老蔡一眼，并且说，你唱，该你唱了。你唱啊。

老蔡说，唱就唱！他见有人垫底了，心态很平稳。老蔡不唱国歌，他说他会唱腾格尔的《天堂》。我的碟片买得不多，找不出这首歌。我问他是不是换一曲，老蔡说不换，要清唱。看他模样，似乎对这首歌特别有把握。没把握可唱不了这歌。我妈看了这歌的 MTV，以为这歌手患上了便秘。

一俟老蔡开口，所有人都惊呆了。老蔡口张得很大，但是声音喑哑，像是十里地外随风飘来隐隐约约的狼嗥，风声忽强忽弱，狼嗥时近时远。这声音固然不大，但偶尔某个字节钻进耳朵眼，就像是水银泻地，见着孔隙就一路渗进人心眼子里，又沉又堵。这支歌也抻长了时间，大家好不容易听完了，就狂喝酒，仿佛是在庆祝苦尽甘来，看见曙光。

老蔡说，不好意思，第一次唱歌，看着词才唱得出来。

蛮好蛮好。我们赶紧看向打分器，上面竟然没有马上出现分数，而是出现微弱的闪烁，像是一下子没有反应过来。其实我已在键盘上按下 Alt 和 U 两个键，这是 70—79 的分数段。

过一会，打分器液晶显示屏上现出大大的阿拉伯数字：23。

所有的人不免一声尖叫，没想到，这么短的时间就有人刷新了乔妹的得分纪录。老蔡脸刷地一下就变了，要扔话筒，被我一个箭步蹿上去，夺了过来。我说，可能是出错了，你再唱一首。老蔡还在犹豫，旁边的人就说，蔡师傅，你喝多了，来，休息一下，暂时别唱了好吗？

我一时诧异，仔细地回忆，仍然觉得我没有摁错键。但是老蔡唱了这首歌,给他二十几分,其实又合情合理呀。我怀疑,刚才电脑忽然睡醒了,平生第一次主动下判断,给出一个中肯的分数。

接下来,李青云和苗大同时感到了莫名的紧张。唱歌前,他们都问我,你这电脑,不会老是出现重大的误差了吧?我压低声音说,应该不会,应该不会,我估计,打分器跟清唱有点过不去。你们有伴奏,不怕的。他俩这才松一口气,各自唱一首歌,都在八十分以上。

按照约定,老蔡有义务把那一串啤酒瓶系在腰上,但此时他脸色极难看,大家也没有强求他系上。只有乔妹不依不饶,她冲他说,你穿呀你穿呀,你怎么当着这么多人耍赖皮?老蔡黑着脸,不说一个字,反正就是不穿。乔妹嚷了一阵,无限失望地说,老蔡,我没想到,你原来竟然不是个男人。

那以后,乔妹似乎有意要和老蔡拉开距离。有两次,老蔡关了店门去等乔妹下班,乔妹把碗不停地洗来洗去,洗了三遍还不过瘾,又开始洗第四遍,把老蔡晾在一边。老蔡耐起性子,抽着烟默默地等。终于,李青云都看不过去了,冲乔妹说,还洗什么洗啊,要把盘子洗成镜子是吧?有人等着你咧!

乔妹说,你用摩托送我回去!

李青云说,有人等着送你,我哪敢抢人家的生意?

我是你表妹!

我觉得老蔡蛮好,你不要太欺负人家。要不然,下次去你家,我把你的表现一五一十告诉你妈。李青云骑着摩托走了,故意把乔妹扔给老蔡。乔妹把老蔡当成鬼躲,老蔡跟着她,她就扬手打的。老蔡想跟上车,乔妹就惊慌地跟司机说,大哥,快开车,有个家伙老是纠缠我,躲都躲不脱。

司机看看乔妹的模样,肯定吃惊不小。这年头,男人们真是胆气十足,什么样的女人都敢非礼。

不过,女人总归是心软,经不住男人的纠缠。老蔡话不多,眼里有股狠劲,身上有把韧劲,白天不多找乔妹说话,怕影响她的工作,晚上看看时间差不多了,就关了店门走到乔妹身边。青云酒楼门口正好有根电线杆子,老蔡等人的时候可以靠在上面,慢慢地咂着烟,欣赏着乔妹洗碗时的样子。老蔡坚持守候乔妹下班,多有几次,乔妹便不好拒绝人家了。

在我们看来,他俩的关系日趋紧密,李青云也很高兴,有意无意地跟我们念叨,到时候你们都要来啊,就在我店子里办几桌。

但突然有一天,情况似乎不对路。那天一早我就注意到,乔妹花容失色,欲哭无泪,显然受了严重的委屈。早上没有生意,她不洗碗,眼睛直勾勾盯着老蔡的镶牙店。十点多钟,老蔡将门打开,乔妹就冲他走过去。老蔡和乔妹面碰面,乔妹却什么都不说,直愣愣地站在镶牙店门口,仿佛是替老蔡站岗放哨。老蔡也由着她,不说什么,自己钻进里面坐着。

我们都不晓得乔妹要搞什么名堂,正在瞎猜,答案马上就揭晓了。

一会儿,有顾客要找老蔡看牙,朝镶牙店走去。顾客看看乔妹,乔妹也看看他。顾客正要从乔妹身边走过,乔妹忽然伸直双臂拦住他,就像在老鹰捉小鸡的游戏里扮上了老母鸡;同时,乔妹张开嘴唱起歌来。还是那首《我们的生活充满阳光》。她不唱前面的铺垫,直接唱到高潮部分,这样拖长的音就一个接着一个,她把颤音发挥到极致,每一串声音都闪烁着电锯的光芒。

那顾客一开始还憋不住地想笑,他朝里面喊了一声,蔡师傅!他的意思是,要老蔡把这疯女人赶开,否则,老蔡就赚不到这份钱了。没想到,老蔡真还见钱不赚,纹丝不动地坐着,任由乔妹发泼。顾客无奈,只好掉转脑袋往回走。

乔妹在老蔡店门口守了两个多钟头,搞退了三四拨客人,后来是被李青云拖走了。李青云把乔妹拖到店里,盘问好半天,才问出情况来。乔妹说前一天的晚上,老蔡照常送她回家,半路上叫她去一处街心公园坐一坐。以前,两人也在里面坐过的,乔妹没有防备。老蔡带她坐到一处僻静的地方,就想耍流氓。

怎么耍的?

摸我,在我身上摸来摸去。

有什么了不起啊?不勾肩不搭背,哪里能算是谈恋爱?

可是可是……他的手老是要往我衣服里面伸。

乔妹,你要知道……李青云诚恳地告诉她,谈恋爱,无非就是找个借口耍流氓,都是这样。你到底要不要嫁人了?再拖个几年,没一个男人愿意跟你耍流氓,你才晓得厉害哟。

乔妹赶紧摊开手把脸一遮,说,你莫讲了,莫讲了,你再讲我就去问表嫂,看看你们恋爱的时候,你有没有对她耍流氓。

再后来，乔妹和老蔡果真像是吹了。晚上，老蔡早早关了店门睡觉，乔妹下了班也一个人回住处，彼此不相往来。老蔡没生意的时候，偶尔也搬椅子坐到店门口，朝对街的乔妹睃去几眼。也许余情未了，但他不会走过去找她再说些什么。他是个闷人。分手这事，似乎没给乔妹什么影响。她照样每天唱歌，翻来覆去又只有那一首《我们的生活充满阳光》。

有一天下午，乔妹洗完了所有的碗和盘子，无所事事，又唱起了歌。她的心头，随时都充满阳光。

乔妹！老蔡冲那边叫，打断乔妹的歌声。他说，你唱歌有点漏风，可能是牙齿有点松了。你进来，我帮你看看。

我不！

你是不是不敢？弄牙齿很痛，你肯定受不了这个罪。

这点痛有什么受不了的？乔妹愤慨地说，女人更经得住痛，生小孩的事男人都不敢做。

哦，是嘛，那你进来！

那天，乔妹是大步流星地走进镶牙店。过不了几分钟，我们便听见一声尖叫。这叫声着实很怪，本来应该是个拖长的音，按乔妹的脾性，不拖个几秒钟，不引起周围所有人的注意，她不会罢休的。但尖叫达到最高分贝的一刹那，声音硬生生地断掉了。之后，我们没听见第二声尖叫。

乔妹捂着嘴跑出来，瞬间经过我们眼前，钻进青云酒楼。我和何老五等一干闲人，马上走到弄子中间，看见老蔡正在关店门。

老蔡,你把乔妹怎么啦?

老蔡露齿一笑,什么也不肯回答,把自己关在店子里面。

再过一会,李青云带着几个伙计,操着家伙,气势汹汹走了出来,一看老蔡关了店门,有些发蒙。我们告诉李青云,老蔡在里面哩。于是,李青云就指挥着那几个人砸门。李青云一边砸着门,一边大声吼叫着,姓蔡的杂种,你快滚出来!

我们围观的人大是好奇,问李青云,怎么啦,怎么啦,这他妈是怎么啦?李青云抽空扭扭头看看我们,脸上因愤怒而严重变形,特别是下巴颏垂下来好几公分,一张标准的风字脸拉成了申字脸。他看看我们,无可奉告,继续砸门。

他不肯说,我们就猜起来。刚才我们都看得清楚,乔妹跑出来时,是捂着嘴的。于是,我们就分析,是不是老蔡又耍流氓了,找个机会亲了乔妹一口。而乔妹脑子有点不转弯,会不会把亲这一口,当成一次强奸了?

我们猜个没完,青云酒楼的一个伙计听着我们千奇百怪的猜测,扑哧地笑了。他发布权威的消息说,老蔡把乔妹的声带割断了。

那天,老蔡哄乔妹进去看牙,一逮着机会,就把她声带割断了。他第一次做这样的事,先前一天把解剖书看了几遍,把自己的喉头摸了摸,做起来十分没有把握,没想到做得如此顺利。后来,懂医的朋友说,一个游方牙医不靠内窥镜,能够这么精准地找到声带,不啻是个手术天才。

当时,我一听小伙计的说法,知道事情远比我想得严重,赶紧拨了马第的电话,跟他说我们这里有案子。马第一听有案子，就兴奋起来，问我，死没死人啊？我真拿他没办法，只得说，死不死人不知道，反正是血案！

警车很快过来，把老蔡带走了。马第当时有点失望，他跟我说，以后别咋唬我好不好？难道怕我不过来啊？但是，等他们把老蔡带回去一审问，这才发现立大功了。老蔡身上有命案的，他以前在朗山杀过人，杀了人，他才跑出来当牙医，一躲就是十多年。但是他的命案，并没有记录在案。当时，他酒后动怒，失手杀了同村一个鳏夫。当时就他两人喝酒，没别的人知道。他把那人尸体丢进天坑里，一直没被人发现。在他们朗山县，天坑地漏和溶洞多如牛毛，是藏尸匿迹的好地方。那死去的鳏夫，一直被派出所登记为失踪。

但人毕竟是死了，这事情在老蔡心口一憋十几年，其实也蛮难受。趁着这次出事被捕，他舌头一麻溜，把那件旧案主动承认了出来。朗山公安局来人把他带走，要他指认现场，那天坑里果然还找出了一撂灰白长苔的骨架子。

听到老蔡的供述，马第他们当然大是意外。接下来，他们问老蔡，割乔妹声带的动机是什么。

我们分手了。老蔡想了想说，分手也就算了，我不恨她。但她老是唱歌，天天唱，我听得几多烦躁。

就因为她吵了你的耳朵？警察们一听，不满意，他们呵斥老蔡说，别避重就轻，你的理由不够充分。警察想尽快榨取真相，摆开架势要捶他。

老蔡或许是怕挨家伙，遂按他们的意思又沉思了起来，想再找点理由让他们满意。他又说，呃，是了，那天唱卡拉

OK,我没想到我比她唱得还丑,得的分还低。我简直,简直……

老蔡不知道用什么样的词描述当时的心态,马第就接话说,你是嫉妒她比你唱得好,对吧?

嫉妒?老蔡垂下脑袋又想了想,说,呃,这个理由充分不?

揭不开锅

这天我又得掐闹钟睡觉,起早床,胡乱炒现饭吃然后出门。我跟我爸说,我上班去了。本以为他会感到安慰,无奈他只是一脸苦笑。他是"文革"前的大学生,据说比工农兵大学生多值几个钱,但是他生下我太晚而退休又太早,所以没帮我捞到一星半点的正式工作。这也就罢了,现在我爸没完没了地嫌弃我自己找的"工作"——他认为我的工作是要打引号的,前引号表示非正式,后引号表示没保障。我很头疼,赖在家里固然不对,出去做事又更觉得亏欠我那个爸。他就是这样的人,老是跟我讲他的事迹企图使我以他为荣,反过来又不断地提醒我,要让我为自己感到可耻。

想着这些事情时我走下了坡街,路过大姨鸭脚板店旺泉纯净水站柑橘园路移动缴费大厅,在曲里拐弯的左撇子胡同转了几个转,最后朝右拐进牛摆尾胡同。路很短,被我说得仿佛很长，因为我没有方向感。

走到雪峰的电器维修店，他就招呼我说，你真的来了。我说，是啊我真的来了。朝他一笑，他也就回报一笑，似乎很开心。

在职中读电器维修班的时候，我比他高出两届，先出来走上社会开设门面搞电器维修生意，感觉生意也不错，一算账净是亏。雪峰晚两年毕业的时候来我店里帮工。我把自己的店子搞垮了，在家里休息的时候雪峰把他自己的店子搞起来了。现在轮到我在他的店子里做事。刚才路过烟摊时，我买三十块钱一包的烟，不是整盒递给他，而是剥开胶皮抽出一支递去，同时把火苗也凑过去。以前他在我店里做事，就经常做这种事。现在他皱了皱眉头，把烟咂燃了，饱满地吸一口烟慢慢咝，表扬说，这烟还是有点烟味。

这时有个七十啷当岁的女人老远走过来，见一只狗在啃吃地上的大便就蹿几脚走过去飞起一脚踢在狗肚子上，对着狗吼道，砍脑壳的，又吃屎！狗缩头缩脑地跑掉了。女人朝这边走来。我把她持续地看了一会。一般来说我不会持续地看一个这样年纪的女人。我以为她只是从我眼前这路经过，但她停下来，把刚看完狗的眼光撂在雪峰的脸上。雪峰身体深深地陷进沙发椅，这才能咝出每一口烟子的味道。这时他站了起来。

一大清早，就坐在椅子上抽烟，非要弄得你家里揭不开锅是不是？老女人神情严厉，又说，你看我，天还没亮就去爬山了，锻炼身体还不忘干早活，这个钟点已经扯了一把蕨和一把笋。说着她把两只手像投降一样举高，一手拿着蕨一手拿着笋。

雪峰说，是啊尹婆，你讲得对。

你看你，死眉烂眼，一天只知道抽烟。我一把年纪了，身体比你都还要好。

雪峰扬起大拇指说，尹婆，哪能跟你比？他们说，你年轻时候拿枪打过豹子，有没有这回事？

我年轻的时候……不跟你讲了，我要回去，一屋子事情等着我去做。你把烟扔掉，干活。

雪峰猛扯了一口，把烟扔掉，装模作样走到一台电视机前面，猛地一揭就把后盖揭了下来，露出花花麻麻的线路板。直到雪峰掏出一只电烙铁，尹婆才相信他是要干活了，这才走开。我看见她两只脚裤管扎得很高，直到膝盖。刚才老远睃去一眼，我还以为这老太婆穿着马裤。现在记起来了，这也是我一直盯着她看的原因，想弄明白那到底是不是马裤。

雪峰真的像是开工了。我估计刚才那支烟没有把他抽爽，又递去一支。他夹在耳朵上。我说，真的就开工了？他掉过头来对我说，你也找一样东西做事吧，等一会尹婆还会过来一趟。

她是你的奶奶还是外婆？

都不是。

我又问，我要不要喊你师傅？

他就笑了，说，要不然我两个互相喊师傅你看怎么样？这里面没有徒弟。

他开我五百块钱一个月，再拿点提成。两年前我开他四百。考虑到物价上涨的因素，这一百块钱也是他该加的，要不然就是纯粹地报复我。

尹婆果然在二十分钟后准时又路过这个店面，往里面瞟了一眼，看见雪峰和我都处于繁忙并有条不紊的工作状态，就嘉许地点了点脑壳。

雪峰，收了个徒弟啊，你徒弟怎么长得老皮老脸……不待回答，尹婆又说，是嘛，当师傅就更要勤快，要以身作则，这样才能带出好徒弟来。

雪峰正不晓得怎么回答，我就扬起声音跟她说，尹婆，我会听师傅的话，也会记住你的教导。

你看你看，你收的这个徒弟蛮懂事，我一见到你就蛮喜欢。你爸是哪个，说出来我肯定认识。俚城的人基本上不存在我不认识的情况。

我刚要讲我爸的名字，打算诌一个，李大虎或者是王小豹什么的，看这个尹婆会不会哦的一声，并说那是她熟人。

但尹婆注意力一点都不集中，脑袋一偏又找擦肩而过的一对夫妻训话去了。她教育人家，但凡日子还能往下过，就不要急不可待地闹离婚。她还说，在这个世界上两个人结为夫妻不容易，离婚是一件丑事，离得不好的话极易触犯婚姻法。那两口子狂点头。

她教训完那口子就把我们也忘掉了，看一看表，急着朝前面走。她提着菜篮子，看样子是去买菜。

她走了以后雪峰就把电烙铁随手一甩。他的电烙铁电都没有插。那台电视机根本没必要修,是台报废机。我修的双卡录音机看上去就像古董,雪峰是拿它当矮椅子用。维修店会摆设一些报废电器,这可以让客人在任何时候都会误觉得该店生意兴隆。

当天,店上其实没有电器可维修,等一阵也不见有顾客找上门来。牛摆尾胡同本来就有点偏,路过的人都没有几个。一台修好的电视在播地方戏。雪峰喜欢听地方戏。如果以前在我的店子里面,我可以理直气壮地说,雪峰鳖,麻烦你换个台。现在我觉得他故意在听地方戏。我只好看着墙,上面是用左脚都难写出来的丑陋无比的毛笔字。

那天路过牛摆尾胡同,墙上的丑字把我眼光硬扯了过去,这样我才看见了雪峰。我走进去和他扯闲淡,扯天扯地以及女人,最后乱了方向,我竟然把自己说成了他的伙计。这样,改天我就来他店面上班了。

有个女的从店门口走过,她跟雪峰打招呼,说哈劳。这个早不时髦了她还在用,我有理由怀疑她脑袋不太好使。女人长得一般,但是白,所以能够算是漂亮。她过去以后雪峰说,我去一下,那老婆子买菜会买一个上午。他妈的,真是让人很不痛快。我知道他是去找刚才路过的那个女人。

过不久他给我打电话,叫我过去,说这边有两个女的,他一个男的有点不好意思。我问要不要关店门,他说不要,不妨搞一搞空城计。于是我就过去了,一进去雪峰就指着一个女孩说,她叫小米。他这么说的时候,他本人跟刚才跟他打招呼的女人一起笑了起来。我冲着叫小米的女孩谄媚地一笑,她就冲着我羞赧地一笑。这是一家很简陋的理发店,用煤炉子烧热水,兑冷水往顾客脑壳上浇。没有生意。我们就打牌,打升级,本来约好一级十块钱,但小桃(可想而知,就是跟雪峰挤眉弄眼那女的)说,你们输就付钱好了,我两个输了就让你们吃豆腐,干还是不干?雪峰严肃地说,打牌这事最要讲究公平,亏本的事情我是不干的。

打牌时雪峰不停地看时间,打一阵还没打爽,他就扯着我返回维修店,又摆出辛勤劳动的样子。尹婆过不久提着满篮子菜走来,朝我们店里看,没有发现什么异常,继续往前面走。走几脚,她看见有几棵白菜帮子,脚一勾并用手接住,菜帮子就进了她的菜篮子。

我问雪峰,她捡白菜帮有什么用,拿来炒吃?雪峰说,喂猪的,你以为是喂人?我说,看她样子,家里不像是很困难。我是想说,既然好管闲事,说明她是吃饱了撑的,家境理应不错。雪峰说,鬼知道呢?也许她只是喜欢杀猪。

头一天上班雪峰老弟就给我介绍一个女朋友,小米。我对恋爱这件事不是很感兴趣,因为以前几次恋爱都习惯性流产了。那一天下来我倒是记住七十岁的尹婆,她留给我更深刻的记忆。这真是有点古怪。回到家里和我爸一桌吃饭,我等他问我当天上班的情况,通常的话他是会说说的,他最喜欢在吃晚饭时喝酒并说废话,几乎每天都这样,我只好一个字一个字地听下去,我爸嘴里吐出的每个字都是这样的震耳欲聋。但是这天他忽然不想讲话,喝酒时脸不发红,反而显得铁青。我那餐饭吃得心神颇有些不宁静,耳根忽然清静了,就觉得什么都不正常，米饭里面仿佛有蟑螂的味道，汤里面仿佛有米饭的味道。我暗骂自己真是个贱货。

于是我主动发问，爸，尹婆你认识吗？

这短短七个字的问题（把"爸"这个字也算是问题的一部分吧）像揭开了热锅盖，里面憋足了的开水汽汩汩地打脱出来。我爸脸色酡了起来，说哪能不认识她？在俚城混几十年，敢说不认识尹美凤那简直是……他想了几想没安好词，毕竟我爸是理科老师，在寻找恰当词语表达自己意思时其实和我一样，有着先天性的不足。

……落颗雷都要打你屁股。我爸憋出这么一句时他自己就笑了，又说，何况尹婆和我们家还有人情往来。

我爸讲起尹婆的事迹。想当年她是一个雄赳赳气昂昂的时代女性，裤头捆麻绳，却把上好的一根军用皮袋节省下来，扎在衣服外面，扎得死紧，她个头又不高，整个人看去像是阿拉伯数字8。她皮带上插一把枪柄上扎着红绸的快慢机，别提有多威风了。这可不是装样子，她敢做刺刀见红的事。

说是四九年天气晴朗的一天，县上动员了上万人的群众去深山丛林搜捕残匪，准备给所剩无几的土匪以毁灭性打击。尹婆那会儿叫尹美凤（现在也是叫这个名字），时任俚城剿匪某分队的队长，她总是冲在最前头。她把手中的快慢机举起老高，顺手一挥，枪尾的红绸就会迎风猎猎飘展，马上就有一伙同志呼啦啦地聚集过来。我爸说到这里的时候，我怀疑他当时在尹美凤指挥的那个小分队干过，但我爸不无遗憾地说不是，那时候他太小还没有取得保卫祖国的资格。他继续往下讲。由于尹美凤身轻如燕行走如风,她不知不觉就把别的同志扔在很后面。她进到丛林很深很深人迹罕至的地方,抬头看不见天空低头看不见草鞋,但她仍无所畏惧,孤军深入,准备早抓土匪争立头功。

她去的那个地方真就窝藏着一伙流匪,共计三人。他们在那里已经躲藏了很久,除了吃就是睡打发着时间,可想而知他们的娱乐活动是非常贫乏的。他们寂寞的视野里突然飙出来一个英姿飒爽的女人,虽然她手里拽着枪,但他们也是恶向胆边生。他们没有轻举妄动,小心地查看了一番,左等没别的人来,右看也没有别人跟来的迹象,这女人显然已经和大部队脱离了联系。他们打算下手了。这三个土匪按捺不住心内丑陋的欲望,蹑手蹑脚跟上去想一下子就把尹美凤摁倒在地。但尹美凤眼观四路耳听八方,听见风声赶紧回过头,看见了那三个土匪。他们三人正嬉皮笑脸地看着她。

接下来令人意想不到的一幕发生了,三个土匪本以为这女人会撒丫子奔跑。女人腿短,跑也是跑不快的,不消半锅烟就会捉住她。但他们想错了,尹美凤比他们还要兴奋,举着枪朝他们冲来。他们还没有回过神来,尹美凤已经先发制人,叭勾的一声就打死了其中一个。另两个被眼前这变故搞蒙了,再一看尹美凤竟然没有开枪,而是跑得更近了,显然还想抓活的。两个土匪一时间乱了阵脚掉转脑壳往后面跑,尹美凤两条腿步幅小但是频率高,紧追不舍,一气追了好几座坡头。土匪回过头打了几枪,都被她机警地躲了过去。土匪心惊胆寒,其中一个脚一虚栽下了岩坎,另一个最后筋疲力尽，跪地求饶，还把长枪像举哈达一样举过头顶，要献给这位女士。

后来，被活捉的那土匪押进县里审问，由于素质太低他连审问和扯淡都分不清，和工作人员扯起闲淡来。他感慨地说，倒霉就在于碰上这个女人。要是换一个男人冲过来，他们不会乱了头绪，而且三个人打掉一个是有绝对把握的。但一个女人发了疯似的冲过来，三个人的脑子就像被粪勺突然间搅得一片混乱。作为流窜土匪这种比土匪更边缘的职业，他们也从来没想到这个世界原来是这么的荒诞不经，出乎意料。

这个人是尹美凤抓到的，当然就由她执行枪决。她讲要为政府节约每一颗子弹，提出拿刀砍的建议。

第二天我照样去雪峰那里上班，一到地方我们就摆出干活的架势，直到尹婆从店门口两次出现。这个早上她又扯了一把蕨。她的家我现在也搞清楚了，就在小桃理发店旁边那栋楼，盖了五层，清一包的瓷砖贴满了墙壁，阳光泼洒在上面就散发出金灿灿的光泽。她有退休金，生了数个儿子以及女儿都很孝顺，每人每月都给她零花钱。

尹婆上街买菜去了以后我们又去小桃的理发店子里面磨时间。去到小桃的店子上，她的店子难得有个人进来。雪峰问她是不是经常割破顾客的头皮，小桃就问你要不要试试。我提出不如继续打牌。她俩有点犹豫。昨天打了好几圈，她俩一看到数字就头晕，被我和雪峰赢下几十块钱。小桃说，雪峰鳖，你坐到椅子上，我帮你剪头发。雪峰说我头发太短，但是想剪一个三七开的分头,你看能不能搞。小桃嫣然一笑,说,那我给你把头发干洗一下。说着她把他扯到椅子上坐正,干洗了起来。雪峰头发短得几乎贴着头皮,所以洗头发这样的事放在他脑壳上就犹如掩耳盗铃。她三下两下就洗完了,给雪峰做起头部按摩来。这种小理发店椅子的靠背总是有些短,雪峰把脑袋往后面一靠,就靠在小桃的胸前。我晓得,这些小理发店通常都这么搞。小桃还问雪峰舒不舒服,雪峰连声地说舒服啊舒服,还扬起了大拇指。其实我看得心惊肉跳,小桃红的胸是扁的,肋巴骨在紧身T恤衫下面根根毕现,看上去锋快的。我真担心那会把脑壳皮硌痛。

我回过眼看看小米,小米比小桃要漂亮,而且略有胸脯。我说,小米你也给我干洗一个。她有点犹豫,还骂了一句什么。小桃对我说,小米的雪白的胸还没有男人靠过,所以你要多给点。我连声地说,好的好的,但凭什么说胸是雪白的呢?米黄色的也不一定啊。我有心把昨天赢她的钱还给她。

经小桃劝说,小米答应给我干洗脑壳。我瞅准时机把脑袋往后一枕,却扑个空。我有点不爽,同时觉得这屋子很安静,就讲起我爸昨天跟我讲的尹婆年轻时候的故事。

我还没有把故事讲完,就被一个声音打断了。我自以为可以把故事讲得好听,让小米喷着鼻音笑一笑,但她一是没有笑,二是继续用胸脯躲闪我的后脑壳。打断我讲故事的又是尹婆,她仿佛无处不在。她都这么老了,要做到无所不在还真是不容易。她冲着雪峰喊,砍脑壳的,都揭不开锅了,你还在这里偷懒。接着她又看见了我,继续说,你看你看,你这种师傅带出什么样的卵徒弟？

　　小桃也是个有脾气的女人。在我们俰城女人总是比男人有脾气。小桃翻着眼皮说，雪峰进到我的店子，就是我的顾客，我要给他理发也是应该做的事。难道不是吗？

　　尹婆把雪峰脑壳瞟了几眼，再转脸对小桃说，讲你个鬼话，他的头发昨天是那么长，今天还是那么长，难道你给他刮了光头吗？她咽了口水，继续地说，有些话我真是不想讲……

　　不想讲就莫讲。

　　我偏要讲！尹婆说，你晓得我是什么人吗？敢用这种腔调跟老子讲话，你爹都不敢这样。你们帮人家干洗脑壳，那是什么鬼名堂？讲白了就是丑人的事。现在公安局不管了，但是不要在我屋脚底下搞这些破事。

　　我吓了一跳，算好小米现在还是正经的女孩子，她不肯用胸脯给我当枕头，要不然尹婆进来的时候我脑壳还枕在她那个地方，尹婆会怎样教训我呢？这真不可想象。

　　小桃显然也是不信邪的，也不晓得尹婆当年掏枪打死过人，竟然敢和她脸对着脸而且吊起个嗓子说话。雪峰赶紧息事宁人，把两人隔开，并对尹婆说，我现在就去店上做事了，这几天脑壳皮痒，自己洗不好，她这店里有治痒的洗发水，洗一下就好了。

　　你是长癣了，我那里有药。

　　那就谢谢尹婆，我脑壳皮晚上真是痒得抽筋。这么说着，雪峰才得以把尹婆请出去。我则赶紧往外头走，去维修店找样事做。过了一阵才见雪峰回来，脑壳顶上不但敷得有草药还贴了一张橡皮膏。那一天他都不敢把橡皮膏扯掉。

那以后我发现人和东西是不一样的，东西一旦你急着用它了，往往是死都找不着；人不一样，一旦你留意了谁，他（她）会像一粒眼屎随时贴在眼皮底下。以前也有这种体认，认识尹婆后就尤为明显。那一阵我爸恰好胃痛，不能喝白酒，有人给我家发请帖就变成了我去赴宴。经常能看到尹婆，她在俺城人情太宽了。她赴宴的话，一般都坐在主席上显得是最重要的来客，和一帮男人搞白酒，真的是厉害。有时也喝啤酒，她毕竟老了膀胱有些轻度萎缩，喝一瓶酒大概要上三个厕所。这有点让我想起古时候一个著名的将领名叫廉颇，仔细一想又不像，人家一顿饭顶多上三个厕所，而她喝啤酒的话一顿饭起码会喝三瓶。

有一天我妈曾经的一个朋友死了，我爸不想去又是叫我去，要守一个晚上。我手头没有钱，挤不进牌桌，只好坐着打瞌睡。半夜的时候我被尹婆的声音吵醒，她在灵堂里骂人。是这么一回事，在道士念经的时候一帮孝子贤孙应该跪在灵前。当天请的那个道士拿了很厚的一本经在念，他语速慢，讲究的是抑扬顿挫，一本经没两个小时念不完。个别孝媳妇捱不住就打着呵欠，一屁股坐在地上。这是有传染的，别的人纷纷效仿，坐在地上听经。尹婆看不顺眼，就骂他们，说这最后一程都要省工夫，迟早是要遭报应的。死者一个操着遥远的外地口音的媳妇只是轻轻质疑了一句，老婆婆你是谁？

尹婆的嗓门陡地就升了上去，说，我是谁？你好，我是你婆婆生前最好的朋友，而且后面不带"之一"。

怎么没见过你，也没听我妈提起过？

这个问题问得好，难道说我是在骗你？那我要反问一句，有没有这个必要？尹婆的脸本来不好看，现在更不好看，基本上不能用来看了。她说，她生前我没必要和她套近乎，死后当然更没得必要。我是谁？

那个外地媳妇听得发蒙，求助似的看看自己男人，要他把尹婆的话翻译成普通话。那男的晓得尹婆不好惹，就劝老婆说，跪下去就是了，让她没有毛病可挑。接着他忽然压低声音说，你和这种人吵架，要是她一激动得个心肌梗塞或者是脑溢血如何收场？亲爱的，我喊你一声妈好吗？

虽然压低了声音，但尹婆隐约听到一些风声，厉声地质问，何三狗子，你在背后讲什么话呢？何三狗子说，尹婆，我在教育屋里人，我自己的妈死了以后，你就像我妈一样值得尊敬。

我不喜欢别人尊敬。尹婆谦虚地说，不论年纪大小，我们都应该平等相待，直到成为最好的良师益友。

那一帮孝子贤孙重新跪出了姿势。有个人就端来一碗嫩豆腐给尹婆漱漱口。守死人的晚上消夜就是豆腐，别人都还没吃，第一碗端给了尹婆。尹婆稍稍地消了气，拿起豆腐碗汩汩地喝了下去，没有再说什么。

我觉得她在别人灵堂上的感觉要比在别人婚宴上的状态稍好，别人结婚时她脸色不太好，老是一种找不到话茬搭进去的状态，而死了人的话，她总是死者生前最好的朋友或者最亲密的战友。这也无所谓，虽然从世界范围来看每一分钟都在结婚死人,但具体到伢城来说就是偶尔发生的事。如果仅仅是这样我也不至于感觉到尹婆无处不在。

尹婆有一天把自己房子的大门拆了,开一间杂货店。她这样有雄心壮志的人主要是意识停留在解放前,说到做生意就以为是开杂货店,要不然就买基金炒期货了。我每次去维修店就必须经过她的店子,这对我来说不见得是轻松的事。一开始我抱有侥幸心理,想三脚两脚跨过她的店面,径直去向胡同深处。

田小毛。她回回都喊住我。她精力真是旺盛,眼睛不散光,像一根绳一样扯在店面前面的路上,谁经过就会绊一跤。

你好尹婆,你看上去又年轻了五六岁左右。

不要跟我讲这些怪话,你以为我是理发店的妹子?对于这些虚伪的假话,我从来都是油浸不进盐卤不透的。她把脸扁了一扁。我知道她还要跟我说话,就迎上去。

你爸怎么没有给你找工作?他是个特级教师,没有理由让你干这种垃圾营生,修电器。在我看来,修电器永远没有修人赚钱快,所以我建议你去人民医院当一名医生。

尹婆知道我爸是谁以后,每一回都在问我有没有搞好正式的工作。我告诉她没有,她下回又问,仿佛我满世界地找正式工作。修电器这工作不是正式的,难道是反式的?

尹婆每次都会讲讲跟我家的渊源,还会提到我妈没死之前是她看着长大的。

我说要买包烟,并点了点烟柜。她拿出一包精白沙递给我,我掏了十块钱。

你妈真是个好人，哎，从不计较个人得失，在熟人堆里以能吃亏而被大家表扬。

现在精白好像是卖九块钱一包。

会找你钱的，我记性好得很。她的手看似伸向摆钱的抽屉，却一拐弯往上面摸了去，扯出一个塑料打火机。她又说，打火机有么？这打火机上面都贴得有漂亮妹子。

我拿过打火机看看，上面是香港一个演过三级片的。她演的三级片我看过并印象深刻，其名字仿佛贴在嘴边却说不上来。

我转身要走，她在后头自作嗟叹地说，现在风气不好了，素打火机进都进不到，只有荤打火机……

我们现在想去理发店坐一坐真是很不方便。雪峰和小桃晚上已相邀往郊区没有路灯的马路上逛了。而小米，我发现她越来越好看，她慢慢也习惯了冲着我微笑。我觉得她有一双明亮的会说话的大眼睛，晚上还会梦见这双眼睛，也捎带着梦见了整个人。那么漫长的白天，不能光靠干活来打发，我们需要时不时去理发店坐坐。

尹婆再不像过去一样每天都去买菜，家里那三头猪据说在一夜之间杀个精光，肉卖给肉贩子。现在她有充足的时间坐在杂货店，理发店有什么风吹草动她就过来睃一眼。有时候她用一把铁链子锁把大门锁好，上街去办点事，我们见缝插针地往理发店里面钻。她有时很快就回来了，据她说是因为她老会担心那把锁并没有锁好，于是，就瞥见我们两男两女聚在一起。

那天她把我和雪峰从理发店里叫出来的时候，正好撞上我爸。我爸提了一篮子菜还扯了电杆上的广告纸擤鼻涕。尹婆就说，正好，田老师，我要向你告状。她指了指我，又说，是你的崽我才心甘情愿地说他两句，他明显是个老实孩子，但有事无事老往理发店里面钻不见得是老实人做的事。

我爸就讲，小毛他也不小了，不会……

话不能这样讲。田老师，你一辈子替别人家的孩子操碎了心，难免对小毛稍微有些疏忽大意……

那你是要我如何搞呢？

尽快为他找个好工作，有编制的，他就有好的环境继续老老实实地生活下去。

哦，我看随便哪个单位都是养人的，编制这东西不是随便可以搞得到。尹婆，县太爷往往都要看你的老脸，你如果……

尹婆说，田老师，现在我人不在其位还是不像以前那样说话算数，既然你开了口我就放在心上，回头我打听打听。

我爸连声说好，扭头又问我跟他回去还是怎么的。我告诉他，现在还没有下班。

嗬，田小毛，你竟然还没有下班？尹婆看着我，怪眼一翻，像著名国画家朱耷画的那只缩脖子鸟。

我和雪峰往维修店子走，我爸提着一篮子菜往家里走，尹婆在电杆下面还站了一阵这才回到自己的杂货店。她的杂货店让我想起小时候。在她店里，线香纸钱和食品摆在一起，而且冰糖还用大玻璃罐子装着，上面的玻璃盖子被她裹上了一层花布片。

当天吃晚饭的时候，我爸告诉我，尹婆以前也不这样。她的性格和她杀过土匪有关。当时杀几个土匪也是时代给予的任务，是必须做的事，但尹婆作为一个女人，碰巧一下子杀了几个人，心性会受到很大的影响。我爸是特级教师，这跟他喜欢搞点心理分析有很大关系。他又说，她杀土匪也就是刹那间的工夫，这以后就解放了，尹婆被各个地方和单位请去作报告，不断说她杀土匪的事，作起报告来又必须声音铿锵表情刚毅，这样搞来搞去就把女人味越搞越少了，最后就养成逞勇斗狠的性格。

又说她后来还当过县炼焦厂的厂长，就更喜欢骂人。如果仅仅是骂手下的人，那她不免沦为势利小人。尹婆可不是这样。有一次一个省领导来炼焦厂视察工作，尹婆就请他去工人食堂吃钵饭，一个人一钵，吃不饱可以添饭但不能添菜。尹婆把一钵饭端到省领导的眼前，领导把饭钵看了看，就说，尹同志，现在处在艰苦奋斗时期，我就不给你们这些企业增加负担了，这钵饭分给工作在第一线的同志吃，他们需要大量地补充体力。由于时间关系，我又有别的一些考查项目，所以就不多逗留，要赶到县里去。

我没有把焦化厂发展到令党和国家满意的程度，但钵饭我还供得起。尹婆冲省领导说，你心里想什么我这个蠢笨的劳动妇女还是看得明白，只要到了县城，县里的领导就会好酒好肉大鱼大荤地摆满桌……你是不是还想县里给你找两个粉嫩的妹子陪着，一个打扇一个敲腿？

一个副厂长在一边听得是心惊肉跳，赶紧扯了扯尹婆的衣角。尹婆回过脸重重地看他两眼,搞得他不由自主后退两步。尹婆严肃地说,向同志,不要拉拉扯扯,请注意我是个女的。

这时候,尹婆忽然想到自己是个女的。

那天她把省领导搞得下不来台,不吃下那钵饭仿佛就有堕落的嫌疑。省领导口细,吃那钵饭喝了几碗榨菜汤,几乎是一口饭一口汤兑着吃。省领导走后,副厂长忠心耿耿地向尹婆提出今后工作要注意方法,和领导提意见还是要讲究策略。

……掺把沙他也得把饭吃下去。尹婆说,我就是要让他知道,当年党带领工农大众打江山的时候我也是放过枪的。

所以她也没法把官当上去,在焦化厂搞到了退休,那厂子乌烟瘴气的环境搞得她脾气越来越坏。退下来后,焦化厂后面的领导逢春节还得给她拜年。这种事情摊到谁头上都不容易,进到她屋会被她恶骂一顿。尹婆越来越看不惯丑陋的社会现象,憋着气要发泄在给她拜年的人身上。焦化厂出台一个规定,凡负责给尹婆拜年的,补贴一百块钱。

白天,只要尹婆一上街,我和雪峰就离开维修店朝理发店走。小桃和小米也是在等着我们过去的。我们的交往越来越变得煞有介事,不是那种逢场做的戏。和女人打交道这事,再怎么说也会比修理一堆破烂的家用电器有趣三到五倍不止。

一进到理发店里,雪峰就说,小桃,我看还是把门关上地好。小桃也是这么想的,她不很在乎赚钱,这偏门面也实在赚不到什么钱。她把卷闸门扯了下来。而我们来之前就已经把维修店的门关掉了。我和小米越来越有亲近的感觉,她刚从乡下进到城里,性格还不坏,想让她脸红是很容易的事。

我喜欢看小米听见小桃讲骚话时变猪肝色的脸。既然店门关上了，我们在里面就得来些自在。不能打牌，这样会发出很大的声音。如果既打牌又不让人发出声音显然也是惨无人道的，所以只有不打牌，只有把脑壳不停地干洗来干洗去。

雪峰早就已经把小桃的前胸当枕头了，而小米和小桃不同，她不愿意这样搞。她是个容易脸红的女人，通常来说，这种女人都不愿意拿自己的胸脯给男人当枕头枕。我和雪峰并排坐着，享受着头部按摩。虽然小米的手艺也很不错，但斜眼一看雪峰有枕头枕，我的后脑壳皮就感到非常地寂寞。

随着我和小米感情的加深，今天我抓住时机拿脑壳向后仰去枕她，她也就不躲了。从前面的镜子我看见她脸一点一点红起来的样子。她用手指在我脑门顶摁了一下，轻轻地说，下不为例啊。小米肯定是把九年制义务教育学得很扎实，才能记住下不为例这样的成语。我越发地喜欢她了。

总在这样的时候被人打扰，外面有人拍门。卷闸门这东西就是有这点不好，只要被人轻轻一拍，它整个都抖起来，那种由于金属弯折和变形产生的噪声让人提心吊胆。当另一个声音冒出来，卷闸门抖动的声音立刻小下去。我们听见尹婆在说，你们四个败家的，关了店门就能骗住我了？把门打开，关着门还能做出什么好事来？

是啊，好事固然是干不出，但又能干什么坏事？我在尹婆的咒骂声中陷入了沉思。

尹婆的声音持续传来，卷闸门也越来越响，甚至有了损坏的声音。小米脸上刷一下就白了。她世面确实见得不多，承受不住尹婆的叫喊，打算拉起门接受批评，争取一个好的态度。我拉住她并示意她不要发出声音。除了小米，我们三人都听得出这是使诈。以前尹婆带着队伍上山搜残匪，没准就是这么搞的。我甚至担心她会烧起一串干辣椒，从门缝里把烟子扇进来，熏得我们哭爹又叫娘。当然，时代不同了，尹婆也舍不得一把干辣椒，现在一斤卖到十几块钱。好一阵，她终于不拍门，也不再叫喊，而是走到旁边的洗衣店问，那几个鬼崽今天真的关门不做生意？今天县上又没开宣判大会啊，还能有什么热闹看的？洗衣店的黄姨平时虽然看小桃不顺眼，但她依然不愿意向尹婆检举揭发，只说今天一直没见理发店开门。

你讲什么鬼话？今天一早小桃这个婊子明明把店门打开了。这些鬼崽子真是不晓得生活艰辛，不到揭不开锅的时候不晓得要努力工作。小黄，你可不能包庇他们呐。

尹婆，我敢肯定你是记错了。

我记性好得很，这是公认的，不信你可以问一问令尊，也就是你爸爸。

但门关得铁紧，这是不争的事实。尹婆，你应该相信事实，因为事实胜于雄辩。

那一天尹婆终于是走掉了，我们四人松下一口气。我得意地看看小米，让她进一步地明白我判断事物的能力还是略胜她一筹。

另一天，不晓得是为什么，尹婆百分之二百地肯定我们四个人都窝在理发店里头，拍门拍了半个小时。要知道，这种情况下继续待在理发店里面，虽然说不上有生命危险，也会让人万分痛苦。幸好理发店有个后窗，上面装了几根螺纹钢。我和雪峰一齐用力抽出其中一根，终于可以将自己从缝隙中塞出去。外面是一条阴沟，阴沟那边是一道陡坎，坎上面是机械厂的职工宿舍。机械厂的职工正从坎上面往下看。我一抬头看见上面挂满了脑壳。他们见我俩钻出来了就嘻嘻地笑，还吓唬说尹婆追过来了。我站在阴沟里心里充满了委屈。我们并没有去偷别人家的女人，为什么要从窗户上爬出来呢？我真想抬着头说，人们呐，难道我们做了什么见不得人的事吗？要知道我们四人都未婚，凑在一起搞一搞少儿不宜的事，那也无可非议。何况直到今天我们还没搞呢。被冤屈的感觉，其实和被阉割的感觉差不去许多。

想想阴沟也不是适合讲道理的地方，我就什么也不说，只顾往沟外逃窜。雪峰这家伙总是比我跑得更快，一路踉跄。我跟着他跑的时候一闪神想到了当年被尹婆追赶的两个土匪，一个是踩虚脚跌死的，另一个好不到哪去，是被砍掉脑壳死的。总之，死相都不是很好看。

过了不久小桃终于还是把店关了。这和尹婆有关。剪头发是搞不到多少钱的，分头四块平头五块，刮青头皮也是五块。能有多少钱？如果给顾客干洗头发，那么要十块钱一个，如果顾客提出使用进口洗发水，那么要再付十块钱。这样一来钱就赚得快了。干洗总是要副带着头部按摩的。每当顾客把脑袋枕在小桃的胸脯上（小米跟我发誓说她绝不让别的男人讨这种便宜），尹婆就会走过来，在店门外静静地观看。小桃毕竟年轻气盛,她叫尹婆不要老是站在那里看自己,尹婆却偏要看,并高着嗓门说,这有什么见不得人的吗?有一次还引发了口角,小桃被尹婆扇了一耳光。被扇还不算,所有的人都告诉小桃,这就是你不对了,为什么要和尹婆吵架呢?难道尹婆是可以用来吵架玩的吗?小桃想来想去,只好把店面关了,另找一个门面做生意。

我在维修店继续干了一段时间,我爸给我找了一份工作,到一个乡中学去教书。那个乡叫贯贯井乡。我对工作并无所谓,但这让我不必天天经过左撇子胡同去到牛摆尾胡同,也就不用见到尹婆。

再见到尹婆是差不多一年以后了。那天我结婚,我爸把请柬发到尹婆的店面上,发到她手里。我家和尹婆有人情是十几年前的事了,那时候她一个女儿正要出嫁。有一天我爸坐车去朗山县,班车要开走时尹婆跳了上来,一屁股坐在我爸旁边。两个人扯了一顿闲话,就算是认识了,尹婆还问了我爸的名字,还显出很虚心的样子问那三个字怎么写。我爸就教她写了三个字:田海山。尹婆感动地说,田老师,你是特级教师,我也得到你教导了。我爸正要对她说哪里、客气了、不敢当,忽然看见尹婆哗啦一声从挎包里掏出一张请柬,什么都填好了,就差姓名栏空着。她工工整整地把田海山三个字写上去,递了过来,问,田老师,没写错吧?

在我结婚的前几天,我爸写请柬时还跟我说,当年我妈不幸逝世的时候,我爸要帮忙料理的人不要忘记把一张讣告贴在尹婆家的门口。因为尹婆有个习惯,死者与自己家没有人情往来她往往会去,挑一挑孝子贤孙的毛病,赚一碗嫩豆腐吃;但是死者与自己家里有人情往来,停灵的晚上一般就见不着她了。所以尹婆家外墙上经常贴得有讣告。

那次讣告贴在尹婆家门口,她还是不来我家探望。事后她说我家的讣告被另一家的讣告盖住了,她没有看到。

这次,请柬已经把到她手上了,她还是来了。我结婚的那天尹婆把自己打扮了一番来到我家请客的地方,是一块宅基地,暂时还没有建房子。她看见了我把我夸一通,说,田小毛,好得很,结婚就要有结婚的样子。接下来她准备夸我的老婆,拿眼睛使劲一看,刚要说好,舌头一拐弯,说,田小毛你老婆怎么这么面熟啊。

就是小米啊,理发店里的小米。

啊,你真的和她结婚了?田老师,你家田小毛是个有良心的孩子,以后你老了不要担心他不给你倒屎倒尿。

我爸面红耳赤地说,这是两回事,他俩的事跟我老不老没关系。

那跟什么有关系?尹婆摆出不耻下问的样子。我回答说,因为我们彼此相爱,而且已经珠胎暗结,所以结婚可以起到息事宁人的作用。我一不小心连续地使用成语,因为最近我正在教小米成语,这也可以让尹婆听得一头雾水。尹婆果然说,你们年轻人讲话我是越来越听不懂了,但我看出来小米气色很好,祝你们早生贵子。

我高兴地说,你真是一语中的啊。同时示意小米,这又是个成语,可以这么用。小米点点头,并把一只脚探出婚纱重重叠叠的下摆在我屁股上踹一脚。她是要告诉我说，这个词她听懂了。

我爸给尹婆领席，左手指着左边的一席，说这是搞白酒的；右手指了一个彩条布隔成的小包间，说这里面喝的是啤酒。尹婆，你自己看，要喝什么酒？尹婆就往彩条布包间里面走，说，天气热，喝啤酒有利于解暑和降火气。

我爸提了两瓶啤酒进去，尹婆说，老田，我既然说要喝啤酒，两瓶是很不够的。我爸叫我扛了一打进去。一下子找不到瓶启了。场面上有二十多张酒桌，却只有两把瓶启，现在要找出来简直比把小米弄上床还困难。尹婆等得不耐烦了，冲我说找什么找？牙齿难道是用来吃豆腐的吗？我想也是的，没瓶启，但牙齿总是有的。于是我把啤酒取出来要用牙咬，尹婆还是生气了。她说，这是什么意思？田小毛，你以为就只有你口里头长得有牙齿？她把啤酒瓶夺了过去，啪的一下就咬开了，朝天上一吐，啤酒盖子向上飞去了丈把高，才飘飘悠悠地落下来砸进老鸭汤的汤钵里。

在座的人齐声喝彩，并鼓掌。尹婆抓出第二只啤酒瓶又要咬，我吓了一跳，想夺过来自己咬。但有人拦住了我，说，你不要捋她的倒毛，只有顺着她才是唯一的出路。那人又冲尹婆说，尹婆，你多大岁数了？

尹婆嘴里又吐出一个瓶盖，并大声回答，七十有六。那人装出吓了一跳的样子，说，尹婆你可不能乱咬，乱咬的话容易咬出吉尼斯世界纪录来。哪有七十六岁的女人还能用牙齿开酒瓶的？要不是亲眼看见了，尹婆，我宁愿挨你一枪也不肯相信这样的事。

吉尼斯是什么东西？

就是世界第一的意思，要是评上了，基本上相当于你一口气又打死三个土匪，甚至打死得更多。

这个人说话的时候尹婆已经搞完了一瓶啤酒，并且没有要上厕所的意思。看来她又把胃和膀胱狠狠保养了一番。喝完以后她就把一打啤酒都放在桌上，一只一只地咬起来，满春面风满口生津。每咬掉一只瓶盖，在座的就齐声叫好，并鼓掌而且吹起口哨。彩条布不晓得什么时候拆掉了，别桌的客已经没有心思把饭菜吃下去，纷纷围了过来欣赏尹婆咬瓶盖时那不费吹灰之力的样子。

大家还一起帮她数数。

她咬完了一打啤酒，正在兴头上，指了指我说，你再去帮我扛一件。

我告诉她，没有酒了。

你简直是放屁。酒可以喝完，难道不可以再去买？

我赶紧说，尹婆你不要说了，快别说了。打了个响榧子，就有人扛来了两件。

大家继续把数子数下去。数到三十三的时候，尹婆已经把啤酒盖咬到口里去了，这一口咬得特别响。尹婆忽然把嘴巴抿了起来，抿得铁紧。她嘴角细密如素描皱线的纹路忽然暴露了她的衰老。大家关切地问，尹婆，是不是吞下去了？

我作为当天的新郎当然吓了一跳。吞下去怎么办？吞下去怎么得了？看样子只有给她来个倒立并让她犯恶心呕吐。

这时候尹婆忽然张开了嘴，一口血就喷了出来，整个上牙床都夹在那口血里面。

所以我那个婚结得不是很爽，接下来整个场面都有点混乱，我们把尹婆七手八脚弄到了医院。花了一千多块钱，才把尹婆的上牙床勉强归位。

我爸后悔不已，怪自己不该赌一口气请尹婆来赴宴。他事后算账时告诉我，十几年前尹婆儿子结婚的时候我送礼金三十块钱。那时候工资多少？一百零几块钱。现在，尹婆真的就敢把三十块钱原封不动地还回来。当天，要是她没把自己的牙崩脱，估计一件酒是要喝下去的。

那次出事以后尹婆就一蹶不振了，好久都没有出门。但她生命力是何等地强健，次年开春的时候她已经恢复了几成，可以出门走一圈，见狗吃屎照样跑过去用脚踢。入夏的时候，机械厂宿舍那里忽然死了个人。有三个女人各自扛了一个花圈要去送给死人，却走错了地方，把尹婆家的门拍得咚咚响。尹婆拉开门一看，满身的血液齐刷刷往脑门顶冲去。她暴喝一声，娘卖皮的，我还没有死，难道你们看不出来吗？三个女人赶紧向她道歉，说是认错门了，并问她机械厂宿舍怎么走。尹婆冷笑一声，说，要走可以，把花圈留下来。她身体忽然变得有点灵活，走过去夺下一个花圈扔在地上，并用脚踩，一脚就把一个生塑料轧成的奠字踩得稀巴烂。那三个女的也不敢招惹她，护住剩下的两个花圈仓皇逃窜。尹婆有着宜将剩勇追穷寇不可沽名学霸王的精神，还想冲过去再抢个花圈，没想到左脚踩着了右脚猛跌一跤。

这一跌就把自己再次跌进医院了,出了院就进了火葬场,出了火葬场就变成一把灰。有什么办法,我发现很多上年纪的人都是这么死的。

有一天晚上我往床上去,床上原本就躺着我的爱人小米。她已经把小孩生下来了,长得不太像我。我掐指一算小孩生下来已经三个月了,正好三个月。我不得不得承认这个晚上有些蠢蠢欲动。我抱住她正要说热乎乎的话,小米这个笨女人忽然脱口而出,小毛,我发现揭不开锅不是个成语。我把成语词典翻了一遍,没有找到。

我暗吸一口气,没忘记表扬她良好的学习态度。她现在发奋学习,也是满足我爸的要求,我爸还希望她再去考个成人学校起码拿个专科文凭。现在她学成语的劲头非常足。当她说出揭不开锅这四个字,我突然就想睡觉了。正要睡,她又把我摇醒,问我在想什么。

我告诉她,现在我忽然怀疑,那三个女人是存心的。

哪三个女人?

就是拿花圈却拍错了尹婆家的门的那三个女人。

小米生孩子以后脾气大了一圈,一脚重重地踹过来。算好床宽,我没有将自己掉下去。小米说,我现在胖得没样子了,晓得你其实不想搞我。即便你不想搞我,也不必说这种倒胃口的话。

我这才发现小米今晚上也有着和我一样的心思,并非只想考证揭不开锅是不是成语。于是我搜肠刮肚,想找出几个恰当的成语,把小米这具身体重新激活起来。

最简单的道理

作为一个转校生,小丁在这个班上几乎所有的行为,都像故意要别人忘掉他的存在。小丁一直就是这样的,在小孩们生长发育中普遍要经历的几个"人来疯"阶段,小丁都病态般地保持了安静、缄默。转到佴城一中的这个班以后,小丁已经十五岁了,沉默对他来说是习以为常的。此外,他喜欢用略带忧郁、羞涩的眼神看着那些发育中的女生。他发现,处于这样的年龄,她们的身体像经冬的河床一样丰盈起来,一把一把地往空气中散布雌性荷尔蒙的气息;她们的脸上,多年积累的美丽痘及叫出不名的疙疙瘩瘩,也逐渐消退掉了,像是被橡皮头小心翼翼擦去的。

小丁第一次引起班上人的注意,是在转校一个月后的小考上。那一堂考数学。这所学校出的试题过于地浅,小丁很快把试卷正反两面都做完了,每道题都蛮有把握。然后,小丁把脑袋抬起来,看见别的人几乎都还在做第一面,或者把手垂在桌子底下翻看试题集。小丁百无聊赖地坐着,为不让别人觉察他的存在,他没有提前交卷。他的手旋动着笔杆,两眼优哉游哉朝窗外望去。

当他把目光收回室内,就看见那个监考的女教师。她很年轻,也很漂亮。她自己肯定很清楚这一切,所以穿着也十分养眼,一身素淡的裙装,勾勒着她的身躯,又不至于喧宾夺主。她正倚靠着教室前门坐着,门是敞开的,从操场那边吹过来的风,把她的裙子鼓胀起来,裙裾不规则地飘动着。小丁出神地看着女教师,他觉得她像一幅画,而且不是中国人画的。过得有好久,女教师才发觉有一个人的目光正盯着她。她能感到这种目光烙在身上的那种灼热。她看着那个豆芽菜一般的学生,他的脖子有一根筷子这么长,让她联想到鸭子或者鹅。她进一步地看见,他那张脸很窄,两只眼睛嵌在颧骨上面,格外显得突出。他忧郁的眼神和他的年纪不和谐,不搭调。

女教师和小丁相互看了一小会儿,忽然下意识并拢两条腿,并用手把裙裾抹进两腿之间的地方。她的动作连贯迅速,仿佛是生物课上讲过的应激反应。

与此同时,小丁打了个嘹亮的喷嚏。女教师收拢裙裾的时候,小丁脑袋嗡一下大了起来,他难为情地想,她是怎么知道的呢?这一瞬间,小丁的呼吸有些紊乱,鼻腔发痒,打了个喷嚏,没想声音有这么大。早晓得会是这么大,小丁一定会把喷嚏活生生地吞到肚子里去。半个班的同学都拧着脑袋朝小丁看过来，眼神都有些古怪。特别是有个叫小庄的家伙，还朝小丁挤眉弄眼，像是洞穿了小丁的秘密。直到看见有两三个人交卷了，小丁才拿着自己的卷子走上台去。他不敢看那个女教师，他看了看她的鞋子。她的鞋子和她的脚小得就像玩具，或者钥匙链上的挂饰。他眼光铺在她脚尖时，她又反应过来，把两脚并拢，然后把一只脚尖跷起来。

她用跷起来那只脚的脚跟蹭了另一只脚的脚踝，那里有些发痒。但这个动作，小丁没能看见。

这次考试成绩出来以后，数学老师就罢免了原来的课代表，让小丁来当。小丁很后悔自己考得个满分。要是晓得第二名整整少他三十分的话，他会故意答错几道题目。他也不喜欢那个数学老师。数学老师是个又矮又瘦的老人，小丁觉得，他看上去就像是一具会说话的木乃伊。现在，木乃伊指了指小丁，说同学们，以后你们要向这个新来的同学学习。你叫丁什么？木乃伊整了整眼镜，往点名板上查找。找了半天，他说，丁小宋，蛮好。以后你们要向丁小宋同志学习。

下课以后，就有那么两三个家伙围拢到小丁的桌子边，要和他握握手，然后说，徐老指示：以后你们要向丁小宋同志学习。他们说着就笑了，还从兜里掏出很廉价的烟，拨一支请小丁抽。小丁赶紧摇头，他说，我从来都不抽。那几个家伙又笑了，他们就是喜欢示人以一脸坏笑的样子。他们抚弄着小丁的脑袋，把他的分头弄成毛刺头，并慈祥地说，你看你看，真是个好孩子。

小丁不喜欢这几个人，他们是体育生，个个方头方脑，

79

走起路来跟螃蟹差不多。小丁知道,在哪所学校都少不了这样的人,倚仗打架厉害,时不时会敲别人竹杠。但在这个班上,体育生似乎太多了些,搞得每个课间都是鸡飞狗跳的样子。还有,他们跟班上女孩子讲起话来的时候,一只手至少是搁在女孩子的肩头上;说起话来,会把嘴尽量地嗅近那个女孩。在小丁以前读过的那学校,没有这样的情况发生,男女之间保持着很矜持的关系。所以小丁得来一些印象,这里的学生早熟一点,成绩自然是差点。

现在小丁成了数学课代表,下课的时候会有一些同学来问他问题。他觉得麻烦,他不想做那些模仿老师的举动,但又推脱不开。来的多半都是些女孩,她们一挨近他,他就会闻见令他头脑闷胀的香气。他总是三言两语讲明一个问题,尽量少说话,让她们尽快地离开他。因为,他用余光看见,她们挨近他的时候,那几个体育生会在不远的地方抄着手站着,盯着他,嘴角挂着不易觉察的笑。

他不知道为什么要转学到俰城。这只能怨他爸爸老丁。老丁是地质队的,工作调动频繁。他得随着老丁,从一个地方去到另一个地方,从一家学校转入另一家学校。小学时他在俰城读过几年,现在,只不过是又回到这个地方,但他发现他已经不喜欢这里了。不是每一个待过的地方,都能给人留下美好的印象。

一天,小丁走出学校,挑了一条最僻静的路走回住处。那是一条小巷子,巷两边是两家工厂的围墙,没有住户。虽然绕得远一点,小丁还是愿意走这条路,看看一路掉落的梧桐叶,看看整条路阒寂无人的样子。只有在这条巷子里走着,小丁的心情才能舒缓下来。另一个原因,是前不久有一次,他还在这条巷子里看见那个女教师了。她在他眼前闪烁了一阵,拐进另一个巷子,看不见了。但他自此就可以认定,她回家也是走这条巷子。小丁知道她姓刘,他在心里把她叫做小刘,前面带一个小字,就会得来一份亲昵。小刘爱穿白的衣,白的裙。天气稍冷一些,她能用上一条毛线织的白裙,下面穿着长的底裤,也蛮好看。于是,有时候,小丁又会把她叫做白色的小刘。他喜欢揣摩这层隐隐约约的意思,因为小刘是老师辈的,和他隔着代,似乎遥不可及。小丁仔细地想了想,在小刘以前,他没对哪个女孩产生过这种感觉。这么想着,他就略带自嘲地笑了。

又有那么一天,小丁走在这条巷弄,前面拐弯的地方忽然白花花地一晃。他马上意识到那是小刘,白色的小刘就在前面不远的地方。小丁赶紧跑了过去,想跟紧点。他甚至想,就算是小刘发现自己,也无所谓。当小丁走到转拐的地方,忽然被一个人狠狠地搡了一把。那里站着两个十七八岁,个头挺大的男孩。其中有一个说,前面有事,你往别的路走。小丁看了他一眼,他就狠狠地剜小丁一眼。那人说,看什么看?看你妈的看!这时候小丁听见了小刘的声音。小刘发出一种呼叫的嗓音,尖细而又很含糊,听不出语意。小丁很想冲过去推开那两个家伙,看看那边到底发生了什么。但他心子一阵狂跳,两条腿不由自主地往回路上走,走到那两个家伙看不见的地方。小刘的尖叫声还在传来。小丁贴着墙,软软地站着。除了抽自己两三个耳光,他什么也不能做。

　　他暗自地想,那边发生了什么呢?他也听说,很多社会青年,特别是打架厉害的那种社青,追女孩经常用在巷子里两头堵的办法,霸蛮地和女孩扯上关系。现在,小刘是不是也碰上这样的事呢?小丁的思绪并未就此打住,他又想到一个词,两个字……这个词还没来得及在小丁的头脑里变得清晰起来,小丁就硬生生把它掐灭了。他的后背机伶伶打了个寒噤。

　　小丁走一步拖一步,从条岔道上了马路,回到家里。他热切地等待着明天去到学校,看看小刘怎么样了。小刘没有教他所在的班,但上午第二节课下了以后,小刘会站在她担任班主任那个班级前面,带领她的学生做操。

　　第二天,做操的时候,小丁又看见了小刘。她仍然穿一身白,不过是工装一样的西服,做着操。她的动作挺优美,从侧面看去,她面带微笑,表情生动。

　　上数学课时,木乃伊徐老师的一张脸肿了,是被人打肿的,但看上去,脸色反而比以前好看多了。课间小丁就听见那一帮体育生像老鼠一样聚作一堆,窃窃私语,并暗自发笑。是他们昨晚上摸黑揍了徐老师一顿,因为徐老师拧了小庄的耳朵。小庄和他们是一伙的。体育生们在教室后面摆扫帚的角落抽着烟,等着看徐老师进来后会是怎么样的状态。徐老师一出场,他们就笑了。他们一点都不怕这个徐老师。

　　徐老师随时摆出一副蔫头耷脑的样子。据说,这徐老师早几年在乡村一所中学里教书,某天正上着课,遇到有个人冲进教室，拖刀砍他的一个学生。徐老师眼看着这样的事发生，冲上去又没胆量，但如果不保护学生，事后是要遭处分的。他灵机一动，干脆躺在地上装死。这一招很高明，他不但没被处分，还找个借口说那所中学给他造成了严重的心理伤害，待在那里就是受罪。托了些关系，徐老师得以调进城。这使得徐老师成为小县城里的名人，也使得他的学生，特别是那帮体育生一点都不怕他。徐老师一开始显得病恹恹的，熬了几年就成为木乃伊的模样。甚至，语文老师讲解一蹶不振这个词时，忍不住地说，同学们呐，什么叫一蹶不振？你们徐老师那个样子就叫一蹶不振！

徐老师一走上讲台，扬起肿胀的脸，啪地就把一沓作业本砸在讲台上。他指了指小丁，说，你上来，你数数，昨天的作业收上来多少本？小丁只得走到前面去，把作业本数了一遍。只有27本。他说，徐老师，是27本。

很好。徐老师竟然说很好，然后又问小丁，你数数这个班上有多少人？不要数，小丁也知道，班上是45个人。徐老师又问，那好呀，再问你一个小学数学题，45减27等于多少？你掐指头算算，算出来了告诉我。这哪用得着掐指头啊，小丁张口就说，18。徐老师说，你又对了，我是不是该给你打个满分？徐老师说这话时，突然把头扭了过来。小丁还来不及看清那张肿胀的脸，就挨了一个耳光。徐老师打了他一个耳光，他下意识地用手捂住被打着的那半边脸，结果另半边又挨了一下。徐老师拿出一种非常失望的样子，说，你这个课代表是怎么当的？怎么没把本子全都收上来？徐老师又把头扭下去,问下面的学生,你们说,我是不是要抽他18个耳光,他该不该挨抽啊?

下面一片雷鸣般的声音说,该!

小丁用双手捂着脸颊,不想再挨耳光。于是徐老师就循循善诱地说,放下来,我说,你他妈快把手给我拿下来。下面的同学也在鼓噪,甚至敲桌子打板凳,吆喝着给徐老师助威。听着这一片吆喝之声,小丁安稳住了自己,就把两只手垂了下去。徐老师的个头出奇地矮,只有一米五多一点。他跟小丁说,把头勾下来一点,再勾一点。小丁闭着眼睛,把头勾了下去。徐老师又抽了起来。咣咣地两记耳光后,他说,看你还是蛮听话,这次就饶了你。徐老师揉了揉指头,诧异地说,没想到你的脸还蛮硬。

小丁走下台去,看见班里的人个个都是乐不可支的样子,都盯着他看。徐老师经过这一番折腾,回复了以往的状态,甚至还挂着心满意足的微笑,讲起当天的课。小丁把书合上,那一刻起,他下定决心,再也不听他妈的数学课。

小刘恋爱了。小丁在那条巷子里发现这件事的。小刘有了一个男朋友,高个,剃着光头,眉毛浓得像两把鞋刷,连墨镜片都遮不住。他手臂上还雕得有图案。他穿着长袖衫,雕的图案只露出来一点点。小丁估计那是一条青龙。看着小刘依偎在这个男人身边,小丁就想,她怎么会看上他呢?小丁以为小刘会找一个非常斯文的男朋友,斯文得就像休·格兰特一样。随即,小丁就嘲笑起自己来。他想,她喜欢谁我瞎操什么心呢,我又不是她的爸爸。在那条巷子里,小丁加快了速度，越过了小刘和她的男朋友。他俩走得慢吞吞地，剥着荔枝果往对方口里塞。

走到前面拐弯的地方，小丁忽然想，上次在这里，是不是这个男人拦住了小刘呢？她是不是怕他，慢慢地，这种怕的感觉悄不觉中就变成了爱？十五岁的小丁，要弄清这些问题，肯定是力不从心的。

这天小丁的妈回到家里，按惯例会给小丁带一些邮票回来。小丁的妈在省城一家公司，因业务需要，去的地方很多，还经常出国。小丁的妈在小丁六岁的时候就培养他集邮。那些带齿的小纸片，花花绿绿，看着养眼，把玩着养心，还能增长百科知识。六岁那年，小丁的妈就跟小丁灌输这些道理。那时小丁太小，半懂不懂。正因为年纪小，可塑性强，一来二去，他就在他妈的指导下喜欢上了集邮。现在他还不挣钱，所谓集邮，都是他妈帮他买来的。今天又买了不少的新邮票，中国的外国的，用一个个白纸袋装着。小丁的妈说，把这些邮票归类整理，下次我要检查。但小丁今天没有兴趣玩邮票，整理邮票仿佛是母亲布置下来的作业，是累赘。他想到了小刘。和小刘相比，邮票实在是很枯燥的东西。小丁躺在床上，阖上眼皮，就浮现出小刘的模样。在小丁的脑海里，小刘的模样是一张平面的画，从水底下缓缓地浮上来，不规则地折射着照进水里的阳光，最后漂浮到水面上，逐渐抻开了，变得平整。

小丁的妈轻轻推开小丁的房门，发现小丁睡了。小丁的妈就说，小丁睡了，哎，脸上还带着笑呢。老丁就说，还好，他好像挺适应这边的生活。小丁的妈说,那就好,我走了,不要叫醒他,等他自己醒来,你再告诉他。

很快又是月考。因为有了月考,一个月显得很短。小丁犯了守株待兔的错误,考数学这一堂时他去得很早,希望像上次一样,把小刘老师好好欣赏一顿。天气已经冷了下来,他估计她不可能再穿裙子了。监考老师没来之前,那几个体育生把小丁团团围住。他们跟本来坐在小丁附近的同学说,滚一边去!于是,那些同学就收拾好自己的文具,坐到体育生们的位子上去。坐在了小丁前面那个座位的小庄不是体育生。如果想偷看小丁的试卷,这个位置无疑是最佳的。小庄的父母当初心急了一点,在他三四岁的时候就逼着他练举重,想早早地给他挣下一份特长,以后能出人头地。结果小庄把身体弄得畸形了,也没当成体育生。但小庄长得壮,他脸上表情肌啊咀嚼肌啊都呈条状的,以致小丁有理由怀疑,小庄的颅内的大脑不是豆腐状的,而是粗条状的肉腱。

监考的是徐老师,他倚靠着教室的前门坐着,一根接一根地抽烟,眼睛像木乃伊一样转都不转,根本不往教室里看。外面敲钟了,考试进行了半个小时。这时,前后左右几个体育生压低着声音跟小丁说,丁小宋,把卷子摊开,让我们看看。小丁就照做了。他把笔挟在耳朵上,像挟着一支香烟,然后把自己的卷子摊得很开。体育生们的视力都很好,他们瞟一眼就全看清楚了,小丁一个题目也不写,他的卷子上除了试题,一片空白。坐在后面的老炮说,你他妈玩我?快写。小丁把头稍微向后转,表情显得很无奈。他说,我不会。老炮说，好的，你他妈等着。

快交卷的时候，小丁随手写完了几个选择题，ABCD，然后又是ABCD，按着这样的顺序往括号里填。

两天后徐老师把试卷改了出来。在讲台上，他扬起一张卷子，问，是谁不敢写名字？得了九分，也就是对了三道选择题，而且还是碰着的。徐老师说完话，就看了看下面的学生。他的目光在小丁的脸上短暂地停留了一会儿，又看向别的人。整个教育很安静，吹来一阵风，那张只有九分的试卷在徐老师手中抖索出哗啦啦的声响。

徐老师用目光把全班学生过一遍，遇到体育生，他的目光就轻盈地跳过去。然后，他问小丁，丁小宋，前天考试你来了吗？

小丁说，来了。

徐老师问，试卷你交了吗？

小丁说，交了。

徐老师就说，奇怪了，怎么你的考卷找不见？徐老师本还指望小丁在年级里再盖他娘的一回头卷。

中午放学，小丁走在那条巷子里，被人堵了。就是在上次小刘被人堵的那个地方。老炮和小庄扭住小丁，说，你上次是出毛病了，是不是跟我们过不去？小丁再一次地告诉老炮，我不会。于是，他就挨了老炮的一记耳光。小丁想扭头往后跑，小庄拦腰把他抱住了。小庄虽然个小，比徐老师更加矮小，但力气蛮大，就像土耳其举重神童穆特鲁——连长相也像，一张圆脸看似皱巴巴，黏着一块块白翳，但他笑起来时，分明又是一张娃娃脸，看着非常窝心。小丁发觉自己被小庄黏住了，小庄两手一夹紧，简直可以把他拦腰掐断。老炮说，你还想跑是吧？他用两手环箍着小丁顾长的脖子，然后往上举。他轻易就把百来斤重的小丁举了起来。小丁想咳嗽但咳不出来，伸出手想掰开老炮的手指。但老炮说，那是不行的，我的手越掰越紧你信不信？小丁试了试，发现老炮说的是真的。老炮是市举重队在册的运动员，经常夺得同年龄组的冠军。老炮发现小丁不挣扎了，就把他放下来。

比杠铃轻多了。老炮拍了拍手上的灰尘，一脸谑笑地告诉小庄，就像提一只鸭子。

小庄来兴趣了，他说，我也试试。小丁挣扎了几下，还是被小庄掐住了脖子。但小庄个太矮，没法把小丁的双腿举离地面。老炮往四周看了看，他说，你个猪，那里有个石墩子，你站在上面，就可以把小丁拎起来。小庄这时看见了石墩，他掐着小丁的腰让小丁双脚离地，然后往石墩那边走过去。小丁第二次被拎离了地面。他双眼茫无地看看天上，再看看巷子。他的腿往后一踢，踢着了小庄的身体，具体踢在哪里，他也不知道。小庄骂了句脏话，叫老炮过来把小丁的脚摁住。小庄谄媚地对老炮说，真的很轻，轻得就像一只鸭子。老炮皱了皱眉头，说，你个猪，能不能说出些新鲜的？

正当小庄搜肠刮肚想找出新鲜的比喻的时候，小丁看见了小刘。小刘这天穿着一身绿毛衣，所以，当小丁看清楚了那就是小刘时，小刘已经走得比较近了。小丁本来还略微地挣扎着，因为他想，如果一点挣扎都没有，那就太丢人了。

于是，他一直象征性挣扎着，又不至于激得老炮和小庄更为光火。但现在，小刘走过来了。小刘走路的姿势从来都是那么好看，她扭动的幅度比一般的女人大得多，却一点也不显得做作。

小丁的身体忽然一点动弹都没有了，他异常地顺从，双手自然下垂着，像一张晾起来的被单。老远看去，这三个人做着某种古里古怪的游戏。小刘已经走到三个人跟前了。她不得不瞟来一眼。这时，小丁感觉心子在喉结那个部位跳动。他感到口唇干涩。他很担心小刘摆出老师的架子制止这事，担心她说：都回家去，别在路上欺负小同学！

但是小刘什么也没说，她只瞟了那一眼，就把眼光丢回到路面，继续走。她能把视而不见的样子摆得非常自然，仿佛患有白内障。等小刘又拐个弯看不见时，小丁就开始挣扎了。他突然像发癫痫病一样猛烈地扭动起来，两只脚也挣开了老炮的手，把老炮踢开了，然后又往后给了小庄一脚。这一脚挺来劲。当小庄一松开手，小丁就跑了。他早就想好了，往来的方向跑去，这样就不会碰到小刘。老炮和小庄追了几步，发现不可能追上小丁，就停了下来，站在一棵梧桐树下。他俩都是练举重的，而不是练跑步的。老炮冲着小丁的背影，挥着拳头喊道，丁小宋，别让我们再看见你，看见你一次，就打你一次。

别喊了，狗日的跑得可不慢。小庄拉住老炮，说，老炮，你看出来没有？

看出什么了？

89

小庄一脸坏笑地说，他刚才有点反常。弯八哥那个马子走过来的时候，小丁就有些反常，动都不动，我吓了一跳，还以为他断气了。我猜，小丁是暗恋弯八哥那个马子。

老炮晃着脑袋想一想，说，你说的，就是教外语那个小刘老师？

小庄说，对，弯八新泡上的马子。

喊。老炮在小庄的头顶上拍了一下，说，你个猪，还会分析问题。老炮接过小庄递来的烟，用烟子熏着脑袋，让自己更清晰地想起小刘老师的模样。

老丁这个晚上买了一只鱼。他回到家中，做好晚饭，还没见小丁进屋喊他一声。他又等了一等，等得不耐烦了，走过去拧开小丁的房门，发现小丁在睡。老丁问，什么时候回来的？小丁没有回答。老丁走过去摸了摸儿子的脑袋，问，怎么了？小丁这才回答，没什么。老丁说，吃饭。小丁说，吃过了。老丁问，在哪里？小丁说，在肯德基，俱城新开张一家肯德基。

俱城也有肯德基？怪事。老丁说着走了出去，一个人吃鱼，还喝了一点酒。

第二天，老丁起得老早，给小丁留一百块钱，要小丁自己安排。老丁要去野外作业，有三四天时间。老丁说，不要天天去吃肯德基，知道吗？小丁说，噢。

老丁提前一天回来，野外作业遇到了困难，预期的目的没有达到。那天晚上，老丁回到家中，拧开小丁的房门，看见了令他尤其吃惊的一幕。一切还是昨天早晨他离开的样子，小丁依然弓着身子躺在床上，床头柜上，那一百块钱依然原幅原好地摆着。

你怎么了？老丁拍醒儿子，让他坐起来。你到底怎么了？

小丁揉着眼睛，迟疑了好一会。他说，呃，我睡过头了。这样的回答不能让老丁满意，儿子的脸上有一些以前从没有见过的神情。他说，你要跟我讲实话，犯什么错误了？你快跟我说出来。老丁有些焦急，因为小丁从来没让他操过心，突然遭遇到这样的情况，老丁一时有些发蒙。他甚至扬了扬手掌，跟儿子说，不说实话，我抽你你信不信？小丁继续摆出睡眼惺忪的样子，拖延时间。他想找个什么理由把老丁搪塞过去，但小丁这么多年没有这方面的经验，编一个理由，比解数学题难多了。他的嘴巴翕张着，怔了半天，愣没有编出理由来。于是老丁就给了小丁一巴掌。他打得很轻，但小丁挨这一下就有些晕菜。小丁说，我说我说。小丁在心里说，我可不想再挨耳光了。

他把前几天发生的事都告诉了老丁。

老丁听完了儿子结结巴巴的讲述，皱起眉头来。他说，原来是这样。徐老师以前还教过我，他辈分高，抽你两耳光你也活该，就当是我抽你几耳光吧。但你说的那两个小杂种，他们有什么理由抽你耳光？我会找他们麻烦的。小丁惶恐地问，你要怎么办？老丁就说，这个你别管，明天你只管去上课，你不去我还抽你。那两个小杂种，他们叫什么名字？小丁只得把老炮和小庄的名字重复了一遍。老丁默念着这两人的名字，说，要得，我都记住了。

次日小丁去到学校，那个班上，没跟什么人打招呼。谁也不去留意小丁这个人有两天没来上课，顶多是记出勤的老师在小丁的姓名底下画几把叉。小丁看见小庄和老炮在打铃以后钻进了教室，他俩都没有看他。下午第三节课，是自习。班主任突然走了进来，把老炮和小庄叫出去。小丁的头皮开始发麻了，他隐约觉察到，把这事告诉父亲，是件很愚蠢的事。他勾着头，偷偷觑一眼周围的人。现在暂时还很宁静，班上别的人还不知道是怎么回事。时间过得很慢，小丁看看腕上的手表，却意外听见自己心跳的声音。只十来分钟，小庄和老炮回到了教室，他们吐着舌头向全班的同学做着鬼脸，然后特意地看向小丁。班主任后脚跟进来了。班主任是个高个中年妇女，戴一副金框眼镜。班上的人背后叫她"更年期"，或者叫"更姐"。更年期维持了一下班上的秩序，然后说，现在，我要对班上两个同学提出批评，庄志伟和李大胜，你们两个站起来……

小庄和老炮就站起来，脸上挂着得意的神采。

一切都超出了小丁的想象。更年期在批评的语调中把事情经过大概讲出来，整个班都沸腾了。小丁仿佛看见人头攒动的样子，在自己眼底晃来晃去，每个人的脸上都洋溢着笑容，嘴巴都笑歪了。小丁本来想把头埋起来，但是咬咬牙，仍然抬着，看向别人，看清了他们嘲笑的样子。就连小丁右侧那个胖乎乎的女孩都说，丁小宋你可真逗，什么事都告诉你爸爸。小丁朝胖女孩笑了一笑。他本来想辩解一下，但嘴巴张开，就笑了出来。这个时候，小丁感觉比被老炮还有小庄举起来的时候更难受，奇怪的是，他笑了。他也不晓得这是怎么回事，只是想，这笑的样子定然显得潮拉吧唧。小丁伸出手，想把笑的样子抹去一点，却抹到了眼眶子里。这个班上，每个人都显得很开心，仿佛晚会上有个表演节目的同学裤裆突然当众开裂。更年期的语调忽高忽低，飘上飘下，使整个过程愈发地生动起来，还时不时来些发挥。比如说到小庄举起了小丁，更年期就感到很疑惑，她用自言自语的神情说，庄志伟怎么就举得起丁小宋呢？庄志伟同学，我觉得你平时很老实很听话啊！庄志伟相应地摆出一脸憨笑，惹得别人笑得前仰后合，还有个别的人，脸都笑得抽搐起来，看着有些变形。

　　自那以后，小丁骑着老丁的单车去学校。一放学，他急不可待地跑到存车处，推出自己的单车就一路狂踩，钻那条巷子尽早回到家里，闩上房门，做自己想做的事。他重新摆弄起了自己的邮票。读初中以后，他对邮票的喜好明显淡了下来。但自从出了这样的事，小丁心底有了一片异常静谧柔软的东西，使他宁愿闩上房门重新摆弄那堆邮票。他还会不厌其烦地量各国邮票的齿孔度数。有时候，正把几枚邮票摆来摆去，小刘老师的样貌会像一颗钉子一样钉进脑海。小丁咬咬牙，把小刘的样子抹掉，把注意力再次铺在花花绿绿的邮票上。

　　单车踩得再快，也不是安全的。有一次下晚自习，骑过那条巷子，小丁被谁推了一把，就跌进路边的垃圾堆里。巷子里的这一截没有灯光，他看不清是谁动的手。那人还踢了他两脚,然后嘻嘻一笑,扬长而去。还会是谁呢?小丁一脑子思绪没有纠缠在这个问题上,他想得更多的是,回到家以后,再不能让父亲看见身上的伤了。小丁摸了摸自己的脸,还好,脸上没有伤。小丁感到很庆幸。他更庆幸的是,不知道踢他两脚的那人是谁。如果知道他是谁了,那该怎么办呢?现在,小丁不知道那人是谁,就可以自欺欺人地轻松一点了。

另一天,他依然骑着单车去上课,坐到自己的位置上,他看见抽屉里摆着一张纸条,上面用铅笔写着:有没有告诉你爸爸?下面画着一张鬼脸。他不得不抬起头,往小庄和老炮的位置看去,看见老炮和小庄今天都早早地到了,正诡谲地笑着,并向小丁这边看着。小丁埋下头,随手掏出一本课本,任意翻到某页,读了起来。

中午,小丁想走另一条巷子回去,但是半道上又一次被人截住了。他老远看见了那两个人,像门神一样,各自靠着巷子一侧的墙,歪着嘴巴叼着香烟,一看就像是找人碴架的样子。但小丁没想到,那两人要截的,仍然是自己。

你停下,你下来。瘦一点的那人那么喊了一声,小丁就把车刹住了。那人伸出右手的中指弹动着,那意思是让小丁过去。小丁晓得那个意思,如果那根中指不是前后弹动,而是往上一杵一杵,那就是在骂脏话了。小丁推着车,走了过去。那人说,有人找你。说着,那人右手的中指变成了食指,往他身后的巷子深处指去。

小丁走过去,转一道弯,没有看见任何人。后面的人说,再转一道弯。再转过那道弯,他老远看见那个光头男人向他微笑。光头男人的微笑有种不容冒犯的质地。小丁看得出来——虽然小丁没有参与过街头斗殴,也不难看出来,这种质地是靠长年累月打架挣来的。同时,他认出了光头男人正是小刘的男朋友。小丁突然想到一个问题,这个男人,把小刘怎么样了呢?

白色的小刘,现在已经不怎么穿白色的衣服了,她喜欢穿得五颜六色。

他把思绪收回来,光头男人正在向他弹动左手的中指。刚才的瘦子影子一样跟在后头,他拽着小丁,说,这是八哥。光头男人平易近人地说,没事,叫我弯八就行。弯八摸出一支烟,在烟壳子上磕一磕,想了想,就递到了小丁的眼前。小丁把烟接了过来,放在嘴唇上,瘦子就把打火机扬了上来。小丁看见火苗是蓝色的,把烟头杵上去,火苗立刻变成橙黄色的了。

弯八拍着小丁的肩头,和蔼说,听说,你被两个小杂毛揍了一顿,然后你回去告诉你爸爸了。有这回事吗?

小丁还没说话,瘦子扑哧地笑了。也许,这确实是一件惹人发笑的事。弯八就转动着偌大的脸盘看着瘦子,严肃地说,这难道有什么他妈的很好笑是吗?

瘦子就不笑了,他把他的微笑像吞一口痰一样吞了下去,喉结就上下滑动起来。但小丁笑了起来,他扬起脸尴尬地笑了一下,并点点头,承认有这回事。

我要告诉你一个最简单的道理,小苏……你他……你是叫小苏吗?弯八有些拿不准。小丁说,我姓丁。弯八说,对

95

的，原来你姓丁，很好很好，有蛮好。现在，你晓得什么是最简单的道理了吗？

小丁摇了摇头。他的兴趣被这个光头男人吊了起来，他晓得他肯定会说出跟更年期还有政治老师不一样的道理。

他们说你很聪明，我就喜欢你这样的。弯八往天上弹了弹烟灰，然后告诉小丁，最简单的道理，就是，你被同班的同学打了一顿，千万不要告诉班主任，也不要告诉你的爸爸。否则，这他妈就很不像一个男人做的事，就会被别人看不起。你知道吗？

小丁心领神会地点点头。这几天，他已经深刻地认识到了弯八所说的这些道理。他觉得这个弯八看上去有些呆，但讲出的道理却和自己贴皮贴肉。他问，那我应该怎么搞？弯八说，很简单，就只要告诉我，就行了。你是不是想把他两个作死地揍一顿？小丁踯躅了起来，他不晓得如何回答。他似乎现在才发现，自己根本不了解弯八这个人。

弯八把脑袋勾下来一点，说，没关系的，尽管说。如果是个男人，你就应该这么想。我像你这么大的时候，就是这么做的，所以我在里面蹲了好几年。说老实话，我一点都不后悔，要是我还是十五岁，我仍然会这么干。

于是，小丁就点点头。他突然明白，这段时间，自己心底老是有这样的冲动，甚至在摆弄那些邮票的时候。

弯八得意地笑了，说，我说嘛。你不说我也看得出来。你当然打不过他俩，那两个杂毛我认得，说真的，我看着他们就烦躁，就手痒。但我不会无缘无故去把他俩打一顿，那就显得很不讲道理了。现在，我认你做我的朋友，认你做我的弟弟。你要是叫我把他俩打一顿，我肯定帮你忙。

小丁没有说话。他只是静静地看着弯八。在这个人的面前，他才觉得小庄和老炮其实还是两个小孩。弯八说，我晓得你在想什么，你睫毛一眨，我就看出来了。你肯定是在想，我怎么无缘无故就肯帮你，是吧？小丁点点头。他想，是谁都会这么想。弯八说，其实也简单，我现在手头有些紧。如果仅仅是给他两个人抽几个耳光的话，我一分钱都不收你的。但那没意思，起码要打得他俩住进医院，这样才够意思。如果想让他俩住院，你只要给我五百块钱——本来每个人要三百块，但现在，两人加起来给个五百也就行了。

小丁毛起胆子跟他说，那你就抽他们几个耳光吧。

这样啊，哦。弯八拨着自己所剩无几的胡须，朝天上翻翻白眼，说，我看，男人做事必须狠点，一不做二不休，不能轻描淡写地搞一搞。我建议你还是让我往他们两人后脑袋上拍砖头。他们每个人只消半块砖头，就差不多了，搞个脑震荡什么的。

弯八又说，其实你不亏。你想想，你只要花五百块钱，而他们两人住了院，一不小心就会花掉一千多。你算算，绝对划得来。

小丁没听说过有这样的算法，但是，弯八提出这个建议以后，小丁的耳际就响起了半块砖头拍在后脑勺上的声音，又瓮又哑，像是巨大的水泡暗自迸裂。他想真真切切地听到这种声音。但五百块钱上哪去弄？小丁说，我再想一想。

弯八说，行。我只是提个建议，到底要怎么干，还是你拿主意。我听你的。弯八撮了个响榧子，瘦子和另一个人就拢过来了，他们每个人都在小丁的肩头拍一下，然后向一条不起眼的岔弄里钻去。

小丁回家以后茫无地想了一整天，决定做一笔生意。那种砖头拍脑袋的声音竟然是非常有诱惑力的，只消凭空想想，耳根就会得来一种麻酥酥的快意。他在自己房间里找来找去，只有他妈妈留给他的那几本邮票值些钱。他把邮票放在小学时用的书包里面，偷偷带了出去，在俚城邮局附近，好不容易找见一个票贩子。一个小县城，也只容纳个把个做邮票生意的。那人打开小丁的邮册，就有些晕，大都是外国的邮票。他说，都他妈是外国的，花纸头。小丁说，不是花纸头，全是正规票品，《斯科特目录》上面都有，你可以查一查，上面有国际标价。可是票贩子喷着笑说，国际标价？你当俚城是什么地方，联合国？我跟你说，我看你的花纸头品相好种类多，一角钱两枚全收了。看出来这票贩子原来是个邮盲，小丁就不说什么了。他把国产的邮票卖给那个票贩，按市场价打六折卖，整整卖了两本，才凑足五百块钱。

弯八拿到这笔钱以后，当天晚上就把小庄和老炮叫到他住的地方，撂给两人二十块钱，还扔过去一包纸烟。弯八说，你俩说得没错，这小孩确实很有钱。小庄说，只有这么点？弯八哥，你从他那里搞了多少？弯八没有作声，用牙签没完没了地掀牙齿。于是，小庄又这么问了一遍。弯八就烦了，他说，我得了多少管你卵事？小庄碰了一鼻子灰，感到很没趣，于是他想方设法找些别的话说。于是他告诉弯八，弯八哥，那个毛孩子，其实心里蛮多事情。他很喜欢你的那个马子，姓刘的那个马子。

呃，是吗？弯八马上想到了什么，然后他跟小庄和老炮说，这几天，你们最好是别去学校，到别处去玩几天。老炮说，为什么啊？弯八说，姓丁的这小孩可是个金娃娃，我可不想他这么快就看出来，我在骗他。说着，弯八又一次掏出钱夹子，翻来拣去，拣出两张五块钱的票子，扔了过去。他说，这一个星期，别让我在学校附近看见你两个。

第三天的下午，弯八没有露面，是瘦子拦在学校的门口，把小丁叫去的。小丁跟着瘦子钻进那条窄小的岔弄，进到弯八的屋子里。弯八住的是祖上传下来的老屋，即使是秋后的天气，屋子里的橡柱依然散发着霉味。弯八坐在一张绷床上和另两个人玩牌，玩那种老式的点子牌，其中八个点的牌，有三种，一种叫人牌，一种叫平八，一种叫弯八。弯八既然叫做弯八，点子牌应该打得不错。弯八叫瘦子替下了自己，然后他领着小丁进到一间小房子里，给小丁拧开一瓶饮料，小丁喝了一口，喝出糖精的腻甜。

弯八问他，今天看见那两个小杂毛了没有？看没看见他们头上包的纱布？小丁说没有，他说他俩这几天都没来。

喔唷，下手不小心重了点。弯八略显歉疚地说，瘦猴下手太重了点，我只跟他说，让那两个小杂毛在医院躺上两天，就够了，没想到下手这么重。弯八瞟了小丁一眼，就看见小丁嘴角挂出的微笑。

听说你喜欢刘小敏,是吧?

小丁问,刘小敏是谁?

你知道的。弯八眼神里有所暗示。小丁其实已经知道了。弯八也看出来了,然后弯八很高兴起笑起来,说,对,就是我的女朋友,你们学校的那个老师。

不,没那回事。小丁很镇定地说。

没关系没关系,像你这么大的时候,都会喜欢比自己年龄大一点的女孩子,特别是像刘小敏这样,长得很丰满的。我学过心理学,你别小看了我。像你们这样的年龄,往往还没能把食欲和性欲区分开。弯八看见小丁的眼睛里有些疑惑,又强调地说,狗骗你,心理学我学过的。……你想不想看她洗澡?

小丁没有说话,他用吸管吸着含糖精的饮料,发出滋滋滋的声音。

我再跟你讲一个最简单的道理,一个男人想干什么,就必须不要命地去做,其他一切都管他妈的,特别是对付一个女人。……你想不想看她洗澡?弯八指了指和这间房一面墙上的一个门,说,她经常会到我这里来,会在那里面洗澡。

小丁问,多少钱?

弯八说,其实我很喜欢她,但是我这个人,对兄弟比对马子更好。我把你当自己的弟弟看。要是你想看,我在门上弄一条缝,要不然就把锁卸下来,你可以看个醉饱。而且,主要是她不愿意,要不然,我是很大方的,把她让给你……弯八忽然觉得自己讲得有些多了,他的目的已经达到了,却还讲那么多废话。于是他摊底牌地说，一百块钱，只一百块。小丁，我不会增加你的负担。而且看一个女人洗澡，会上瘾的，就像我呷面一样会上瘾。要是你肯一次给我看十次的钱，我就只收你七百块钱。打七折。稍微停了一下，弯八再次往下放折扣，他说，六百好了。想看二十次的话，你就给九百块——不，八百块钱。日他妈哎，我这可是把老婆当猪猡便宜卖呵！小丁就灿烂地笑了起来。来佴城以后，他从没有像今天这样开心地笑过。

小丁回家以后，老丁瞧着儿子有些异常，但具体地说，又说不出来。他问，你怎么了？小丁回答，没什么。

小丁这次径直走进了卫生间，闩上门，放水洗澡。他迫不及待地想听听莲蓬头里的水落下来的声音，他闭着眼睛，想象着小刘一丝不挂的样子。可是，在水声中间，还间杂着砖块拍脑袋的声音，这样的声音一出来，小刘的裸体就变得虚无缥缈了，像墨汁一样在水中慢慢洇开。那种水月镜花的感觉，让小丁一阵阵难受。不过，没关系，弯八刚才以一根擀面杖为教具，言简意赅形象生动地教给小丁一种方法。这种方法，可以让男人聚精会神地去想象一个女人。弯八说，为表示诚意，我这祖传的方法是附送的。

在卫生间里，小丁把水嘴开到最大，让水声把自己完全掩盖掉。现在，他要试一试弯八教他的那个方法。

在场

——你是陕西哪里？——临潼。——呃，临潼，美丽祥和的地方。那你呢？——云南曲靖。——我天，曲靖，美丽祥和的地方。不管别人告诉我他的家乡在哪里，我都会附上这么一句，永远管用。然后我叫他俩出去，他俩便一高一矮地出去了。同样是打工，当有一天我开始吆喝比我后脚进城的家伙时，也会得来些扬眉吐气的感觉。在值班室看监控录像是我的事，他们没份。这些新来的，整天都得在人和货物混杂的销售区里游弋。

C2区卖廉价化妆品的货架前有个绿色的女人在偷东西。我一眼就觑见了，虽然她手脚很快，但总会有个过程。我把录像倒回去看了几遍，减速播放，确认她把一件狭长形的货物塞进了奶罩子里，那东西也许是唇膏也许是祛斑霜，反正不会是花露水。看着这一段略嫌淫荡的画面，我的思想被激活了。我暗自想象她胸围是多大？如果再大两圈，是不是，那乳沟里藏得下一打生鸡蛋？

听见咔的一声，我把自己从胡思乱想中拽了回来。我不小心碰开了对讲机，"蝎"牌对讲机，它的键钮总是有些神经过敏。本来想关上，却摁在一个号键上，与这个号对应的那名保安，被激活了。有个声音说，你好李哥，请讲。

我听出来了，是小云南。他自作主张地叫我李哥。超市有规定，不能以哥弟相称，要像去娱乐城喊小姐一样，叫数目字。我规范地说，6号，你现在在哪区？——F2区。怎么啦李哥？——没事。我说。然后我又提醒他说，我是0号，不要叫李哥。——呃，好的。小云南用他自家腌制的普通话回答了我。

我一恍惚，没有把绿色女人在偷东西的事告诉他。我想，女贼也有女贼的苦恼，也许她进城做了几个月的工，却领不到工资，才突然想到奶裆子是可以窝赃的。我也遇到过拿不到工钱的时候，别说偷东西了，杀掉某某人的想法也时常萦绕于心。我觉得我理解这绿色的女人，她染了头发，这并不代表她每天都有饱饭吃。我又想，偷了这一回，她说不定会良心发现，不再往奶裆子里塞乱七八糟的东西。再说那也不卫生。乳房是要拿去哺育下一代的，要严格保证卫生。

眼前是一摞监控视频。我看得枯燥，虽然有些美女不时在里面晃动，但那种枯燥感依然汹涌而至。我小睡一会，醒来，觉得不太对劲，隔着门听见整层楼只剩空气流动的声音。看看墙上的钟，果然到了午饭点，大楼里的员工都会聚在负一层的职工食堂里吃饭。去得晚了，很可能吃上隔夜的冷饭。没有人替我。我得继续坐一会，看见那个绿色的女人走到收银台前，把一团卫生纸扔在收银台上。她付了一块多钱，竟然没有匆匆离去。她坐在存包处不远的一张椅子上，从奶裙子里掏出一块食物吃了起来。看样子她确实饿昏头了。

我掐响对讲机，跟小陕西说，你替我买一包泡面，今麦郎牌的。买了就上来！我听见小陕西在挂机时嘟哝了一声，他可能担心我不付他钱。但这种小钱，我没必要揩人家油水。我把自己的形象看得比一包泡面值钱。

那绿色女人吃相太馋，我看着看着，愈加感到饿。我把眼睛移到另一块监视屏幕上，那里面也充斥着食物。小陕西左等不来，右等也不来。于是我踱到窗前，伸伸懒腰。窗外是一个城市毫无特征的繁华，所有的玻璃幕墙都在正午的阳光下反射出塑料质地的光泽。不久前的一天，我亲眼看见一只鸟撞死在对面那封玻璃幕墙上，接着是另一只。于是我就暗自笑了，猜想这两只傻鸟肯定也是头一次进城，没看见玻璃，只看见玻璃当中一棵遥远的树投下了镜像。

……小陕西，你上来了吗？又是咔的一声，小陕西的对讲机明明接通了，却没有听见答复。扭过头，我才看见监视器上所有的区都一片混乱。没有声音，只有画面，所以这种混乱带给我不太真实的感觉。我掐了自己一把，确认自己没有玩忽职守，去用监视器播放美国灾难片。我还看见一个人挟持着那个绿色的女人，张开一张黑洞洞的嘴，吵吵嚷嚷。我听不见他在嚷着什么。他斜挎一个皮包，包里鼓鼓囊囊。

我看出来了，他在告诉别人，他那只包里装着炸弹。既然打定主意不想活了，我不知道他干嘛要抢超市。对街就是一家银行。

那男人对收银台里的钱不太感兴趣。他挟着绿色女人，慢慢移到楼梯口那个地方，把楼梯口堵住。正在这时，小陕西传话进来了。他喘着气，他紊乱的气息里夹杂着信天游的韵律。——怎么啦？刚才，嗯，我把面买好了。——现在不谈这个。下面怎么啦？——有个人，他身上绑着炸药。我们都从后门疏散出来了，现在公安局的人把守着，我没法把面给你送上去。0号，你还在上面？你怎么没有出来？——呃，原来是这样。

不晓得炸药的当量炸不炸得塌这一幢楼。这样的事，只有承建商知道，如果他偷工减料，那就难说了。但我怎么好意思告诉小陕西，我是打瞌睡误了午饭点呢？我告诉他，刚才就觉得这小子可疑，盯上了，所以没来得及下去吃饭。

楼上大概只剩我一个了，我突然被孤独的滋味攫住。别的人，都按时下去吃午饭了。老天保佑按时吃饭的人。外面的警车声大作，我百无聊赖地再次踱向窗户。天气是这么的好，阳光是这么的娇艳，这个家伙真不应该在这一天把自己引爆。何苦呢，活着至少还可以晒太阳。有什么难处，干嘛不去打110吐吐苦水呢？如果110接线的小妹不乐意听，态度恶劣，他还可以拨打12315进行投诉。

接着，我看见一辆暗灰色的车自尾部打开，十余个浑身甲胄的武警跳下车，往超市的入口走去。他们手里拽着武器。

有两个可能靶子神准,在旁边一辆大车上趴下来找射击点。如果时机成熟,他们会一枪打爆那个男子的脑袋。唉,一样是枪法神准,有几个就去参加奥运会摘金夺银了,而更多的,只能听从命令,随时要准备打爆一些陌生人的脑袋。当我意识到自己是有危险的,就不再考虑别人的事。我拿拳头往墙体上砸去,砸了好多拳,竟然没在墙上砸出一个洞眼。我对楼房的质量稍微乐观了些,就拽开门,朝着空空荡荡的走廊喊,有人吗?楼层没有别的人,我的喊声激发了重重回响,带着尖啸。密闭的楼层忽然蹿进来了一丝风,扑扑地吹在我脸上。

从监视屏幕里,我看清了那个男人的模样,也看清了绿色女人痛苦扭曲的面部表情。有一刹那,我怀疑这一对男女是不是搭帮作案,夫妻档?但看清了绿色女人的表情以后,就排除了这种可能。那样子,装不出来。这时候我强烈地意识到,刚才没叫小云南抓住她,是不对的,是害了她。但是,如果她不被该男子挟持,也会是另一个女人。我坐下来,静下心来看这个男子的一举一动。他很瘦很长,标准丝瓜脸,眼睛往外凸,具有甲亢病人的某些特征。他穿一件白色的衬衣,显然是地摊货,领子洗了几水以后,翻卷成了筒状。他拿一把刀比着绿色女人的脖颈,那把刀的刀身散发着淡白无力的光,也像是地摊货。

咔,对讲机又响了起来。这回是小云南。我问他到底怎么回事。我看见警方的人(谈判专家?)已经走到现场了,和瘦男人挨得很近,嘴里说着话,手里还做着一些柔和的手势,想把瘦男人的情绪先稳定住。

——怎么回事？——是这么回事，那男的是在城郊一个鞋厂打工的，还谈了一个女朋友。女的都说要嫁给他了，昨天一早却突然找不见人了。他心里烦躁，就弄了几块炸药绑在自己身上……

小云南说话慢条斯理。我打断他说，长话短说，这男人到底想干什么？——他要见女朋友一面。——那怎么搞到超市里来了？他女朋友是在超市做事吗？——不是。他找不到那女的，就想这么个办法，逼着警察帮他找人。

我老天，这家伙从哪里听来的消息，说警察就一定能帮他找到女朋友呢？即使把那女人找来了，警察也不会把她塞给他。全都按他的意思办，警察岂不是很没面子？警察基本上不是用来讨价还价的。退一万步说，即使警察照他的意思办了，那以后谁找不见女朋友都绑个炸药去挟持人质，那警察还不累得屙血？

我看见那个瘦男人把绿色女人拖到楼梯口。他肯定是累了，想倚着楼梯的扶手缓缓神。他挟持女人的那只手攥着刀，而另一只手，四指插在裤袋里，仅留拇指挂在外面。他那只手上肯定绑得有电线，是用来引爆炸弹的。他果然倚靠在了楼梯扶手上，然后拿刀指着某一个警察，说了什么。被他用刀指着的那个警察，先是把双手举起来做了个交代动作，接着要人取一包未打开的香烟，当场撕开包装胶纸，抽出里面的一支。那警察走过去，把烟轻轻地插在瘦男人的嘴洞里，并帮他点上烟。分辨率是有限的，我没法看清烟雾袅袅升起的样子。对于这样的警察,我还是蛮佩服的。虽然平时,大家对警察的印象普遍不会太好,但关键时刻硬着头皮冲在前面的,发挥着骨干带头作用的,毕竟还是人家警察同志,而不是居委会戴袖章的老太太。

对讲机里有人问我,0号哥,你那上面看得清楚吗?我说,很清楚,连那家伙抽烟的烟雾都看得一清二楚。小云南就很奇怪,说,这个人还在抽烟吗?我说,抽着哩,抽得蛮香甜。

我这才注意到自己没烟了,烟壳子里空空荡荡。被烟瘾一憋,我有了强烈的尿意,上厕所的心思却荡然无存了。虽然厕所只有几步之遥,但眼下我觉得没必要恪守小便入池大便入坑的古训。我跳到一张靠背椅上,掏出家伙,把漫长的一泡尿徐徐注入墙角那只花瓶。超市的老板曾经告诉我们说,那东西不叫花瓶,而叫五彩鹭莲尊。当天老板饶有兴致,还告诉我们尊和瓶的区别,这尊价值几何。但是,现在,管他妈的那么多,没有别的人了,我说它是夜壶,它就只能是夜壶。尿完以后我整个人轻松了很多,坐下来,坐在电脑椅上转起圈了,让脑袋略微发晕。瘦男人也不再倚靠着楼梯,他挟持绿色女人往前面紧了两步,一张脸因愤怒而皱皱巴巴,狂吠着什么。那一圈警察,不得不往后退,依然保持着半弧状的编队,形成对瘦男人的包围。瘦男人脸上忽然挤出一丝哭相,不那么凶悍了。他絮絮叨叨说了些什么。不用猜我也知道他说什么。他的女朋友还没有来,他很焦急。

我真想开导这个瘦男人,事情到这地步,强求又何益?

十步之内，必有芳草。虽然你长相猥琐，没什么钱，但只要脚踏实地别把目标定得太高，一定可以找到更适合你的姑娘。如果运气好，撞上一个处女也说不定呀！往更近处想，瘦男人和绿色女人，难道一点夫妻相都没有吗？你需要爱情，她需要食物，在我看来，每个人都拿出点务实的精神，转换思维懂得变通，总能解决眼前的问题……

咔！我扭头看看，"蝎"牌对讲机就像一块摆过夜的猪粪一样躺在办公室的一角。信号线上一颗灯泡子忽闪忽闪。我现在没有说话的心情，也许我不会死，但是我依然不想说话。我嫌恶地捞起它，把话接通。

——0号哥！——6号弟弟，请不要再叫我0号哥。

我心里很烦，不喜欢再当什么0号。我说，你随便怎么叫我都行，叫我李哥，李元生，或者叫我某某人，都行。无所谓了，他妈的，其实人怎么称呼都无所谓，但是别再叫号了。我不是小姐。——呃，李哥，你怎么啦？——没怎么，我现在在窗子外面，看见下面尽是人脑袋。

这里的人民真勇敢，连炸药都不怕。也许他们相信炸弹不会爆炸，警察会把炸弹掐灭，像掐灭一只烟屁股一样。呃，只有相信警察了，也许能把炸弹弄哑巴。再说，他们手里有枪。我说，小云南，你在人堆里吗？你能不能跳起来，让我看看你在哪里。过不多久，他回话说，看见了吗？我跳了三下。

为什么不跳四下？呵呵哈哈。我看着监视屏幕里的瘦男人，听着小云南的回答，忽然有些开心。我相信他跳了三下，虽然在一堆静止的人里跳跃三下，显得有点呆，但他不会敷衍我。这些刚进到城里打工的青年后生,还不敢太卑鄙。

瘦男人把绿色女人挟得很紧,他捏刀的那只手在女人胸前游移(并非故意,而是两手有些抖动)。瘦男人忽然摸在了什么上面,惊恐地问绿色女人,这奶罩里搞了什么鬼?我听不见,但我看见他脸上有了一丝恐惧。绿色女人吓得哭了,赶紧回答着什么,最后腾出一只手,从里面掏出两截火腿肠。绿色女人那只手下意识地揣到自己的胸前,等把火腿肠拽出来,她就羞红了脸。她头发是绿色,脸是红色,看上去像一只刚拔出来的萝卜。瘦男人厉声呵斥绿色女人,女人极不情愿地把两只火腿肠丢在脚底下。瘦男人一抬脚,把火腿肠踢到更远一点的地方。

呵呵哈哈。我无声地笑了。当一个爆炸犯挟持了一个女贼,肯定会闹出意想不到的笑话。可惜呀,这么好的场面,除了那帮警察,就只有我一个人看见。于是我想,我是不是要为此而沾沾自喜?

咔!这玩意总是侵扰我的思绪。——小云南,又怎么啦?——我是小白,陕西的。——呃原来是小白。你有什么事吗?我以为他会说些安慰的话。我一个人孤零零地困在这楼上。他要是机灵,应该趁这样的机会跟我说点好听的,反正说好话又不要钱。如果我躲过这一劫没被炸死,那以后,我免不了要多多照顾他的。但他只是问,你上面的监视屏幕看得见那劫匪的模样吗?

——托你洪福,看得很清楚,连他眨眼睛都看得很清楚。——场面精彩吗?——非常,唔,非常之精彩。

我挠着鼻孔,再次往监视屏幕看去。那帮警察试图向瘦男人靠近,瘦男人毫不犹豫地在绿色女人脖颈上划了一下。那刀口似乎呆滞了一会,才慢慢沁出血来。我把这个画面描述给小陕西听。当我把话说完,那一头却传来另一个声音,说,唔,太好了。李先生,我可以叫你李先生吗?

哪里冒出来的大头鳖啊?我脑袋有些发蒙,问他是谁。他说是××电视台的编导于伟。我眉头一皱,然后说,嗯,××电视台是吗?我喜欢看你们台的《超级妈妈》,我喜欢你们的节目。他谦虚地说,感谢感谢,你有没有看过《火线在场》栏目?我在脑袋里搜索了一下,想起是有这么一个栏目,专门播不好的事,杀人啊放火啊街头打架啊。真不知道他们怎么总能拍到这些东西,比110还快。我说看过看过,很喜欢你们的节目,我连你们台播的天气预报都喜欢看。

感谢感谢。李先生,你那上面是不是拍下了劫匪的影像?刚才我听见你描述了一段,这一段就很好,简直非常好……你上面有电脑吗?能上网吗?

我已经明白他是什么意思了。现在,我也在场。这个节目,就是要让所有安安稳稳待在家里的人们,都找到身临犯罪现场的快感,就像去蹦极一样,跳楼自杀的惬意找到了,自身的安全又得到强有力的保证。我脑袋里转速飞快。电脑是有的,怎么跟监视屏幕连接,怎么把画面传出去,我都玩过。高中毕业以后,我去到一家电脑学校。他们说学半年就能帮我推荐一份月薪三千的工作,于是我就信以为真地在里面捱满半年。后来我才知道,推荐的意思就是向用人单位介绍一下你是一个可用之材，但对方最终录不录用，则不属"推荐"的范畴了。

我只怪自己语文没有学好，而不是电脑学得不精。

独自一人待在这间房，我只有用电脑做这些无聊的事以打发时间。如果用QQ一段一段地传，画面质量显然不会很好；用电脑稍加编辑，用JPG模式或AVI模式，都能把影像完整地传出去。这并不是什么难事。但我为什么要和电视台共享这难得一遇的影像呢？他们拿去是可以赚钱的，但我呢，我在他们台看一个节目，就得接受强行塞来的广告。虽然广告里的女人都很漂亮，让我眼睛得到一时的享受，但晚上会变得更寂寞。我没有马上回答电视台于某某的问话。我不知道该怎么办，目光倒是一直铺在监视屏幕上面。

我留意到，绿色女人的胸前此时有些瘪，甚至可以说，是往下塌陷了一些。她把两根火腿肠掏出来以后，相应地，那一部分空间就失去支撑了。而那个瘦男人，他的手保持挟持的姿势已经老半天了，肯定是有点疲累。我把头抬起来几分，看看墙上石英挂钟，最长的那根针，每跳一步都要抽一抽筋似的。

咔！喂，李先生，你在吗？喂，我是电视台的于伟……

然后是受干扰后窸窸窣窣的声音，我只得拾起对讲机，晃几晃，那人的声音又暂时变得清晰了。我咳嗽了一下，说，都有，但我不太会弄，当然，你要是找个人告诉我怎么弄，我可以现学……我觉得他应该谈到钱的事了。这个字眼，我总也不会理直气壮地说出来。特别是这一天，我似乎更没有理由谈到钱。但我还是想到了钱。于伟连声地说，好的好的，要是您不介意，我就可以教你。我去找台电脑……哎，我们台的设备车还没来，但是，也快了。那上面有电脑。

他说着把对讲机扔给了小陕西。我就找小陕西讲话。——小白，哎，怎么说你呢？这些事情上，完全不必太老实，别来个电视台的小马弁，就把人家当领导。——我怎么啦？——那只对讲机，是专门配发给你用的。要是他向你借用，你完全可以拒绝，除非他给你钱。

这个小白，他竟然问我收多少钱才是有道理。我告诉他，没个准。你估计他最多能掏多少，尽量地让他多掏。小白心有些急，没等我把话说完，就心领神会地说，我明白了。敲一敲这帮狗日的，到时好请你吃冰棍。

关了对讲机，我忽然想利用这间隙睡一睡。那个绿色的女人也累了，干脆用头往后面靠，抵在瘦男人一侧肩头上，小憩起来。

值班室里有沙发，四人坐的长沙发。但我嫌那太软，躺在上面，就像是被一张巨嘴拼命地往里吸。我选择了一张办公桌，把上面的东西全都抹了下来，让它们噼里啪啦掉在地上。我躺在桌子上，桌面很硬，让我想起了家里的那张床。对讲机老是咔咔地响。但我没有去接。我要把姓于的那家伙憋一憋，等他想到要付钱了，我再和他说话。于是我很快就睡着了，有梦为证。我梦见了爆炸，梦见整栋楼化为千百块残骸飞向太空，然后形成陨石砸在故乡的山丘上、田垄上、水凼子里还有茴肥堆上……我醒了，背心有些湿。对讲机还在响信号音。是小陕西。

——你怎么了?——刚才我在考虑一些问题……对了,那家伙给了你多少钱?——他们给我十块钱。小陕西的声音充满着愉悦。他的月工资是四百五,吃饭要扣一百多。这十块钱,正好是他巡逻一天拿到的纯收入。我恨其不争地说,几块?十块?小陕西说,本来他只肯给五块钱,说了半天,他才肯掏十块钱。

呃,那就没办法啦。我说,小白,你把对讲机给电视台的人。他就照做了。接着我听见于伟的嗓音。他说,找你半天啦,你怎么样了?我在设备车里,可以在网上联系。然后他说出一串数字,要我加他。我也照做了。这个人的QQ名啰里八嗦一长串,叫"吃孩子不吐孩子皮"。他一上机,就教我怎么传影像。但我说,别首先讨论这个问题,还远呢。他问为什么还远,有多远。我不太喜欢和过于装呆的人打交道,于是一语道破:于老板,你打算付给我多少钱?他吸一口气,冷静地说出一段大道理,说电视传播新闻的重要意义,对社会有几多贡献,等等。他打字的速度飞快,我简直还没看过来,一屏的字马上又推得没有了。我只好把窗口最大化,看着那些字像粪缸漏了一样,一大片一大片地喷溅出来。

我把字设为红色,字号调到最大,问他,你给多少?他迟疑地说,两百块钱。他把"两百块钱"四个字设为猪肝色,字号也调为最大,铺在窗口里。那意思,似乎觉得这个价格有蛮高了。有什么办法?一说到保安,这些人就马上认为,那都是没见过钱的乡巴佬。两百块钱可以找一个小姐睡觉,但是，我知道手头的影像资料远不止这个价。特别是他过于低估了我，我好歹在城里混了几年，不是初来乍到的嫩瓜。这使我有些愤怒。我在QQ里隐了身，看见他不停地敲字找我，说可以谈嘛。你要多少？价格都是谈成的，不行的话往上面加嘛……

那瘦男人像是用橡皮筋做的，绵力十足，我相信他在农村时绝对是个好劳力。他拖动着绿色女人，慢慢走动了几步。他提出要喝水。当警察把一瓶没拧开过的矿泉水扔过去，瘦男人忽然改变了主意，不喝了。绿色女人刚才在打盹，现在清醒了，就开始嘤嘤地哭泣。我不知道瘦男人和他女朋友的爱情是怎么样的，受了几道伤，结了几次痂，才变得这么歇斯底里。

对讲机再次响起，我听见声音换了，是小云南。他说，李哥有空吗，有个人要找你说话。我说，我怎么能没有空呢？是哪个电视台的人找到你了吧？小云南吓了一跳，问我是怎么猜到的。我说，你别忘了，我是站在楼上，站在窗户前面。往下面看，可以把所有人都看得清清楚楚，包括他们的表情，他们脸上肌肉和皱褶的颤动。小云南说，李哥，你视力有这么好吗？我说，他给你钱了吗？给钱的话，就把对讲机给他，我和他谈。

这个人，是×××电视台的。我佯作很兴奋的语气跟他说，你真是×××电视台的吗？我非常喜欢看你们台的《绝对刺激》，我还知道你们的口号：挑战你的神经，挑战你的血压，绝对刺激，绝对High！

谢谢谢谢，我姓刘。闲话我也不多说了，我知道于伟刚才找过你。当然，他没有看见我，我看见他们台的设备车了。这个姓刘的人显然精干麻利，他单刀直入地问我，于伟给你多少？我的喉结上下滑动了几下，然后告诉他，两千。

两千？他很惊讶地说，于伟这悭吝货也舍得出血了。但我要告诉你，你掌握的资料远远不止这个价。……乘以三，你看怎么样？

我扳出指头算一算，这家伙开出的价码是六千。我吐了吐舌头，更加意识到，这段影像也不止六千这个数目。我说，唔唔，你要我怎么做？但我答应于伟了，我觉得做人要讲信用。姓刘的说，你不会要我教你怎么算账吧？我们台的车在街拐角，我去那里和你联系。他又说出了一串数字。我把它放到QQ里搜索，数字就还原成一个网名："帅得惊动党"。哎，真想看看这家伙有多帅。

我主动呼了小陕西的机子，要他找于伟。于伟正等着我回话，一接通他就问，刚才是谁在和你通话？——你猜。——我怎么知道？——另一家电视台，×××，他们答应付我六千块钱。但是我还没有拿定主意。

我打个哈欠，忽然感到无比惬意。对啊，如果能卖六千，我为什么两百块卖给你？所以说要普及九年制义务教育，因为每个人，总要碰到掰手指算账的时候。

电视里播过的拍卖现场，也是这么搞的。当一件货物有两个人或多个人要，它的价格必然涨起来。但于伟刚才只开价两百，他有心加码，又能加到多少？过不多久，于伟跟我说，什么都不说了，我向领导请示，给你争取到6500元。而且，不如我私人再贴三百，凑成6800元。我又笑了，钱原来就是这么涨起来的。但我跟你非亲非故，你凭什么往里面贴三百块钱呢？世界上，没有无缘无故的好事。我脑子有些乱了，兴趣已经脱离了钱的数字，而是这背后的原因。事成以后，于伟能赚多少？我问他。他说他只是为了工作，掏三百块钱，明显是要亏的。我就不高兴了，我讨厌假惺惺的人，把自己说得这么纯粹。做生意的，谁都说自己不赚钱，在亏本，在跳楼，在泣血甩卖。我就奇怪了，这满大街挎着钱褡的、一脸奸笑的人们，难道都在学雷锋？我没有一口答应他。这样的时候，一个人保持适当的沉默，是非常必要的。我看着监视屏。随着时间一分一秒地过去，按道理，情节会越来越精彩。

那个瘦男人有了说话的欲望，他好像是扯起嗓子，点了其中一个警察走上前去说话。我只看到警察们的背影，他们依然保持环形编队，让我想起《动物世界》里播放过的，擅长协同作战的鬣狗。但瘦男人凭什么选中那个警察？是不是他看上去最蔫巴？果然，一旦两人开始交谈，别的警察便轻轻地往前挪了。瘦男人不可能看到他们步法的移动，那些警察悄然不觉中向他靠拢。过了好大一阵，瘦男人发现了问题的所在，抽风似的举起刀，呵斥那些警察。警察们只好又往后退几步。绿色女人哭得更厉害了，她的脸上满是倦容，但一有波动，她就会哭上一阵。她的嘴张得那么大，我却听不到一丁点声音，因为摄像头没配置录音设备。

其间对讲机响了多次，我终于接了。×××电视台的刘某把价格抬到一万。我想，一万也够多了。我对自己说，别再贪心了，答应吧答应了吧，让老百姓们第一时间在《绝对刺激》节目里看到这现场，让大家感到绝对刺激绝对 High。

　　我只是嗯了一声，不太坚决。等不久，于伟又挂电话进来了。他说，什么都不说了，我知道×××电视台那帮鸟人也在找你。一万六千八，怎么样？然后他告诉我工行的网址、一个网银卡卡号、用户名、原始登录码。他说，只要把登录码改一改，这笔钱就死攥在你手里了。他又说，你也可以直接转汇到你别的账号上，还有什么不放心的？我在好奇心驱使下，打开了银行网站相应的账号页。于伟当然不会拿这样的事开玩笑。16800 这个数目字冲着我淫荡地微笑着。

　　对讲机还在响，也许，刘某还能把价格抬得更高，但我抑止了自己，不再去接听电话。这么翻来覆去，我也不好意思。我这个人，毕竟不大见过钱。瘦男人随时都有可能被警察制伏，到那时候，钱就不好赚了。于是我麻利地剪了一段影像，用网络传输模式发给了于伟。

　　于伟兴奋地回消息说，太好了，太好了，真是太 TMD 好了呀！然后他通知我做好准备，他们技术人员全部到位了，五分钟以后进行现场直播。眼看着，我将成为他们的帮凶。

　　过不久，情势又发生了微妙变化：瘦男人饿了。和他僵持的警察们实施车轮战，换一拨下去吃盒饭。但瘦男人找不到替手，也没法打手机去叫盒饭。于是，他看见地上遗弃的两根火腿肠。他命令绿色女人蹲下去捡起火腿肠（他和她一齐移动，她蹲下的同时他也蹲下了），然后叫绿色女人剥开肠皮，喂进他嘴里。警察们觉得这是机会，又要慢慢靠拢。瘦男人不得不把嘴里的火腿肠吐出来，大声喝止对方。现在火腿肠越做越短了，面粉越拌越多了，瘦男人几乎像吞汤圆一样吞掉了那两根火腿肠。他跟绿色女人说了些什么话，绿色女人抖抖索索地从胸口前再次掏出一些吃食。她把胸前掏空了，原来她竟像某著名的超级女生一样平坦。她接着哭。此时我相信，如果她能生还，肯定再不会用奶褡子藏赃物了。

我把前面的影像又编了一段，有十分钟这么长，传给了于伟。他要我继续编，要接得上。我说，好的好的，还有。说完，我把对讲机狠狠地砸在地上。

瘦男人还跟绿色女人要东西吃。他胃囊子显然不小，吃了这么点东西，他感到更加饿了。警察扔过来的东西，他坚决不吃。但绿色女人已经把吃的东西全给他了。她还偷了一些化妆品，掏出来亮给他看。那显然是不能吃的，会嘣坏牙。

然后……我突然一怔，看见瘦男人刷地一下撕开了绿色女人的衣服，还有奶褡，让她上身完全赤裸了起来。绿色女人哭得呛了起来，去遮掩自己的前胸。她裸露的前胸让我想起一组关于索马里饥荒的新闻照片。她的眼睛，无着无落地往四周看去。瘦男人依然挟紧了她，似乎还诡谲地笑了一个。他现在恢复了些精神，气焰嚣张地冲警察吼叫。

于伟继续打电话催我，要我编辑下面的影像以最快的速度发给他。节目正在进行。不难想象，这节目只要延长一分钟，收视率也许就会暴涨几个百分点。我跟于伟说，我这就传，往下更精彩，裸镜都出来了——你们会给女人胸前加马赛克吗？说话时我看着绿色女人的乳房那么瘪，心头一阵阵刺痛。电视购物广告里，城里女人的乳房都是那么硕大，以致人们都看得腻味了。现在观众们突然看见绿色女人的瘪乳房，会不会像是看见满桌荤菜里搁了一盘炒青菜呢？

和于伟说完了话，我把对讲机往地上一砸，然后抽开一只抽屉，那里面有许多张盗版光碟。

瘦男人眼里闪烁着末日疯狂，他把女人往外面拖了丈把远，忽然掏出了一直掖在兜里的右手。从监视屏上看去，那只手空空如也，但当他将手高高擎起，周围那圈警察却明显被震慑了，不由自主往后面退。不难看出来，他把两股电线绑在两个不同的手指上，只要轻轻一碰，炸弹就会发出响声。一般的情况下，一股线绑在拇指上，另一股线，绑在食指、中指或环指上。因为拇指比别的手指短了许多，除非故意，两股线头是不会碰在一起的。瘦男人也等不及了。事情闹到这地步，他仍是为见到那个弃他而去的女人吗？他继续拖曳着绿色女人走动，靠近一个租赁柜台。警察们围了过去，而我的视线，转到另一台监视屏上面。

咔！咔！咔！我并不是要为"蝎"牌对讲机打广告。我以为自己已将它砸晕了，但此刻它依然亢奋地响起来。我一接，于伟愤怒地质问我，你怎么了你怎么了？——我怎么了？——怎么是潘长江演的小品？现场呢？——因为找不到赵本山的了，所以只好拿潘长江演的小品。其实我和你一样，更喜欢赵本山。——什么他妈的乱七八糟。你违约了，到时候你是脱不了身的。赶快往下传！我给了你16800，我再给你凑个整！要不然我叫你一声爷爷，行吗？——唔，好的。

听完于伟气急败坏的声音，我更猛烈地把对讲机砸在地上，并跳起来在机身踩上两脚。这玩意零件滚落一地，什么声音也冒不出来了。我走到窗前，看见太阳收拾了光，正要坠下山岗。城内飘着一股红蓝相间的颜色。正是下晚班时间，聚向这里的人越来越多，脖子都扯得老长老长，尽管他们什么也看不到。我想，你们为什么要看这个呢？上班这么累，下班看看潘长江作践自己，取悦他人，这多好啊。说不定，上帝仅仅保佑喜欢看小品的人们。

监视屏里，警察们加快了速度，和瘦男人周旋到底。在我一眨眼的工夫，绿色女人忽然被蹿过去的两个警察拽开了。我没看清楚，同样，那个瘦男人好像也没反应过来。他神经绷紧这么长时间了，免不了有麻痹的时候。瘦男人张大了嘴，接着他要去动右手。警察显然作了周密安排，有人一个箭步冲了上去，他手里拽着一把雪亮的剪刀，要剪断瘦男人身上的电线。那警察剪断了电线，那颗炸弹就只好哑巴了。同时，枪响了。没有录音设备，但枪响的声音我用自己耳朵听到了。

我看见瘦男人作死地挣扎着，要把两股线的线头触碰一下。

电线剪断了吗？枪打着要打的部位了吗？我不敢往下看。小时候我就是胆小的孩子，不敢点大个鞭炮，怕听巨大的响声。现在，到城里混了几年，我胆子也没有大起来。我下意识地伸出了手，把两只耳朵死死捂住。

到峡谷去

一到这时节,街面上的人就多了,厚了,逼窄的道路像小河涨水一样丰盈起来。丁小宋左手挟着小文,右手牵着他妈走在人流中,走起来有些吃力。碰到一家副食店,进去买一件啤酒,付钱的时候才发现加价了,一件酒加两块钱。"现在货吃紧,黄金周什么都涨价了。"老板的柿饼脸很无奈地朝丁小宋拼皱着。他说,"都是熟人,我也不想加这两块钱。我他妈又不是靠这两块钱养活。"丁小宋付了钱,叫老板把啤酒拎出来,用尼龙绳一个一个绑好。他把一打串起来的啤酒围着脖颈挂好。满街的游客就朝他投来新奇的眼神。那仿佛是一种来自非洲的挂饰,只有那些完好地保留了图腾崇拜的黑人,才会把自个弄得如此累赘。

小文是刚见面的网友,来俚城旅游。她眨着眼睛说:"你好酷,像是要去炸碉堡。"丁小宋说:"是啊。"女网友说:

"我叫你董存瑞叔叔好不？"丁小宋说："你就是叫我刘胡兰阿姨我也答应。"

人太多，满街攒动着来自祖国各地的脑袋，长的扁的，散发着不同的气息。在人多得走路不通的地方，丁小宋就宁愿脖子上挂着的是手榴弹，拧开一只往人最稠密的地方扔。他一直怀疑气浪的力量真像电影里夸张的那样，可以把一个百多斤的人从二楼掀到三楼。他想看一看。幸好脖子上挂的那一圈是啤酒。

后面的路就走得比较顺了，别人看见这个脖子上挂满啤酒瓶的面色不善的人，主动把路让出来。他们去搭车。去鹭庄的车有个专门的停靠点，那里挂了一块牌：到峡谷去！那个顿号像一枚炸弹，胖乎乎的。几个字下面是另几个缩了一号的字：鹭庄大峡谷欢迎您！牌子旁边没有车。有个人和一张桌子站在那里。丁小宋认得那人，是丁小唐花五百块钱一个月请来的小妹子，她挂了一根鲜红的绶带，上面也写着：鹭庄大峡谷欢……下一个字绕到她的屁股上，暂时看不见了。"专车刚开。今天人太多，一下子就满了。现在临时调另一个车，马上就会来。"妹子知道丁小宋是老板的弟弟，她很抱歉地这么说。

那辆临时调用的车慢腾腾地开来，有点面包形状，但是确确实实是一部中巴车。上面坐了一些人，车一停，马上又有些人一窝蜂堆到了车门口。这些人显然来自大城市，挤公汽挤惯了，一看见车，脸上的肌肉就耸起来，呈现战备状态。

母亲说："让他们先上，他们都是去旅游的。"稍有迟疑，后面的几个人便像木楔一样插进缝隙，挤到前面去了。车里没有座了。丁小宋把脖子上的啤酒取下来塞进车座底下，再一看，发动机盖子上还有一点空隙。他说："妈你坐过去。"他又跟小文说："你也可以坐过去。"但小文宁愿站着，她说："站着好。"丁小宋说："那你就站着。"小文把一只手搭在丁小宋的肩上，两人显得很亲密。丁小宋眼角的余光瞟见他妈。她看见两人亲昵的样子，舔了舔舌头。他若无其事地把一只手搭着小文的肩。小文的肩胛骨锋利得像一根鱼刺。

接着上来两个小孩，跟先前上车坐在前排的两个女人是一起的。那两个女人占着三个座位。于是丁小宋的母亲用力挪了挪屁股，说小孩你坐这里。小孩很准确地坐在母亲旁边的那个位置。这是一个胖乎乎的小孩，很肉，几乎看不见脖颈，口里面叼一只吸管，吸管下面是空的。

丁小宋仿佛这时才看清，母亲今天穿一件边开襟的旧式衣服，头发盘了个髻。平时不是这样。每一次回鹭庄，母亲都会换回这样的装束，仿佛还是她刚离开鹭庄的样子。但母亲从鹭庄进到城里已经四十多年了，四十多年里，她习惯了穿中间开襟钉着有机玻璃纽扣的衣服去坐班。

坐在母亲旁边的两个女人都很胖，三十多岁，讲北方话。于是，卷舌音一串一串密密麻麻地弹了出来。丁小宋无端地瞥了母亲一眼。他母亲正盯着两个说话的女人，自己嘴角也嗫嚅了起来。于是，丁小宋就感到有点紧张，头皮发麻。他怕母亲把自己的声音也插进去，在一片麻花花的卷舌音里面，又增添了一种毫无韵律的胶鞋普通话。他估计，母亲会问那两女的：妹子，你们从哪里来啊？俾城一不小心变成了旅游城市，普通话强行铺开了。本地人讲普通话，能让人听明白，却碜得耳朵浑不舒服。乍来此地的人听得一阵之后，才突然发现自己有点心力交瘁，甚至有点虚脱。

丁小宋抓着扶手，看见母亲的嘴唇嗫嚅了起来。丁小宋心子一撂，朝母亲狠狠地瞪去一眼。他母亲也心灵感应般地瞥来，看清了丁小宋紧张的神情。她就不再蠕动嘴皮了，把准备说的话掐死在喉咙里面。

那两个来旅游的女人聊了起来，提到一些熟人的名字，并毫无顾忌地摆起这些人的闲话。丁小宋听得很明白，她俩在说办公室里有个女人严重狐臭，所以半辈子都在找男人，狗熊掰苞谷似的找男人，但不是狗熊扔了苞谷，而是苞谷扔了狗熊；又说起一个街坊和两条街之外的一个女人偷情，一偷好多年，但女人的男人还把自己的女人当成一块宝；又说起现在民工太多了，简直影响市容……说两个女人交谈似乎不妥，主要是瘦一点的那个在滔滔不绝，胖一点的那个女人则是倾听为主，时而辅以稍带龌龊的那种窃笑。丁小宋看见母亲一直盯着那两个女人，面部是她惯有的慈祥的微笑。他知道自己的妈听得懂那两个女人说的话，听出乐趣来了。虽然不在一个地方，女人们这个嗜好却是共通的。

车吭哧吭哧地喘着，慢慢朝山上驶去，有点不堪重负。好半天上到山顶一道梁上，隔着窗玻璃往下面一看，眼界陡然开阔了，沟沟崁崁，清晰得有如沙盘。小文尖叫一声，她说："哇，公路奇观。"公路确实拐了好几道大弯，一挂猪肠似的摊开了,要不这样设计线路,车子到不了山顶。她大惊小怪的样子,让丁小宋开心起来,并确信,这样的女人,弄上床,似乎不太难。她在网上留言说要来,结果真就来了,把她那一张粉刷后还算得精致的脸突兀地搁到他眼前。

在丁小宋闪神那一刹,他担心的事终于发生了——"妹子,你们从哪里来啊?"一个字也不差,和丁小宋预想的一样。而且,在两个女人佯装没听到的情况下,母亲把这话又重复了一遍。

"北边。"两个女人并没有扭头,自顾说着话。母亲没有把话插进去,她也不看丁小宋。她似乎知道丁小宋还会瞪她。母亲把头扭向了那个胖小孩。胖小孩一直叼着吸管,并把空气吸吮出滋滋的响声。母亲摸了摸他的脸,说:"你的孩子长得挺可爱的,你说是不是?"小孩数秒钟后把这只手从自己脸上扒了下来,继续咂出响声。母亲这时拉开自己的尼龙口袋,取出一只小瓶的矿泉水,问他:"小孩,你是不是要喝点水?"她还把瓶身晃了晃。那瓶水拧开了,母亲喝了三分之一。但小孩的眼神游走不定,先是看了看晃动的瓶,而后看看瘦一点(其实也胖,相对另一个巨胖的女人,要瘦一点)的女人,而后又看看水瓶。也许,刚才他们忘了买水,现在,口确实渴了。瘦女人把胖小孩的脸抹了过去,看向另一边。然后,瘦女人说:"谢谢。"

两个女人停止了说话。她们说了很多。车子颠簸得厉害,她们有点累。她俩好不容易安静了,丁小宋的母亲不会放过这样的机会,她赶紧问:"是不是要去鹭庄?"没有回答。那两个女人托着壮硕的脑袋看向车外。这一路上，时不时有一块大广告牌向后划过，上面写着：

神秘园大峡谷在这里等了你千年万年！

总要在这里与你邂逅相遇——樱桃坳峡谷！

黑潭大峡谷，纳山水之灵性，不容你错过！

……………

"有那么多峡谷？到处都是峡谷。"瘦女人嘀咕地说。"是啊，我们这个地方，到处都是峡谷……"母亲反应很快，把话接上了。但瘦女人没再吭声。其实所有的峡谷都是一道河谷，隶属不同的村庄。一整条河谷被切成很多段，就像是切开一整条香肠，分开了卖。每个村庄都在开发旅游业，拿出只争朝夕的气势，因陋就简纷纷上马。见瘦女人没吭声，还把脸别得更歪，母亲也不好说什么。过得不久，胖女人却问："你也是去鹭庄大峡谷？""我？"母亲确认了一下，那胖女人确确实实是找自己说话。母亲说："对，我也去鹭庄。你们是头一次来吧？还有一截路，可能要一个多钟头，但前面的路要比这一截好走一点。我去鹭庄，但我不去大峡谷，大峡谷离鹭庄还有好几里坡路。现在身体不行了，走坡路就直喘气。前年身体还好一点，去年春天的时候我……"

"我是说，到时候你也会买门票？"胖女人终于把丁小宋母亲的话掐断了。

"门票？我为什么要买门票？"

对于这样的回答，胖女人也不感到奇怪。如果眼前这个穿着边开襟，一派农村打扮的老年妇女肯花八十块钱进到一个山村旅游,那么胖女人肯定会把这当成此行看到的第一道风景。胖女人嗤了一声,说:"那你怎么进去呢?没买门票,到时候你要被赶出来的。"母亲有点发蒙地看着这个胖女人。

丁小宋说话了。女人扎堆说话,他本来不想插言。但他憋不住地说:"赶出来?我要去鹭庄,谁敢把我赶出来?看我不打醉他!"停了一停,他又说:"他妈的,到了鹭庄,看看到底是谁把谁赶出来!"丁小宋的嗓音一不小心飙得蛮高,蛮铿锵,像是在骂架,引得一车的人的眼光齐刷刷投了过来。于是丁小宋扬起脸,谁看他他就挑衅地看着谁,所有人的眼光又耷拉下去,看自己脚尖。丁小宋两眼聚光灯似的盯着胖一点的女人,胖女人嘴皮子打着哆嗦,什么话也没有说。母亲把脸摆过来,略带威严地说:"小宋,你发神经了啵。"

丁小宋又嘀咕说:"嗤,赶我出来?"

母亲再次地说:"小宋,发羊痫风了啵,哼什么哼?"

丁小宋没有去看他母亲,但他安静了。小文在一旁吃吃地笑着,剥开一块口香糖塞进丁小宋嘴里。小文是一种很赞赏的眼神。那两个女人忽然改变了态度,变得亲热起来,主动拉着丁小宋的母亲聊天。那两个女人,两张嘴变得像扭坏了的水龙头一样,哗啦啦地把很多话倾倒出来。这有点出乎丁小宋的意料。母亲的脸上也很吃惊,还有点受宠若惊。母亲说:"一到黄金周,到处都是人,好多路口走都走不通,还难为你们出来旅游,真是不容易啊。"母亲放慢了语速,那怪声怪调的普通话一个字一个字弹了出来,呈点射状。

瘦女人说:"哪儿啊,都是这两个小孩在家里待不下去,死活要出去走走。我们也没办法,只好跟着来。"胖女人说:"其实我最怕碰到黄金周了,黄金周一挨近,头皮就会发麻。花钱都不说了,出去真是麻烦,到哪里都要挤车,什么东西都涨了价。但不出去旅游,在家里又闷啊。别人都去旅游了,你一个人待在家里头也没什么意思,找人打牌都难得凑齐整桌。"

"是啊,也难为你们了。"母亲感慨地说,"但我们鹭庄峡谷还是有得一看,呗,就像宣传资料上照的那样,实实在在有风景,不骗人。——用你们话说,就是不忽悠人。"

胖女人说:"我们也不说忽悠,是赵本山说忽悠。"

瘦女人把宣传单找出来,母亲就指着上面的照片,如数家珍地讲出一大堆东西。她说:"呗,以前我老在这个地方放牛,在这下面,有一眼井水,喝起来的确有点甜。到了地方,你应该去喝一口。"母亲又说:"还有,这个瀑布是蛮好看,以前不晓得叫瀑布,都把它叫做水帘洞。现在,好久不下雨了,今年大旱,别说瀑布没水,稻田全都干了……"母亲讲着讲着就来劲了,每一处景点,都有她个人的回忆。她对鹭庄这个地方,再熟悉不过。

这时候,丁小宋忽然地想,这两个女人不但要在乡村公路上颠簸,还得忍受一个陌生妇女蹩脚普通话的侵扰。人家的确也不容易呵。

……正因为这样,丁小唐才找到发财的机会。刚有黄金周的那年,丁小唐说:"那么多人跑到我们这里,兜里都揣着成把的钱。要是我们不把他们的钱掏出来,那就是礼数不周。"他把鹭庄用竹篱围了起来,赶紧在城里做几张广告牌,就算搞起了旅游生意。没想到,真有钱赚。丁小唐看着不少人跑到鹭庄来旅游,高兴坏了。他告诉鹭庄的人,这些城里的呆瓜,是来搞扶贫的咧。

车驶到一段平缓的路面,发动机不再发出巨大的噪音。车内安静了许多,只剩下母亲一个人的声音。丁小宋的脸红了起来,因为母亲提到了他。看样子,母亲势必还要讲一番赞扬的话。"我的大儿子在做生意,也算是一个老板吧……"母亲忽然把话噎住了,转而指了指丁小宋。她说:"那是我的小儿子,没工作,但很有能耐。大峡谷这名字就是他取的。鹭庄改叫大峡谷以后,生意才好起来。城里人一听峡谷,就鬼扯脚似的过来看。"

瘦一点的女人说:"你这个儿子很有头脑,很聪明,这点子我就不会想到。"

"呵呵,哪里哪里。"母亲这样地说。

胖一点的女人也赞扬地说:"你生了一对好儿子哩。"母亲还没反应过来,丁小宋朝那女人睃去了一眼,看见她是一副笑歪了的嘴脸。但母亲不会看到。他老觉得母亲这人为人处世有些麻木。本来,没事老夸自己儿子就是女人的一大毛病,让人觉着缺心眼。

母亲说的倒是不假。丁小唐开始做生意的时候,取个名叫"鹭庄风景区"。但游客对"风景区"这种东西不是很感冒,太平常了,太他妈大路货了。丁小宋给他出的主意,说改叫大峡谷。"大峡谷?"丁小唐不晓得这是什么东西。他初中就辍学了，书死活读不下去，做生意却精明得很。他问："哪来的峡谷？"丁小宋指了指夹河两岸高高低低的崖壁，指了指河道弯折处形成的水潭，说："这些都是，你只管这么叫好了。"丁小唐将信将疑，照着做了，生意果然一天天好起来。现在，别的村庄也知道"峡谷"是个能招摇撞骗，能赚钱的噱头，一个个"峡谷"长蘑菇似的冒出来。

丁小宋是被小文嗤笑的声音打断的。他朝小文看去，小文就附着他耳朵眼，轻轻地说："你妈可真能讲话，上嘴唇不沾下牙。"丁小宋的脸就红得发乌。好半天，他回敬地问小文："那你妈呢？你妈是不是不爱讲话，很深沉？"小文笑得尤其开心，笑够了以后她承认，自己的妈比丁小宋的妈还要能说。小文说："谁的妈不是这样？以后我有了孩子，说不定也会变得唠唠叨叨。"

丁小宋的妈仍然在和那两个女人讲话。胖一点的女人忽然问："听你这么说，鹭庄也不大，怎么门票要八十？"母亲这才知道丁小唐又涨价了。她说："八十？我还以为是二十。"母亲脸色很不好看，丁小唐一贯胆大，但她还是估计不足。那女人又说："是啊，前年到的故宫，门票才六十。你们鹭庄比故宫的门票还贵。"

"造孽呵。"母亲被这个数字吓了一跳，痴呆地看向窗外，又看一看丁小宋。过得一阵，她问："故宫是在哪里？"瘦女人暗自一笑，告诉她："故宫是在天安门，进了门往里走。""那就是在北京咯？""还能是在上海？"

几个女人换了话题，家长里短起来。过得不久，丁小宋的母亲忽然变得沉默,一句话也不说了。整个车内陷入了一种特殊的气氛。她一旦不说话,整车人都觉得异常,甚至还莫名地紧张了起来。

"要哕了。"丁小宋用一种幸灾乐祸的语调跟小文说,"我妈她是要哕了。她说话太多,说醉了。"

话音未落,他母亲果然哕了起来。她一直怕坐车,一坐上去就翻江倒海地晕眩。母亲早有准备,她利索地从衣兜里掏出个塑料袋,套准嘴唇,往里面哕。来之前,母亲吃了一大碗圆粉,里面添加了好几勺酸豆角。当时,母亲还说:"吃些酸东西,就不会晕车了。"但事与愿违。车厢弥漫着酸豆角的气味。

丁小宋离母亲有一段距离。他看着母亲的样子,还有些埋怨,说:"叫你别多说话,你偏不信。""你怎么能这样?"小文说,"你妈哕了,你怎么还这么说话。"丁小宋说:"那我该怎么办?"他也不想这样。一直以来,母亲一坐车就会哕,他看着也很心疼,所以母亲但凡要去什么地方,他总是跟着。然而这天,母亲一哕,他却有点庆幸。他想,既然哕了,你总要安静一阵了吧?嘴巴只有一个,不能同时干两件事。

坐在母亲身旁的胖男孩把脸别过来,很好奇地看着呕吐的样子。他应该是瘦女人的孩子。瘦女人本来把手捂住了口鼻,现在不得不离开座位,伸长了手,把儿子的脑袋抹偏一些。但胖男孩的脖子装了弹簧一样,瘦女人手一移开,他又朝这边看过来。他喜欢看别人呕吐。瘦女人把儿子的脑袋抹了几回,都没能达到自己预想的效果。终于,瘦女人失去了耐心，手再伸过去，响亮地抽了一巴掌，还在嘴里恶毒地说："要死啊，看你妈的看。"胖男孩哇的一声哭了，哭得很伤心。丁小宋的妈哕得愈加厉害。胖男孩一边哭一边仍然偷偷地看过来。

车终于到地方了。那是个岔口，中巴车进不去。从车上下来，丁小宋重新把那十二瓶啤酒挂到了脖子上。他扶着母亲，见她脸上大失血一样的苍白，眼神也是缭乱的。他再一次说："你少说些话，就不会晕成这样。"但母亲说："我讲话就是想分散注意力。我本来不想跟她们讲话。"丁小宋不依不饶地说："喊，你还不想讲话，未必还是人家请你讲话？"母亲没有说什么。现在她气色很差，讲话的力气都没有了。离鹭庄还有三里地。指示牌标明：前行三百米，即到鹭庄大峡谷。丁小唐有这样的魄力，他敢把三里地说成三百米。丁小宋扭头看了看那两对母子。他们对三百米没有什么概念，走了差不多一里，瘦女人的儿子问："怎么还没到？"瘦女人不耐烦地回答："坚强些，远着呢。"他们跟在丁小宋的后头，仿佛是请他引路。

丁小宋忽然想到些什么，他扭头向后走。步子稍微快一点，他脖颈上的啤酒瓶就卿卿哐哐地撞着响。那两个女人瞪着他，站在原地不动了，眼神里有些惊惧。她们还清晰地记得这个人咆哮的样子，可不像她们各自的男人那样温驯。丁小宋就努力把表情弄得柔和一点。他长着一张刀脸，这样的脸型，要装出和蔼可亲的样子，不太容易。丁小宋一用力，脸就歪了，像是一个面瘫患者。"你们可以跟在我后头，我认识卖票的人。到时候帮你们说说,你们四个人只要买三张票,就行。"丁小宋这么说。胖女人不会轻易就相信他的话。胖女人一脸警惕性。她说:"小孩也要票?我的小孩只那么高,应该免票的。"

"一米以上的就要买票。那个……"丁小宋指了指瘦女人的小孩,说,"他起码有一米四几。你们的小孩长得很好,看着年纪不大,却长了这么高的个。"

胖女人说:"那是。我的小孩有一米多一点。但在公汽上面,一米一才要买票。""这里不是公汽。我说了,一米以上都要买票。"丁小宋舔舔嘴皮,又说,"现在是旺季,限制游客数量,要保护里面的环境。"这么说的时候,丁小宋感到很开心。要命的是,这两个女人竟然相信这种低级的鬼话。胖女人看了看瘦女人,不无担忧地说:"那我们得快点走,要是满额了,那就麻烦。"瘦女人也有点不知所措,强作镇定地说:"不就是个破村子嘛,还限额呢。"两个女人的神情使丁小宋暗自笑起来。他真想从脖颈上摘下一瓶啤酒,作死地喝一大口。

丁小唐坐在懒人椅上,看见一个人撞了进来。他的目光首先落在那一串啤酒瓶上,然后才看清堆在酒瓶上面的那人的脸。他说:"原来是二佬啊。怎么搞成这副样子?"丁小宋说:"看见外面那几个游客了么?呦,两头猪娘,两个猪崽。"他把酒瓶放下来,推开"经理室"的一扇窗,指向外面。两个女人正脸对着脸商量着事,而那两个小孩的目光正好朝这方向看来。丁小宋朝小孩挥了挥手,摆出一个微笑。那两个小孩很快也招招手，笑意盎然。"就是那几个，我带来的。本来他们要去双龙河漂流，我死活把他们拽了过来，好话讲了几箩筐。"丁小宋又强调地说，"妈都看见的。"丁小唐说："难得你帮忙，我谢谢你。"丁小宋说："我不是这个意思。我晓得，你这里的回扣是五十块一个人。你让他们买三张票。本来只要买两张，但我跟他们讲好了，买三张。"丁小唐微微地一笑，说："你真是很划算。我当然少不了你的回扣。"

胖女人果然买了三张门票，花了二百四十块钱。丁小唐把钱点了点，并对着阳光照一照钱里面安详躺着的水印像。他准备点一百五十块钱送给丁小宋时，看见窗口又冒出个奇形怪状的女人。丁小唐说："也是你带来的？"丁小宋说："我的女朋友。"丁小唐说："我怎么不知道？"丁小宋说："现在我告诉你，你就知道了嘛。""那不行，我要扣你五十块钱。"丁小唐要抽出一张绿色的钞票，只递出一张红色的钞票。丁小宋说："好像不是这样。"他飞快地算了一笔账：这一百五是他拿的回扣，然后，就算是给小文买一张门票，付八十，回扣五十，那么他实际应付三十块钱。他说："丁小唐，你他妈还得给我二十块钱。"丁小唐算钱比丁小宋慢，他又把来龙去脉理了一遍，这才拿出一张二十块钱的票子扔到桌上。他说："算你狠。"

两个女人领着孩子，刚一走进村里就知道上当了。她们说："这里什么都没有！"丁小宋拉着小文从两个女人身边走过。他一点也不奇怪，大多数的人一进村就会大呼上当，要去退票。这就是丁小唐的事了，丁小唐总是有办法摆平游客。

这一天是丁小宋外公的生日。外公一直住在鹭庄，八十多了。丁小宋和他妈就是为这件事回来的。啤酒也是为外公买的，现在他不能喝白酒，偶尔喝一点啤酒。一点不喝可不行，外公的血管里要保持一定的酒精浓度，要不然也会出毛病。外公喝了一辈子酒，想戒，为时已晚。那一天，丁小宋陪外公慢慢地喝了好几瓶啤酒。母亲一直在厨房忙活，做蒿菜粑，做寿面，免不了要办大桌菜。请了一些亲戚，村里和丁小宋外公一样老的老人也来吃吃喝喝。村里有这习惯。老人们吃得很开心，他们互相说，吃一回就短一回。吃！每年的这一天，丁小宋都必须赶回鹭庄。丁小唐也来了，扒半碗饭吃几块肥肉，走了。村口不停地有游客嚷着要退票，嚷着被坑了，要打315投诉，或者扯别的皮。丁小唐必须在检票处坐镇，他一走，那些雇员招架不住。

五点多钟，丁小宋拖着他妈要回城里去。丁小唐叫自己的司机送一送他们。他的那辆越野吉普现在闲着，摆在村口。小文不肯回城，她要在山村里面过夜。在岔路口那地方，又碰见了那两个女人，以及她们的孩子。四个人在等车，但老不见车来。小孩有点累了，他们平时没爬那么大的山，走那么远的路。丁小宋坐在驾驶副座，首先看见那四个人。他眼皮又跳起来，看一看车内的后视镜，母亲歪斜地坐在后面。忙了一天，她挺累，正闭目养神。丁小宋松了一口气，看着车从那四人身边擦过去。两个女人往车内张望，眼巴巴地。乡村路上，车很少，而且天色也委实不早了。这时候，丁小宋又听见了最不愿意听见的声音。"停车。小李，停一停车。"

母亲不知哪时候睁开了眼。车停下以后，她拧开车门，招呼那几个人上车。母亲的表情，像是和她们很熟的人。那几个人也不客气，上到车里。后排就三个座，两个女人把自己的孩子抱在膝盖上。那个胖女人抱小孩还省事，但瘦女人的小孩很胖的。于是，母亲就说："我帮你抱一抱。你到峡谷底下走了几个小时，还不累坏了？"

"没事，不麻烦您了。"瘦女人转变语调，又说，"什么峡谷啊，就是一条山沟沟。我们那里也有，但不敢叫什么峡谷。"胖女人也附和过来："那个老板可真敢骗人，我觉得，八块钱都贵了。五块钱还勉勉强强。"歇了歇，那胖女人又说，"老板肯定是外地来的吧？当地人还是挺淳朴。"

丁小宋从后视镜里清晰地看见，母亲现在是一派手足无措的样子。他知道，母亲是那种容易忐忑不安的人，事情虽不是她做的，她的良心仍然会过不去。丁小宋可不这样，他当初也没想到"大峡谷"这三个字竟然有这么大的吸引力，简直像用皮碗吸下水道里的堵塞物一样，把这些人从很远的地方活生生拽进鹭庄。

母亲当初就说了："你们这么搞，一传十十传百，很快就没人过来的。"但丁小唐不这么认为。他想，我们伟大的祖国呵，人口基数太大了，就算一千个人里面骗一个，骗几十年也骗不完。再说，过了几十年，下一代又发育成熟了，又会到处去旅游。照这样看，旅游生意可以像割韭菜一样，一茬一茬不断割下去。丁小宋是另外一种想法。他想，这样的生意，开一天是一天，骗一个是一个，只争朝夕，反正来的人又不会成为回头客。

他不喜欢看见母亲忧心忡忡的样子,觉得心烦,于是就把眼睛闭上了。他听见母亲说:"呃,以前也有人说这不叫峡谷,但风景还是很好看的,就像照片上面一样。"胖女人可不领情。她说:"照在照片上还可以,走进去一看,就那么回事。现在我算是明白了,照片上的东西最不可信——隔老远照一个垃圾堆,洗出来都会是花花绿绿的。"母亲不晓得怎么说。她从来都是很能说话的人,但这个时候,她梗了好半天,愣是讲不出话来。回过神,丁小宋的母亲转换了话题,要那两个女人讲讲各自的孩子。她知道,每个母亲都喜欢谈起自己的儿子。那两个女人果然来了兴致,并且是争先恐后地开了腔。

"我家小勇……"

"帆帆今年十一岁了……"还是瘦一点的女人嗓门大一点,把另一个女人的声音盖住了。这样,车内的人只好去听她讲她家帆帆的事情。丁小宋看了看那个帆帆,和胖女人一样巨胖。瘦女人滔滔不绝地说起她的帆帆。她把她儿子养了十一年,积累了一些酸甜苦辣的事。她说得眉飞色舞,还指手画脚。丁小宋感觉到女人的咸唾沫飞溅在自己后脖颈上,有些凉。他感到恶心,只好把脖颈紧紧地贴近椅子靠背。女人往下还说她从小就培养她家帆帆良好的卫生习惯,每天至少会洗一个澡,如果不洗,他就会睡不着觉。在她的声音中,丁小宋想起了这个叫帆帆的男孩看自己母亲呕吐时愉悦的眼神。他怀疑,这小胖墩八成有恋污癖。还卫生习惯呢,每天洗澡就很干净吗?再说,这个瘦女人本身就让人觉着很不干净。她喜欢把唾沫溅到别人后脖颈上,更要命的是,她体力很好,说话底气十足,唾沫能够超负荷地分泌出来。

瘦女人好不容易把她的帆帆介绍完了。那胖女人看样子是憋坏了,正要开口说说自己的小勇,丁小宋却看见母亲有了个掏钱的动作。母亲的把钱包吊在外裤里面,所以,她掏钱的话,就必须解开裤子的纽扣。母亲解裤子的动作让那个胖女人暂停了说话。

丁小宋眼前忽然发黑。他知道母亲会干什么。后视镜像一只在高处的眼睛,俯视着母亲的每一个动作,然后折射到丁小宋的眼底。丁小宋不敢再看下去。

母亲拣来拣去挑出一张一块的票子,嘴里嘟嘟囔囔地说:"真是个好孩子,看着就让人喜欢。"母亲说着,把绿色的票子递了过去。胖男孩勾下脑袋,看了看这张钱。他还尝试地伸出手去摸了摸。他被瘦女人抱着。瘦女人好不容易从下面抽出一只手,拍了拍男孩的手。她说:"我平时都是怎么教你的?"男孩的手缩了回去。瘦女人说:"谢谢,不要给小孩送太多钱。我们自己会给他的。"母亲有点失望,她扯了扯脑袋,又向坐在远一点的胖女人看去。胖女人的脸登时就变了,她下意识地把怀里的小勇撤向车窗,然后说:"我家小勇从来不拿别人的钱。"母亲有些愣,因为在鹭庄,钞票总是能很快地送出去,鹭庄的小孩看见她就会围上来讨钱。她继续让那张钱在手里攥了一会儿,然后才收进兜里。后排坐了三个人,母亲要扣上裤子纽扣,颇费一番力气。

母亲马不停蹄地掏出两个蒿菜粑,油黑色,外层包着桐叶。她说:"一定要吃吃蒿菜粑,这才是真正的特产。"母亲眼神里有一种不达目的不罢休的气势,大概把两个女人镇住了。她们很无奈地示意两个小家伙,可以把这东西拿在手上,并教他俩道谢。帆帆说:"谢谢阿姨。"小勇脑子不转弯,他说:"谢谢奶奶。"胖女人不乐意了,她用指头杵了杵小勇的脑袋,说:"你长猪脑壳啊。"

一进城,两个女人带着孩子下了车。司机说要去买包烟,就往不远处一个超市走去。丁小宋的妈趁这时候下到车去,吸吸外面的空气。丁小宋还坐在驾驶副座上,他看见,那两个女人刚走不远,就叫小孩把两个蒿菜粑扔了。

母亲幸好没有看见。

不远处有个广告牌,上面写着:到鹭庄大峡谷去!与山水有约!到鹭庄大峡谷去!彻底拥抱大自然!这词是丁小宋憋出来的,毛笔字也是他写的。丁小唐给他买了几包好烟,算是酬劳。广告牌下面有一对情侣,正盯着牌子上的照片,看个没完。丁小宋看见母亲正向那对情侣走去,很快,就挨近了。也许,母亲会告诉那两人,鹭庄很漂亮,值得一看;也许,她会告诉那两个陌生人,这些广告词是我儿子写的,我儿子!

丁小宋扭开车门跳出去。他已经来不及拽住母亲,更堵不住她的嘴巴。隔着一定的距离,丁小宋大叫一声:"妈哎!"

母亲听见声音回过头,做贼心虚地瞥了丁小宋一眼,嗳嗫着嘴皮,喉咙处哽噎地滑动了一下。她好不容易把准备说出的话咽了回去,就像是吞下一口黏痰。

独舞的男孩

那一年应该是九一年好像，小丁去的省城，系统里搞短期的培训。同班的兵团哥有天下午邀他去附近一家幼儿园看看去，他也就去了。他知道兵团哥这样的色狼肯定是盯到了什么货色，叫自己帮衬在旁边也好壮一份胆色。兵团哥表面上挺吹，小丁觉得其实他胆子不蛮大的。

兵团哥要看的那个幼儿园阿姨就是姚姿。兵团哥跟小丁吹，他说他活了这么多年见过的最有品的就是这个小阿姨。以前跟建设兵团六年时间，因为一些民谣，他在新疆库车一带转悠好久，都没有正眼瞧上一个。现在，多谢这一场鸟培训，发现了这个小阿姨。兵团哥说，这他妈就叫养在幼儿园人未识呵。兵团哥还说，可能，自己这么优秀却迟迟没有坠入爱河，冥冥中就是在等她呵。小丁嗤笑了一下，他觉得兵团哥总是这样给自己虚张声势。可是，从另一个方面讲他觉得兵团哥真可称得上帅气逼人,和自己不同,朋友刚开始恋爱时候老拉他当帮衬。老当帮衬意味着什么?左看右看,这人对自己一点威胁都没有,大家都对他放心。小丁就是这样。他自己也知道。

两人坐在跷跷板上,各在一头,晃几下,格局肯定是小丁在下兵团哥在上。小丁比兵团哥宽了几圈。然后,小丁闷着吸烟,听兵团哥在那一头望眼欲穿地说,怎么还没出来,怎么?

小丁老是听着兵团哥这么叨念,不知不觉也被吊起个胃口来,想看看被兵团哥遥寄一大堆情感的女人到底会是怎样。

他们坐的地方,和幼儿园的院子之间有一道铁丝网隔着。这主要是防止小孩擅作主张过到这边来玩跷跷板,这些个东西得在阿姨陪护下才能玩一玩。小孩子,挺娇嫩。小丁和兵团哥是翻了一层围墙才进到这里的,围墙挺矮,小丁都翻得进来。有个老阿姨看见两个人进到园里,就轰他们走。兵团哥涎着脸说,老娭驰哎,看一看祖国的花朵有么子错的咯?可是老阿姨还是赶他们走,说是怕吓着了孩子。兵团哥不理会这么多,回头又爬了进去。多有那么几次,老阿姨也懒得管了。渐渐地,兵团哥所说的那个女人就出现了。但她总是背面或者侧面向这边,总是不肯现出眉目。小丁就说,兵团哎,她好像对你没感觉,再说也不见得怎么样。兵团哥就说,嗺,丁鳖莫慌咯,她不掉头则已,一掉头,小心你下巴骨惊得掉脱。小丁不以为然,他说,你才是。

他们就这么看着小阿姨的背影,整整两个下午,就这么挪了过去。第三个下午，小丁还是被一种奇怪的心思牵引着，又陪兵团哥爬了幼儿园的围墙。一坐跷跷板，小丁还是在下，眼界窄许多。那天阳光泛滥，搞得小丁不停打瞌睡。忽然他听见兵团哥欢快地叫道，嘿，她往这边看了唻。小丁睁开眼，看了过去，有一阵模糊。兵团哥声调有些变，他说，她看得真痴。

小丁还是看得不太清楚，但他真的好想看清女人的样子。毕竟守候好几天了，好奇心再怎么也悬了起来。他忽然发现，兵团哥看看那个小阿姨，又看看自己；看看自己，又扭头去向着小阿姨。

兵团哥看了半天，石破天惊地说，丁鳖，她像是在看你。你说你有什么好看的咯？

小丁说，别扯鬼淡。

别装不晓得。兵团哥说，我天，她走过来了。

那天下午姚姿照常引导小班的小孩子做游戏，一抬头又看见铁网外面的两个男人。她知道那是在看自己，以前也有人这么做过，不过不像他们这样痴。以往她只注意得见跷在上面那人，今天，她随意看了看下头那个，昏昏欲睡的人。

她很吃惊，因为她想起了在阳光下跳舞的那个小男孩，叫古马的小男孩。

她记得，那时候的舞蹈毫无美感。一般的做法是，双臂微弯，手握空拳，挺胸昂首，面对哪方哪一方就应该假想成东方，做出一脸灿烂状，仿佛迎面拂来和煦的阳光。还得一

143

边唱着口号一边动作。现在,她简明地把记忆中那种舞蹈动作归纳为"切菜跺脚式"。词大都忘了,倒是有这样两句特别铿锵:

要是革命就跟着毛主席,

要是不革命就滚他妈的蛋!

但是,姚姿记得,古马的舞姿格外不同。当时,在那个院子里,已经略微发育的古马仍然全裸着身子,闭着眼睛旁若无人跳起了大家都跳过的舞。他口中念念有词,只是已经无人听得懂。最特别的是,古马的左手在任何时候都捏住自己的小鸡鸡,拼命想拽长一截一样。那时的阳光格外地亮,所以把裸体的古马照耀得灰暗起来,像一个飘忽动弹的影子。

当时姚姿只能躲在一扇窗后头,躲躲闪闪看着古马的舞蹈,面红耳赤,却欲罢不能地看向他。有时古马会很开心笑起来。这时,她的眼泪往往就迸出来了。

现在,她看清了跷跷板上那个半寐的男人,那神态,那表情!

下午的阳光正好照亮他脸的一侧,使他整张脸一分为二,半阴半阳。她有点想哭,于是她走过去。两个男人都很紧张。走得很近了,她脑子里仅存的那部分理智提醒她说,他不是他,不是那个人。那个人是否还活着。她不知道了。进省城以后,她再也没有问过老家那边的事情。而那个早就发了疯的男孩,除了自己,谁还会记起来呢?

但她还是问跷跷板下头那个戆头戆脑的男人,不由自主地问他,你是不是朗山人?

不是，我是佴城人。小丁这么说。

她听得出来。但是佴城跟朗山挺近。她又一次地问，你亲戚里面有没有姓古的？

古？

另一个男人跳下来，忙搭腔说，有的有的。他脑子有点慢，但肯定认识你要说的那个人。

狗日的，你走桃花运了，装什么愣？兵团哥看着小阿姨转身走过去，就沮丧地抽起一根烟，说，她怎么就对你有意思？猪嬲的你，好男无好女，赖汉有仙妻呵。

小丁说，未必，她只是想问一个熟人。

你有戏，她刚才看了你老半天，都有些痴。说不定你长得像她的初恋情人。电影里老是这么编的。兵团哥兀自喃喃不休，这时老阿姨又出现了，她生气地说，你们两个怎么又来了，还呷烟！

兵团哥把烟掐了，说，老娭毑哎，打个商量咯。我这兄弟和你们那个小阿姨是对上眼了，刚才你没来，好一阵眉来眼去地放电。你做好事帮牵个线总行嘎。

老阿姨不耐烦地挥手说，牵你个鬼，走咯走咯。

当时小丁也不信这事，回头真的跟姚姿谈上了，还有些不可思议。兵团哥总是撺掇他搞下去，有时候小丁很犹豫，兵团哥佯作生气状，说，别占着茅坑不拉屎嘎。兵团哥嘴有些坏，为人很好。他还说，肥水不流外人田的咯，哥我搞不到手,把送你老弟也是蛮好的事。

　　培训结束的时候,姚姿就跟着小丁回了一趟俚城。对,小丁鬼使神差把姚姿搞到手了。以前他失恋过多次,在朋友中间,基本已经成为话柄。比如说,朋友老五经常会安慰他,别灰心,凭你的条件,恋爱一百次肯定会成功一次的咯。小丁不说话,他在朋友中间学会了沉默,这样人缘就非常好。这次,突然把姚姿带回老家,确实让一大堆了解他的人瞠目结舌。

　　朋友们就问,怎么骗到手的?是不是幼儿园的阿姨跟小孩处久了,都有点呆?

　　不是。

　　老五说,肯定是用那什么鸡鸣五鼓返魂香对不?要不然,我看是悬。——他武侠书看得多了。

　　也不是。小丁老实地说,是她自己对我有意。

　　朋友们打起了呼哨,不太敢信的样子,还不停搵小丁的脑袋,或者在其额头弹几绷子。小丁也不理会,一个人在这样高兴的时候,可以接受别人任何表达祝贺的花式。

　　接着谈婚论嫁。姚姿表示随男方的意思,她也想早点结婚,因为她年纪实际要比小丁还大一点,但表面根本看不出来。小丁父亲有点手腕,很快把准儿媳调到俚城——其实,从省城往俚城调一个人,不是太麻烦的事,别反着来就行。按小丁父母的意思,屋树好了再结婚。

　　他家的新宅建在城西一座小山的腰际,私宅,单独院落。俚城地皮不是很贵,大家乐于攒钱建私宅。新屋怎么树,两老也征询过姚姿的意见。姚姿无所谓,她说树房子的事她根本不懂。屋就在两老的意见下搞了起来,树得差不多的时候,姚姿单独跟小丁商量说,能不能把屋顶搞成斜水泥顶,搞一个阁楼,再铺一层土栽一些草?对,只是栽草,不要养花。小丁有些愣,姚姿以前什么要求也没有,突然冒出一个,却那么古怪。小丁为难地说,哪有这样搞法?你自己看,我们满城没有一家往屋顶栽草的。姚姿说,干嘛和别人一样?小丁就解释,小地方,做事最好别太出格。这里跟省城比不得。姚姿也就不说什么。

到了晚上,姚姿给小丁放了一盘 VCD,挪威风光。那里,家家户户屋顶都长满了草。她说,我就是喜欢这样。小丁也觉得不错,但是他还是不想这么做。他说,说不定以后我们到挪威买栋房子,可以这么做。

小丁以为姚姿不过是随便说说,可是,她愈来愈坚持这样的想法。从这件事上,小丁看见了姚姿还是有很倔的一面。小丁很为难,因为在他看来,父母一直都是最古板的人,最怕干出什么与众不同的事。他们在小城里一直活得很受别人尊敬。商量了以后,父母爽快地答应了。姚姿本来就远远高于他们原先的预想,而况,这样一个女人还不提任何条件。两老心里就一直过意不去了似的,觉得亏了她一大坨。现在,姚姿能提出条件,两老觉得没什么不能答应的。于是叫工头按这个意思做,还买了进口的地毯草种,说是种出来以后不必修剪,就能长得齐斩斩光溜溜的,煞是好看。可是姚姿不喜欢这种草,她说要种最普通的那些野草,艾蒿啊芭茅啊什么的。

她的意思,是要等草长出来以后,屋顶看上去得有一种荒败的景象。

父母想不通,不过还是按姚姿的意思做了。为了儿子能结婚,两老极善于妥协。

房子树好,草长出来寸许,两人就结婚了。当天兵团哥也从省城赶来,送了一份礼,还喝得挺醺。小丁不想麻烦他过来,可他本人经常打电话提醒说,结婚得叫我这个媒人哦,要不然你太不够意思了。看着小丁和姚姿结婚,兵团哥还是有些悲凉,于是三下两下把自己先灌得醉了。兵团哥说话开始不太顾忌,跟作陪的老五他们说,哎,我这个人啊引狼入室,真是的。别看小丁人长得呆气,可要小心,最擅长扮猪吃老虎。小丁俚城的朋友这才知道,小丁和姚姿是怎么好上的。

小丁和姚姿各拿一杯,轮桌敬酒。走到兵团哥坐的这一桌,兵团哥已经很不行了。他用那一双昏花的眼看一看新娘,觉得这一天她简直有些完美。于是他说,小姚哎,你说你怎么就只看上他了呢?这不是,有问题么?

兵团哥除了酒气,还一脸的想不通。姚姿拿捏不住表情,心里有几分说不出来的味道。小丁的朋友们起哄把兵团哥架到一边去,不让他继续说话。可是小丁已经听进去了。既然是结婚,小丁也喝得有不少。借着兵团哥说话的意思,小丁也疑惑起来。最近一段时日,自顾去高兴,却没有想过姚姿怎么会一眼看上自己呢?小丁拿自己跟兵团哥做过对比,觉得，如果自己是个女人，可能也会选择兵团哥，而不是……前者。

这不是，有问题么？

这样的想法，像一片扩散力极强的阴影。小丁瞟了姚姿一眼，姚姿正好也把眼光放过来，撞在一起。其实这么多年活过来，小丁心里面有一种失败情绪，不会太相信好事从天而降，会不偏不倚砸中自己。

比如说——小丁又会想起路口那个服装店：那家店一开业就说跳楼，老跳楼，没完没了地跳。跳了几年，老板在小丁家隔壁修起一幢四层楼，还他妈没有跳下来。现在马路上忽然有个陌生人要横塞给你一坨人民币，你敢接么？

闹哄哄的人们都走散以后，小丁被几个人拥着推搡进新房。姚姿已经坐在那里等候。小丁东倒西歪走过去，虽然喝了有那么多酒，仍然兴奋得起。之前，姚姿硬是不让小丁动手动脚，小丁一直很痛苦地捱过来，他想，现在除我们这一对，哪还有这规矩啊？可是认了。今天晚上，他觉得姚姿没有理由再推辞了。

小丁也坐在床沿，找姚姿说些话，并借酒劲，开始动起了手脚。不过这一套他挺陌生，所以动作做得很不流畅，显现出心有些虚。姚姿嘴上习惯性地说，慢点咯，莫慌。可是她也知道，这样的日子，理所当然得对小丁有所迁就。

姚姿把上衣护得铁紧，不让小丁解自己衣服。于是小丁就哆嗦着把她的裤子褪了下来。他是想，既然裤子都褪下来了，衣服又有什么理由老贴在身上？但是他又想错了，姚姿

149

还是不让小丁碰自己的衣服。可是小丁想,只是这样,做起来又有什么意思?这的确是他的第一次,他实在不想将就着完成,像是穿着衣服洗澡一样。

小丁不屈不挠地去撩姚姿的衣服。姚姿一面挣扎一面诘问他说,你到底,是要干什么嘛?

我只是想看看。小丁想了想,这么回答,我还没有看过你的……胸脯,我确实想看看。要不然,我没心思做事。

姚姿一脸为难地说,你又不是小孩子啦,还要这么干?你怎么是这么一个人?不行!

于是,小丁盘坐在床头,思来想去,觉得她的话也没有什么道理。小丁再一次伏下身子,近乎哀求地跟姚姿说,那么,摸一摸总行不咯?要不然,这个事做起来就很没意思了。

姚姿说,没意思就别做行了。她毅然决然的表情,在房内暧昧的灯光照耀下,多少显得不和谐。小丁不想再多说什么,闭着眼睛,把一双手使劲往姚姿的衣服里面伸。他已经不想和她废什么话,就霸蛮这么搞。

姚姿推不开他的手,情急之下,狠狠给他一个巴掌,语带呜咽地说,你怎么这么流氓?你怎么是这么一个人?

小丁也没好气,他说,我怎么啦?你这两坨又不是海绵,还怕露馅不成?今天我非要看看。说着,两只手还是没有停下来。

等到差点就触摸到姚姿一只乳房的时候,姚姿哭了出来。小丁不得不看她的脸,满脸都是泪痕,表情痛苦得有所扭曲。小丁那一点心思,刹那间变得索然无味。

小丁重新坐到了床沿，燃上一支烟。他苦笑地说，我他妈这又何苦，倒像是在强奸你一样。

以后的一段日子，一到晚上做那事，姚姿就护住自己上体，而腰以下的部位，随小丁的便就是。她把贴身衣物越穿越紧。有一次小丁把皮面衣服一拨拉，她竟然还穿了进口的三位一体。小丁瞎急了半天，找不到解开这东西的窍门。憋不住火的小丁也将就着做了几次，但是一切根本就达不到他的预想。她始终显现不肯配合的神情，做起爱来，总像是在委屈自己接受小丁的施虐一样。她的眼泪在这样的时候特别多，像拧不紧的水龙头。于是，小丁觉得，从仅有的这几次做爱来看，感觉上，自己不过是只蚊子把她轻轻叮了几口。如此而已。

小丁被这意犹未尽的感觉折腾得不行。随着时日推进，他甚至觉得，做不做爱好像并不重要了，一旦晚上上了床，自己一门心思，只是想打开姚姿的衣服，看一看里面到底怎么样。他也大概知道那里面是什么样子，反正，还是想亲眼看看。最吸引人的东西往往是藏着掖着不肯拿出来的，不是么？

小丁此前虽然没有碰过女人，但是毛片啊三级片啊看得还是有蛮多。他从里面得来一个认识：女人很容易把上体暴露出来，没事似的，比如每一部三级片；可是，即使那些演三级片的女人，大都对自己的下体隐晦不已；如果毫无顾忌展现给观众看，那就得，叫做毛片啦。——总之，这些片子让小丁觉得下体才应该是女人的防范重点,可是,为什么妻子姚姿却只对自己的上半身讳莫如深呢?

小丁百思不得其解之际,忽然又想起兵团哥早先就说过的话。这里面肯定有什么问题!没有问题能轻易送给我吗?小丁觉得这很是个问题。想至这层,小丁觉得自己被什么东西不要命地蜇了一下。

一连半月余,小丁都很安详,晚上熄了灯便安静入睡,不跟姚姿说什么话。他想憋口气,不再像以往一样,每次都是自己主动表示有所要求。他觉得,这种主动一直使自己处在很不利的位置,他想改变局势。可是,姚姿对这事的反应就更迟钝,既然小丁没有提出要求,她就装作不知道。

这样,大概过去了二十几天,小丁很沮丧地发现,自己其实是沉不住气的一个人。当天晚上,小丁变得火急火燎,毕竟,结婚以后就数这次的间隔时间长。他开始撩拨她。她面朝另一侧,被他连绵不断地撩拨了有五六分钟的时间,不得不打个哈欠,作出睡眼惺忪的样子。她平躺起来,双手抱胸,只是把两只脚摊开了一些。她想,他肯定知道自己的意思。

小丁没有按这个意思去做,而是轻柔地抚摸着姚姿放在胸上的两只手。他想,她也应该知道自己的意思,才是。这样,两人就进入了一种僵持。

她手臂光滑得发腻。他摩来摩去,她没有反应,于是他想拿开她的手。这个时候,她本来柔弱的一双手却盘得特别牢固,生了根样。他再用几分力——他不信自己竟然拿不开女人的手，于是她就拧了他一把。他哧哧地暗笑起来，继续抚摸她的手臂，然后，窥准时机又是要移开。那一夜，她打消了他好多次念头。

不过小丁没有生气，也没有沮丧，这事情慢慢衍生出游戏的意味。他忽然地想，豁出这一晚不睡觉算了。

差不多有两个小时以后，小丁还在那里摸来摸去，想拖得她支持不住，乖乖放开那两只手。姚姿突然坐了起来，拧亮一只床头暗灯，十分虚弱无力地说，我都被你搞颠了，你到底还要不要睡觉？

小丁赔着笑说，我还以为你喜欢。

我有病？你到底要我怎么样你才放我睡一下？我明天有课。

你知道我要怎么样。这时候是凌晨两点钟，小丁的一腔内火还不曾有消停的迹象。姚姿转头看看小丁，小丁一脸坏笑，兴致盎然，决不肯善罢甘休的样子。姚姿说，你怎么这么不要脸啊你？

我就是不要脸。

真拿你没办法。姚姿把头垂向另一侧，胡乱地理着头发，很为难。小丁借着灯光看着妻子，挨过去拥抱住她的腿。逆着光，他看见她眼睛有些湿。不过，到现在小丁已经对她的泪水不太敏感了。他不能一看见她面垂泪水就做贼心虚，要不然这日子没法过。他抖抖索索解开了她睡衣最下面一粒扣子，又伺机进攻稍上面那一粒。

姚姿就长长叹息了一声，说真拿你没办法，你为什么不肯放过我呢？说着，她把睡衣一扯，纽扣纷纷绽落。里面还有一层很紧巴的乳罩。她弯转手去轻巧地解开袢扣，还有一阵犹豫。终于，她经过一番思想斗争，这才取下那只泛着黑金属光泽的乳罩。她的眼泪已经垂落下来，滴在乳房上。

可小丁管不了那么多。在她解开袢扣的同时他就已屏住了呼吸。结婚差不多两个月，他才第一次看见了妻子的乳房，绝对是惊鸿一瞥。可以说，那是一对非常饱满圆润的乳房，他看着眼晕。他不明白，这样好的东西，何事藏着掖着见不得人？

同时她竟然在问，你看得出，有什么问题吗？

挺好啊。小丁觉得自己已经不太能说话，含含糊糊三个字。

她还是在哭，双泪长垂。她说，我不是这个意思。你就不觉得⋯⋯

小丁顾不上她是什么意思。他动手摸了一摸，发觉她浑身起着剧烈反应。他还当这是良性反应，于是将一张拱嘴凑了过去，像孩子一样⋯⋯就那样。他觉得有点咸，突然想到，她的乳房上满是眼泪！

姚姿毫不犹豫给了小丁几巴掌，并歇斯底里地在小丁耳边喊，你怎么能这样！但小丁此时很麻木。姚姿忙乱地抓起那只花瓶状的床头灯，用力一扯，然后举起来敲了过去。

小丁那个晚上，最后只知道，灯突然就熄了。

小丁把额头包起来，清醒的时候想好了借口。天亮以后碰见熟人问，他就解释说，昨晚抓老鼠撞上墙了。他还告诉别人，我房里的老鼠晚上叫春，搅得人没法睡。朋友们理解，又关心他，回头就捉来一只小猫让他养着。

过后小丁看见姚姿，还是有些紧张。相当长的一段时间，做爱都停止了。姚姿有些抱歉，但没有说出来，佯作不知继续过着日子。她是挺沉得住气的一个女人。

两个人的日子那段时间变得有些黯淡，小丁就很奇怪，仅仅是被敲一下嘛，怎么看见她老紧张的呢？他觉得自己不是一个容易受打击的人呵。但是，有些晚上他想碰她，不知为何，又作罢了。

一天晚上小丁回来得晚点，进浴室去洗澡——浴室和卧房连在一起。他记得，姚姿已经是睡了，屋里关着灯的。当他洗完澡，一丝不挂就走了出来。这时，卧室的灯却亮了，姚姿躺在床头，凝神地看着他。他有些不自在，这可能是，性生活不谐导致的。他不愿让她看自己的裸体，想穿上一条肥佬裤，姚姿却说，你不要穿裤，好吗？他问，怎么了？他往自己身下看看，看不出有什么出格的地方。

就这样，很好。姚姿凝视着他的裸体，眼神中却有一种慈祥。小丁并不习惯这样做，他觉得自己一旦脱光衣服，实在太过丑陋。他对自己身体很不自信，太胖，肚子上的肥肉如同梯田。

可是姚姿何事看得这么认真？

她悠悠然地说，你还记得那种舞吗？就是七十年代初流行过的那一种，手像切菜，脚踢一下又蹬一下。

有些印象，可是跳不出来了。小丁想起遥远的那个时代，那时候他还很小，满大街的人似乎都很喜欢跳舞，嘴里还得念叨。不过他记得那是很尴尬的舞蹈，有点像耍猴。

姚姿就从床头跳了下来，并说，我可以教你，你跳给我看看，好吗？

小丁突然来了好奇，他说，不就是跳舞嘛。于是学开了。那动作说简单也实在简单，他学了几下，又唤起一片记忆。他独立能跳了以后，她就说，你跳给我看好了。当小丁开始要跳，姚姿却说，左手不是这么做，你把左手，抓住那个东西，对，抓住那个东西。她面红耳赤，可是还是说完了这样的话。

姚姿手指着小丁的阴茎。小丁鬼使神差照她说的做了，同时，在她面前，他还想着，得把这东西用力拽一点，使它看起来更显得修长。于是他就这么做了。

他生硬地跳了约有几分钟，人慢慢清醒了起来，于是他自问，我这不是，有病么？

再看看姚姿，她浑身紧缩盖着被子，眼泪流出很恣肆的一大片，弄湿了床。虽然姚姿是个爱哭的女人，但这一回流下的泪，怕是比以往所有的泪水加起来还多。他明白了，他对自己说，要是我没病，那谁有病？我天。他从她眼底看见了一层崩溃。他拢过去，抱住妻子，同时问，有什么事，你必须得跟我说出来，让我去解决。

没有。

你必须说，要不然，我们就不要睡觉。小丁尤其坚决地这么说。他提醒地说,我是你男人,我应该知道。

你怎么硬是要逼我咯,我讲出来,搞不定会疯掉的。姚姿脆弱地说。

我看你还是说出来好。小丁不依不饶地说,你不说,可能我就会疯掉。这样看来,还是你说出来的好。反正你不说出来,也差不多疯了。是不是……

没有,不是你想的那回事。

那到底是……

小丁,你知道吗,你长得很像一个人。姚姿定定神看着小丁,这么说了一句。

小丁觉得自己是有些明白了。兵团哥说得不错,自己断然是像她以前认识的某个人。虽然这种相似,促成了两个人的结合,但,一个人活成另一个人的影子,怎么说也不是一件值得庆幸的事。

小丁想起些什么,他问,姓古的对不?

你怎么知道?姚姿有些犯糊涂。

你以前的男朋友?

姚姿说,怎么可能呢,根本不是。

他是一个疯子。姚姿说,本来,他小的时候他妈要他学跳舞的。他妈会弹手风琴。他家和我家在一个院子里。

古马和姚姿当时都住在朗山脚下一条老胡同里,一个南方式的封闭院落,方方正正一个天井,有三层,约莫六七户人家。姚姿和古马同一个楼层。古马可能要大一两岁,记忆里他很瘦,当时很瘦,轮廓显得很清秀。古马的妈要他学跳舞,一般会是在早上还有黄昏。于是古马也就学跳舞,在走廊上过道上跳,身子旋转得很滴溜。古母在旁边敲击着节拍,敲几下,古马就转几圈。有时候古母就会拉起手风琴,拉很革命的曲子,跟古马跳的舞一点也不搭调。但一般的革命群众看不出来。

有时候阳光渗进天井里,渗到二楼的走廊过道,古马在阳光下跳舞。姚姿记得,那时候的阳光很漂亮,也可能,渗进天井的阳光和铺满大马路的阳光不一样,那些最终落在走廊过道的阳光,像是经过了过滤经过了梳理,疏朗而精致。古马在那种阳光下跳舞。院子里很多孩子都讨厌古马,说他妖里妖气,像个女孩,还他妈跳舞。可是他仍然忘我地跳舞。姚姿不那样想,她觉得古马跳舞跳得很好,还能踮起脚尖。她很喜欢在窗格子后面看古马跳舞,在窗框上敲起节拍。

这是姚姿十一岁以前的事情。如果再大一点,一个女孩在窗后偷看一个男孩的跳舞,也许会发生些别的事情。

本来,那是一个极安详的小院,直到一个暑期的下午。

那天下午,市公安局来了很多人包围了这一栋楼,限制里面的小孩随便出入。说是上午在门道处发现一条反标,用粉笔写成的,字迹稚拙,怀疑是院子里的小孩干的。并且还是哪一家的家长报的案。那天上午,院子里的确只有孩子,大人们都准点上班,或者去了农村劳动。

哦,什么样的反标,到底写了什么?小丁的好奇心被挑逗了起来。姚姿说,还能有哪样,就是,嗯。小丁表示不明白。姚姿脸色就变了,她厉声地说,我不想说你干嘛非逼我说出来?

小丁说,现在是现在嘛。

不,我不会说出来的。姚姿越发谨慎地说,我不记得那写的是什么了。

每个小孩必须待在自己家里,父母不能接近。过了不久,有一个毛茸茸的警察进到姚姿的房间。姚姿第一眼看去,甚至觉得他很有些英俊,像我们兄弟国家一位领袖一样相貌不凡,标一号的国字脸。

国字脸的警察问了姚姿的基本情况,这样,她才得以看清国字脸警察牙齿很黄。然后警察要她在纸上写下两行字:

毛泽东思想永放光芒!

打倒内奸工贼刘少奇!

姚姿用铅笔在一个小练习簿上工工整整写下这两行字。她的字写得很隽秀,尽管才十一岁。警察看了看,他说,这不行,这看不出来。他搬了一张椅子坐在姚姿身边,要她把两行字再写一遍。姚姿写这一遍的时候,不知怎么地,就有些心慌,手心沁汗,写得没有刚才那两行好。

警察吸了一支烟,他说,是咯,写着写着就有些本质了。伪装是不行的。他叫姚姿继续地写下去。姚姿写的时候,他却说,这样不行,我得看看你是不是心慌。

她惊恐地看着警察,她不知道这个人到底看出来些什么。

他不要她看自己,他说,你只管写,叔叔能分清好人坏人的。说着,警察解开了姚姿领口上那枚纽扣,把一只手探进来,搁在她左边的胸口上。他屏住气感觉了一番,说,嗯,心跳还算平稳。你继续写,我不叫你停你就不要停。如果你做贼心虚,你的心跳就会慢慢地乱起来,你写的字也就会暴露真相的。

姚姿在警察把手放进去的当时,人就有点晕了。她知道自己胸口什么也不会有,那时候,十一岁——现在即使发育提速,十一岁的小女孩同样地扁平。可是,那一只手很要命,她觉得警察的手长满了毛。她低头写字,可是,分明感觉得到,那一只手轻轻地摩挲着,从左边又移到了右边。她感觉他手上的毛硬得像一把鞋刷,能轻易地擦亮牛皮革,但她胸口的皮肤远比牛皮革柔嫩。

她的字越写越丑。她很担心,而且,她更担心自己写的两行字,一岔神写反了,这不就,反动了么?这样,她忽然有了一个让自己惴惴不安的想法:门道上的反标,会不会是自己写的呢?有时候,心里知道不能做某事,越是提醒自己,越是鬼使神差地做了。有一次就是这样,她发现自己睫毛很修长很好看,忽然却迸出个想法:我不能拔自己的睫毛呵。这种意念搅得她很难受,好像手不由自主就会去拔睫毛。第二天,一觉醒来,她发现自己在睡梦中拔了几根睫毛。怪不得一晚上的梦做得有些疼。

会不会是我写的?她开始了一种怀疑,同时还知道提醒自己,不能这样恍惚下去。回过神,她听到一种粗重的喘气声,这才注意到警察的鼻头已经嗅在自己脖子根处,两翼翕忽不止。她非常恐慌,稍稍往后睨一眼去,看见,警察剩下的那只手,竟然在他自己的裤裆处反复地揉搓着什么,像是在和一团老面。

不准往后看。警察威严地说,写下去,我不叫你停你就要不停地写!

她扭转头,又听见那种喘息的声音。警察的手已经收拢,剩下两枚手指捻住自己的乳头——能叫乳头么,彼时也不过是一层很薄的皮肤而已。

她不敢发出声音,只知道写字。那些笔画,东倒西歪,越来越没有向心力。

耳际的喘气声倒是渐弱。后来,警察也把手从她衣服里收了回去,站在一旁,无所事事地吸那种"节约"牌的纸烟。她把半本练习簿写满了,警察摔来一条毛巾,示意她擦擦汗。她夯着胆子看了警察一眼,这时候警察和蔼了许多,甚至冲她微微一笑,脸上是很满足的样子。她不知道自己是不是还得写下去,她看不出警察眼神中的意思。这时楼下天井里有人叫嚷些什么,她惊魂未定没听明白,警察却下去了。她把自己移到窗前,看见所有的警察都集中在小小的天井里,议论着什么。

幸好,那一天算是完了。

他们不得走出院子,父母也不能进来跟他们接头。晚上吃的是馒头,男孩两个女孩一个。发馒头时候,警察还说,那个人不找出来,你们就得天天那么过,直到找出来写反标的人为止。

她一夜没有睡觉的意思。姚姿记得，自己就是从那一夜开始有了失眠的征兆。那天晚上她想了很多很多，才十一岁的人，事情一想多，必然是要乱的。她越来越觉得，反标好像是自己写的。到下半夜，她甚至慢慢记起来一些细节，甚至粉笔灰飞舞这样细致入微的情节，甚至门道的石块上那些苔痕被划落。

但那反标写的是什么？

她觉得自己好像想起来了。这句话，她认为自己老早就在心里面说过，她知道这是一句不能说出的话，但四下瞅着没人的时候，她出于好奇，会在心里面这么念叨起来，从而获得一种隐秘的快感。

于是她自问，我是不是，一直以来就有反动的想法？我天！

到有鸡叫的时候，她基本上已经能确定，那则反标是自己写的。天亮了，她看见阳光再一次渗进天井，她还奇怪地看了一眼古马跳舞的那段楼道。当然是什么也没有，古马也同样遭受排查。七点多，又有人来发馒头。发馒头的警察这一回说，你们要对得起人民的粮食，知道事情就揭发。人民的粮食不能养那些反动派。

姚姿分明记得，那天的早餐她吃得还算安详。她已经打定主意，等一会，看见那个国字脸的警察上楼，自己就往外走，承认这一切。一个人拿定主意投案自首以后，心里反而是一种奇怪的平静。

她缓慢而又悠长地咀嚼着回味着那个馒头，同时无端觉得，只要馒头没嚼完，国字脸的警察就没理由走上楼来。

只吃了一半，她听见楼梯上面响起一片脚步声。她放下馒头，理了理额上拂乱的发丝，准备打开门出去。

这时外面很乱，原本上楼的警察又纷纷下到楼下去。她打开门，所有的小孩都站在了走廊或是过道上。怎么了？

好一阵，有人才跑来告诉她说，抓到了抓到了。那个人很兴奋，他有十六七岁，是院子里年龄最大的一个小孩。她往楼下看，古马被一个警察拧住右耳朵。

是古马！

我怎么跟你说了这些呢？姚姿像是如梦初醒。她看着小丁，小丁正在吸一根烟，已燃至烟蒂。

后来呢？

她停止了哭泣。她说得没有整理成文字以后这么详细，也就让小丁大概听得出意思。说出来以后，人就安定多了，而不是她原以为的那种崩溃。毕竟已经事隔多年。当年她决定承认一切的一刹那，心中何尝不是这种非一般的平静？

是啊，后来呢？每个听故事的人都爱这样问，这起码说明，故事吸引了别人。

她觉得自己两个乳房疯狂地发育了。这是难以启齿的事情，她才十二岁，而那个时候普遍的营养不良，导致同龄女孩个个面浮菜色。她有什么理由独自发育起来呢？她觉得自己胸前正经历一场病变，她变得孤独，而且经常性虚汗、梦魇、困乏、失眠。这些使得她尽可能待在自己的房间里。她不能把这事告诉任何人,甚至多年以后,也不肯告诉丈夫小丁。她把一块床单撕成布条,捆绑住自己的胸口,但是乳房还是在局促的空间里面吱吱嘎嘎地生长。

她经常半夜醒来,抚摸着自己的乳房,悄无声音地哭泣不止。

她总是躲在自己房里,透过窗户看向外面的楼道。终于有一天,她又看见了古马。他竟然胖了,还是爱跳舞。她把眼睛抬高一点,这才发现,回家的古马没有穿裤子。她这才想到,他可能已经不太正常了。他每天还在楼道里跳着舞,不再去上课,他的妈也不再站在他身边用手风琴伴奏一曲。可是阳光依然渗进来,洒在古马的身上。

古马的脸上有一种永恒样的微笑,淡定从容,目不斜视。在从前,他清瘦的脸庞上显得很忧郁,而现在没完没了地笑着。他不再跳那种踮起脚的舞蹈,而是街面上流行的忠字舞,等等,天天切菜跺脚,同时,左手不知何事,竟不停地拽自己的阴茎,好像他与自己的阴茎有仇一样。他竟然一天天发胖起来,长癞痢的脑袋也让人剃成秃瓢。随着他体重增加,他舞步日益沉重,惊起楼板上积年的尘灰。楼下老有人骂骂咧咧,可古马已经充耳不闻了。

她老是躲在自己房间里。古马跳舞时那个动作,怎么说都有些——他已经不是小小孩了,他阴茎那个地方已经有了一圈淡淡的茸毛。这让她感到万分难堪,可是,每天又欲罢不能地往外看去,然后热泪横流。

古马跳得那么投入，像是忘掉了其他一切，脸上的微笑有另一个世界的气息。她有时会看得毛骨悚然，还是停不住自己的眼。她感谢这个人，因为她知道，如果那天自己先走下楼梯的话，发疯的可能就是自己。

自己发疯的话，会是什么样子？是不是，也会赤身裸体在阳光下舞蹈？那简直不可想象。她每次想至这一层，就再一次感觉到双乳在疯长。

她隔着窗户，源源不断看着古马的舞蹈，真的很想为这个人做些什么，即使让自己安心一点。有的日子，这种想法会占据整个内心。

故事讲完了。

姚姿只说出一部分，隐瞒更多的东西。小丁大概听出来来龙去脉。她忧虑地看着他，不知他会怎么样安慰自己。小丁又吸光一支烟，他把烟蒂扔在地板上，说，我们睡觉吧。他关了所有的灯，在黑暗中拥抱紧自己的妻子。

以后的日子，小丁对这事处理得很好，从不提起，就仿佛没有听姚姿说起过。姚姿有几次憋得不行，主动要提起来，可是他顾左右言他，很不在意似的。于是，她也不再提起。她这才觉得丈夫小丁是很体贴的男人，虽然表面上看着傻气，有几分像发疯又发胖了的古马。

后来，她麻木的乳房竟然渐渐能够对小丁的抚摸有反应，两口子的性生活，也日益和谐了默契了，两人甚至某些晚上一爬上床头，就来临一种心照不宣的快感。她适时地怀孕。

当她肚皮逐渐显山露水,屋顶上的野草也是郁郁葱葱,特别是芭茅草,高得可没及人。她形成一个爱好,某些晴好的黄昏,晚饭后,她就拉着小丁往屋顶上爬,进到阁楼,闩死了门,然后隐没进草丛里。她会脱光衣服,抚摸着肚皮。小丁看见妻子硕大的两只乳房在黄昏中一闪一闪,晶莹剔透。她示意他坐到自己身侧,一同隔着草叶,看向夕阳。她往山下看去,人群如蚁,没有人能看见草堆中的两个人。

他经常提议说,我们下去好不,起风了。

她总是尽量延宕,她会说,不,就这里好。不知怎的,我一躲进草丛,就特别有安全感。

事情很多的夜晚

顾名思义，我们苋村以前也就是个村，很早就有先辈人来这里耕种渔牧。后来马路就通过来了，恰是那年我生下来，我跟村外马路一样的年纪，同庚。后来村就不村了，越来越靠近县城，最后就成了城郊区一部分。我们要花好长时间去想，我们是不是就此变成城里人？思考归于思考，粪担子照样要早晚挑两挑。

有一天有一堆人在村口马路上，横着马路修筑工事。路两侧散着很多水泥砖，让我还有狗蛋苏杨诸人以为这帮人要把马路堵上，搞搞破坏。当天我们不下地干活，也不去挑粪，静静地看着这帮人怎么折腾这条跟我同庚的马路。却原来，他们横着路修了一道门，老远看去像是古代怨妇留下来的牌坊。这样，我就以为这帮人是给我们村修一道门。毕竟是一个村，就该有一道大门，让人走进来时知道自己进村了，让人走出去时知道出村了。多好!横着马路的门修好了,一侧还修得有一间狭长的小房间。过几天几个鎏金的字体挂在那门上,我们才知道那可不是给我们村修的大门。现在哪还有白来的好事?

那几个字清白地写着:城南收费站。

搭帮在小学混了几年,更搭帮那几个字又大又清晰还闪烁着金光,我们才知道那不是村大门。收费站要收什么费呢?村里好多没见识的人莫名紧张了起来。村支书便跳出来解释说:"嗤,谁要收你们的钱?你们有几个钱可收?既然横栏在马路上,就是要搞车子,搞司机。"

事实也是这样,收费站很快开张了,并在前面不远的地方立起一块绿牌子,上面写着定价。不同的车有不同的价码,个大的多收,个小的少要。两个轮的摩托车来往竟然也要收钱,一开始是一块,过得半年就涨到了两块,平均下来一个轮摊一块。

但我们村的摩托免收过路费。收费站有三个班,十来号人。他们主动通过村长向村里传达说,苑村人买的摩托都不收过路费,但事先要把摩托推到收费站去做个登记,让他们站的人把车认认,熟眼了,一看见就挥挥手放过去。

我们村没有几辆摩托,这也反映村指标,靠近县城,成为城郊甚至成为县城的一部分,暂时眼下也没捞得几多好处。我有一辆钱江的,推到收费站,一个女孩给我的车做了登记,还夸我的车是整村最好的。我一高兴就说:"妹妹你真有眼光,要不以后每天我接你上下班?"除了种菜,我也到了寻个女人结婚的年龄。看见收费站的女孩，心里腾然冒出痴心妄想。万一她脑子进水，铁了心要嫁给我这个菜农，我又能有什么不乐意的呢？

她事急的时候跑来征用我的摩托和我这个人。每回拉她，不是往她家里跑，而是去赶饭局或者去火车站送人。事完了我又把她妥妥帖帖地拉回收费站，然后她收她的费，我种我的菜。有一次我用摩托替她干了大半天的活，她的感谢之情来得很强烈，就给我传个吻。回苋村后我把狗蛋和苏杨叫来，把我当天的经历讲给两人听。他们问那女孩的吻具体落在了什么部位。我如实地说，不是落在我唇上，而是落在我左脸那块颧骨高高耸起来的地方。苏杨就笑着说："那不叫吻，顶多叫戳。女孩根本没有跟你好的意思，再这样玩下去你是白痴。"

她从没有嫁给我的意思，我也不会有多的想法。我很高兴认识一个有班可上的城里女孩。她算不上漂亮，但肯定会嫁得够本。

她姓黄。我在心里叫她小黄，嘴上也是这么叫，小黄，小黄……不能连声地叫，连声了就有点像唤狗。

我得说，知道收费站是怎么赚钱以后，半个村的人都对种菜失去了兴趣，有好长时间无精打采，下了地撂一阵乱锄，种子也不是点进土里，而是放手一撒。坏了一茬菜后，大家才把心态收回来：收费的就是收费的，种菜的就是种菜的，人比人气死人，菜照样要种下去。

收费站的人赚钱，什么技术都不要学，只要学敬礼。见车开来了，停下了，叭地一个敬礼，对方就乖乖掏钱，五块、十块、十五块……收费站的人递去的只是一张窄窄的收据，钱就拿稳了，收进钱柜。

我抽时间在收费站不远的土丘上观察过数次，每一个小时从收费站过去的车不下五十辆，平均每车八块钱计，他们可以坐收四百块钱，一天下来，这个数目会是好几千。于是我想，小黄的工资会是多少？我看见小黄给付钱的司机敬礼，她仿佛天生没有敬礼的细胞，那礼敬得像是擦额前的汗珠。我为她干着急。敬礼这事我干得很好，有天赋，很小的时候在村里看战争片，银幕上的解放军打敬礼我也跟着做，周围的人都啧啧地夸我学得真像。现在我依然能把敬礼的手势做得极到位，但没用。小黄敬礼很难看，但司机照样会把钱掏给她。

收费站的存在扰乱了我的心情。我种小白菜的时候就想，一辆小车通过收费站，付的过路费可以买五斤小白菜；我种香葱的时候就想，可以买两斤香葱；我种萝卜秧的时候就想，他妈的，能抵十几斤红萝卜呢……

不光是我，村里别的人也找村长说："村长，那个收费站是搭帮我们苑村的地头建起来的，他们一天捏钱捏到手抽筋，赚得太多，能不能给我们村也分一点？"村长心里其实也是这么想，去交涉了一下，苦着脸回来。他说："想都不要想，那钱收上去是交给国家的。我们村拿走一分钱，也是犯了国法。"他说话的样子很沉重，村里人一听也吓得不轻，再不敢生出坐地分赃的想法。

往年冬天都不太冷，这一年忽然变得很冷。下一场雪，积得有一尺多厚。我记忆中这是最来劲的一场雪，要是在雪地里走，就必须不停地走，偶尔停下来也要蹦蹦跳跳，否则会冻伤脚骨。

被雪盖了以后村子就变得有些怪异。村口马路上的雪被县城里动员而来的人堆到了路两边，炒砂的路面在正常情况下是灰的，灰得很好看。因为周围堆满了雪，现在路面变成黑的，油亮着，把整块白从中间豁开了。收费站被雪压住，显得比以往小。雪把一切都映得冷白，但收费站的小屋内还亮着灯光。那里面装了有一台空调机，外机挂在屋顶，叶片时而旋转，时而停止。一根连接管挂进了屋内。可以想象里面的人暖烘烘的样子，只是，向过路的车收费时必须抽开一块窗玻璃，会放进去一阵寒风。

那天来往的车不是很多。在收费站的小屋子里，有一台电视，还有碟机，接两个话筒，他们就在里面卡拉OK。我们三人站在离收费站百把米远的地方，听见屋子里面卡拉OK的声音时而传来，从耳根旁边晃过去，更多时候是一片鸦寂，什么声音也没有。车特别少，这一天收费站注定赚不了多少钱了。

狗蛋尿憋了，原地撒起来，使雪地腾起一阵烟或者是雾，也使一部分雪变成浅黄色。接着苏杨也撒了起来。撒完，他俩一块看了看我，仿佛按部就班地轮到我了。刚要撩开裤子，忽然听见收费站的方向传来声音。是小黄。她看见了我们

（肯定看不清撒尿的细节），就招呼我们进去一块唱卡拉OK。我只好舍弃雪地里撒尿的念头，扯着他们两人一起往那边走。屋子里果然是很热，但也夹杂着很多怪味，体臭，口臭，甚至有人偷偷把体内的废气排了出来……卡拉OK的效果十足地好，屋子太小，回音相当地重，很快耳朵就麻了。

小黄还有另一个收费人员，干脆把路障合上。他们不必随时把眼光铺在路面上。车子偶尔开来，司机得主动拍拍窗玻璃，主动把钱递过来，这才挪开路障放行。

小黄唱卡拉OK瘾大得很，她嗓门很尖，听久了神经有些绷紧。抢到话筒以后我也用力地吼起来，这样神经稍稍恢复松弛的状态。

电断了。屋子里一暗。但毕竟是白天，屋外的雪光水一样涌进来。

当时小黄正在唱歌，唱一个台湾小明星的歌，电断了，她的声音还无伴奏地滑动了好几个字符。她停下来，说："电断了？"和她一起当班的那个人说："你嗓门太尖，搞不定把哪一块喊短路了。"

转眼的工夫电又来了，灯泡子亮起来时捎带着一个轻微的声音。众人心里一暖。特别是在下雪的天气里，屋里有灯，有电，有空调，即使空气的流通不那么好，也会让人渐渐惬意起来。电视机和碟机的电源都没有被掐断过，现在它俩自动运行起来，我能听见碟片在碟机里嘎嘎嘎的转声。

那个人拧了拧空调遥控器，但是空调这下不买账了，电源指示灯亮着，别的部位都悄无声息。"也许要把外机踢两脚。上次也是这样，站长爬上去，踢了外机几下，这玩意又转了起来——它不敢不转。"那个人说着，接下来就是笑。小黄说："邹哥，你爬上去咯，未必要我一个女流之辈往屋顶上爬？"邹哥说："现在你也晓得自己是女流之辈了？"他走出这间屋子，却又很快缩了回来，说太冷。他看了我一眼，接着又分别看了狗蛋和苏杨一眼，说："你们谁愿意帮我爬上去？五块钱，只要踢屋顶上那个铁壳箱子两脚就算完事。"邹哥加到十块钱以后，我就爬了上去，踢了空调的外机两脚。邹哥在下面嚷嚷说不顶事，我又踢了好几脚，踢得那个铁皮箱砰砰作响。他还是说不顶事，但要我下来。看样子他已经认定空调坏死了，踢再多脚也不管用。

他叫我下来，但是我没有马上下去。刚才有点尿意正要方便，却被小黄的断喝惊了回去。现在，我正站在收费站的屋顶，尿空前地憋紧起来。于是我灵机一动，把滚烫的尿液浇在空调的外机上。我脑袋里想："这铁皮箱是不是给冻馁了？一泡热尿淋上去，能不能让它恢复功能？"想到这些我心里先就乐了起来，我宁愿去相信一些不着调的事和一些难以想象的、跳跃性很大的联系，这使我平淡的生活里能够充满乐趣。

我跳下屋顶，叫邹哥再拧一拧空调的遥控板。看着我蛮有把握的样子，邹哥表情显得疑惑。他拧着遥控板，用足吃奶的力气，但空调还是没能转起来。他再次看着我，眼神以失望为主，另外又蕴含着几分焦毒，仿佛空调器是被我搞坏的。但十块钱他还得给我。他打开抽屉，从一堆收据当中找出一张十块钱的票子把到我手上。

接下去还唱歌。小黄的歌瘾不要命地发了,不接着唱下去,她嗓子会痒得痛。我们三个被她叫来,就是充当听众的。脚越来越冷,我们一边听一边要不停跺脚,越跺越有力,慢慢地跺脚声也统一起来,整齐起来,好像是给小黄的歌唱打着节拍。小黄就更来劲了,站起来唱歌,并还时不时扭动胯部。我想,她心情一定好得冒了烟。

我们两脚跺了个把小时,整条腿像是不长在自己胯下了。这时小黄和邹哥快到了下班时间。邹哥打了几个电话,给即将来接班的人,提醒他(她)按时来接班。同时,邹哥脸上挤皱着坏笑,告诉即将到来的同事:"空调坏了,嗯,无缘无故就坏了。但也没事,你一边上班一边跺脚,还能起到锻炼身体的作用。你看你看,一举两得了不是?"放下电话,邹哥和小黄相视而笑了,一派开心万分的模样。

但很快,一个电话从城里挂了进来。是收费站的领导,告诉他俩按时下班,同时不安排人来接班。电话里还嘱咐他俩走之前锁好门。

挂了电话,邹哥说:"杨妹子真有能耐,她不想来上班,只消给老大打个电话。我他妈真应该早想到这一点,先不告诉她空调的事,让她就算是不上班,也要往这里瞎跑一趟。"

"嗤,那个妖精。"小黄的眼里迸出一丝幽怨,丢下这么一句。他俩把桌子上的东西清理了一下,接着就往门外走。小黄走到门边,才给我们三人递了眼神,说:"行了,歌都唱完了,想要在里面过夜吗?"我们就知趣地往外面走。天有点黑，于是雪地微微发蓝。邹哥有一辆摩托，好半天才踩出火星子来，小黄跨开两腿，其中一腿朝天一掰，就骑到车上去了。摩托一溜烟往县城里跑。小黄冷得打哆嗦，从后面死命地抱住邹哥，想要取暖。我心里涌起难过，怀疑他会不会直接把她送到家里。如果我被一个漂亮女人自后面拼命地抱着，身上有一块地方肯定会率先烫起来。

我们三人踩着雪，深一脚浅一脚地回苑村，脚底下乞吃乞吃地响着。狗蛋和苏杨这两人比我不想事，他们只想快赶回去烤火。雪地里幽幽的蓝光使我脑袋里不断迸发嗞嗞啦啦的响声，我意识到自己有了蛮好的主意，眼下还没有变得清晰。苑村走几脚就要到了，我看见那些躺在黄昏里的泥屋。我忽然把身边两人都拽了一把，说："今晚有钱赚的，你们赚不赚？"他俩一齐看着我，一时没能反应过来。"回家就换衣服，像制服的衣服，然后马上到这里集合。"我不容置疑地说。他们还是没能明白。所以我只能换了恨其不争的眼神，睨着他俩的眼仁子，启发他俩的脑子能够多少想点事。

他俩脸稀烂的，仿佛犯了什么错误。

"收费站今晚没有人。"我再一次地说，"狗蛋，收费站空着了；苏杨，现在路上还有车跑，但是没有人收过路费。"

狗蛋说："我冻得不行，要烤烤火。"

我说："你把火装进一个钵子里，可以提着到处走。不是吗？"

苏杨说："谁都可以收钱吗？"

"难道你不会敬礼吗？你打个敬礼让我看看。"我鼓励苏杨打个敬礼。他迟疑着，到底还是做了出来。"蛮不错，国家仪仗队水平。"我不光是鼓励，很明显，苏杨只消随便把手抬一抬，压向耳根那个位置，其造型硬是要比小黄标准好几倍。这时我把脸转向狗蛋，说："你也打个敬礼我看看。我知道你也行。"可是狗蛋这家伙竟然说："要是人家不准我们收钱呢？"

我拿他实在是没办法了。难道会有谁准我们这么干吗？只是马路依然摆在那里，收费站依然摆在那里，车子依然从那里穿梭而过。这些条件都具备了，收费站又没人上班，所以天上掉下这么个机会。多浅显的道理呵，但是狗蛋他想不明白。我遂决定撇下狗蛋，和苏杨两人去做这事。这一来，一个人还可以多分一点钱。"你就回家烤火去吧，小心不要把尾巴烧掉。"我跟狗蛋这么说。这小子却马上撵我们的脚，非去不可，穿上一件过时的军衣，衣领上竟然还有红色的领章。我把两只领章扯下来扔了，并告诉他说："狗蛋，我们不是去抓特务，你明白吗？"

门是狗蛋撬开的，明锁是用一只挖耳勺套开的，暗锁是用他的身份证拨开的。人都是有用的，即使狗蛋这样的人。我又叫他去撬办公桌上的明锁。那把明锁质量超级好，挖耳勺拿它毫无办法。狗蛋找来一枚铁钉，打算把暗锁尾部的弹子一粒粒撬出来。苏杨显然更有办法，他说你们闪开一点。我们刚闪开，他就用老棉鞋的鞋尖把那明锁踢飞了。里面竟然还有些碎钞，可以用来给司机找零。收据一把一把的，我拿出一沓拽在手上。灯也亮了,我只摸了一遍,就晓得怎么用按钮控制路障。说实话,在收费站收钱的工作,从马路上随便拽个人,培训五分钟,都能胜任。

第一辆小车已经驶进收费站,停在我眼前不远的地方。司机拽着十块钱,穿过窗户递了进来,非常自觉。我扯了一张收据,又从抽屉里取五块钱递给他,司机什么也不说,把车子一弄响走了。这时我想起自己还没有给人家打敬礼。于是我朝那十块钱的纸钞打了个敬礼,然后把它塞进衣兜。

苏杨就不干了,狗蛋也跟着起哄,他们认为我不应该把钱塞进衣兜,而是放进抽屉,干完这一晚,三个人再平均分配。我说:"那多没意思啊弟弟,平均分配会让人屁眼发疼。我看这样,下一辆车由你收钱。要是碰上一辆大卡,你就可以收十五块钱。呶,到那时候,你根本不会想着和我平均分配。"我把收据单塞进苏杨的手里,再把他一搡,他就站在收费的位置。他眼睛尽量往前面的马路上铺,铺到看不见的地方,等着捕获下一辆闯入视线的车。

狗蛋说:"那我呢?"

"排队,要遵守纪律。猪!"苏杨铿锵有力地说。于是狗蛋就贴着苏杨身后站着,像读书的时候去食堂打饭。

苏杨只等到一辆的士,收取五块钱。狗蛋守着一辆大卡,看轮辙负重下沉的样子,肯定超载了。司机爽块地掏了十五块钱。

那一晚车很少,轮到我以后,我整整等了七八分钟,才等到一辆农用车,要司机交五块钱,还磨了一通嘴皮子。接

177

下来又轮到苏杨。我俩的运气注定没有狗蛋好，他连续守着两辆大巴，都是收费十块钱的。轮到我了，但我说："狗蛋，让你再守一辆车。"我可不想运气都往傻人身上跑，这样下去谁傻谁不傻，会说不清楚。狗蛋一个劲地感谢我，瞪着眼睛睨向远方。我觉得他就像分不清"朝三暮四"和"朝四暮三"有什么区别的那只猴子。接下来竟是一辆十吨的大卡。狗蛋眉毛眼睛都乐得挤往一处，那颗龅牙也龇出来，仿佛还长了半公分。我只有认命，把收据拽过来，去守下一辆车。

除了运气各有不同，收费还是相当顺利。有时候，司机付了钱心里有些不爽，故意高声大气地说："同志哥，我钱付了，你们敬礼也不打一个？"我们三个就并作一排，啪地一齐打敬礼。那司机就像饱吃了一顿死孩子一样，心满意足地走了。

我粗粗算了一下，如果按这样赚下去，只一个通宵，每个人打底能赚两百块钱。越夜车就越少，但没关系，我脑袋突然冒出个主意，到时候就加倍收钱。为什么？我打算这样告诉他（她）："因为上面有新规定，下雪天翻倍价，因为我们收费站成本提高了，水涨船高你明白吗？"

又一次轮到我了。这次我打定主意开始提价，所有的车都在原基础上翻个倍。守了五分钟，前面却驶来一辆摩托。这么冷的天，这么晚了，谁愿意拿自己的肉包着铁在马路上窜呢？我怀疑这人有病。苏杨和狗蛋在笑，他俩很高兴这一晚第一辆摩托被我撞上了。苏杨拉开抽屉，找来面额为两元的那种收据。票幅是一样大,但金额只有两元。

那摩托在收费站前五十米的地方停了一下,开车的猪头仿佛在思考问题。他脑袋上罩着头盔,我看不清他的脸,但无端怀疑,这家伙有闯关的意思。我及时按动键钮,把路障推出来,让他那一点点小心机及时掐灭算了。要想打此过,不付钱绝对不行。我一定要在这辆摩托上搞四块钱,要不然我真的亏大了。看着摩托以及戴头盔的男人,我忽然觉得他是我的仇人。

这个人一定遇到不开心的事,当他把身体从摩托上卸下来后,竟没有把摩托车架稳,而是随手一推,摩托就侧着身躺在路边。他走过来,摘下头盔,我发现他脑袋很小,扁长,皱纹深重得有如刀刻。这真是一张不讨人喜欢的脸,我一眼就看出来,这个人性格里执拗的成分一定很重。对眼前这人做出判断以后,我同时也做了心理准备,要和这人耗到底,不惜口水唾沫。

他张口就对我说:"刚才这里没人上班。"我告诉他:"现在我们来上班了,你没看见吗?"他往屋里面瞟一眼,苏杨和狗蛋都向他回敬客套而冷漠的眼神。我见他拨了一支烟递给我,也就顺手接住。一抽,是非常廉价的烟,所以有燃烧鸡粪的味道。"也请里面两位同志抽一抽我这差劲的烟。"他讨好地说,并拨两支烟塞进我手里。我退回去,说:"谢谢,他们还年轻,暂不抽烟。"看来这个人也没什么急事,愿意不惜时间地磨蹭下去。我更不急。我干嘛要急呢?另一辆车来了,苏杨跑过来收了费,而我只好跟开摩托的人耗下去。

把烟抽完,他终于问我要收多少钱。我轻轻地告诉他:"四块。"他一张扁脸马上就因为愤怒而肿起来,说:"同志,请你不要和我这上了年纪的人开玩笑。""谁和你开玩笑?"我刷刷两下,扯了两张面额为两元的收据递了过去。

他的脸上突然失去血色,被屋内暖黄的灯光一照,仍然冷得很。也许是雪地反光的作用,他的脸微微发蓝,并有些抽搐。我从没看到过一个人因四块钱而有了这么剧烈的表情变化。他心思重重地接过两张收据,告诉我说:"我身上没有现钱。我是这个县最穷的人,你赚一天的钱我可以吃半个月。"我往他弃在路边的摩托乜一眼,说:"哥哥,你还有摩托车骑。"

"别说这摩托了,它是全县最丑的一台摩托。难道你没看出来,我是把边三轮的车舱锯掉了,留下的半边车?"他表情很真实。我刚才已经瞧出来那摩托是有点古怪,身架子比一般的摩托臃肿,车底盘擦着地面,整个架子随时都要塌掉一样。而狗蛋和苏杨,对这辆被锯开的车很感兴趣。他们把门拧开走出去,踢踢那辆倒伏在路边的车,嘎嘎地笑起来。我没能过去看车,只能盯着这张苦脸看了又看。他也悠闲地盯着我。

"丑也是一辆车。"我被钻进来的风锯了几下,很不舒服,想打喷嚏,但控制住了。如果我一不小心把唾沫喷在他的脸上,我敢肯定他要以此要挟我减少数额甚至要求免费。能把边三轮锯掉一半并拿出来满街乱骑的人,他还有什么事做不出来?

"同志你贵姓？"他问我。

"姓郭。"

"我外婆也姓郭。"他又要拨烟，我婉拒，说现在嗓子眼疼。真是凑巧，如果我姓"奇"呢？如果我姓"怪"呢？是不是他外婆也跟着我姓？这样的话，我真想跟他说："我看你外婆还是姓'新华字典'算了，百家姓显然是不够用的。"

看见我在思考问题，他的心思活泛了。"同志，都不容易，你大雪天还要上班，我呢，我好久不骑摩托车上路了，刚才听人说这个卡没人上班，才想到骑车到这边遛遛。我好多年没到城南这边来了。"他说，"城南变化可真大啊。要是你们收费，我是不会过这个站的，所以身上也没带钱。"

我抬眼看见他黑洞洞的嘴。我们三人轮流收费，这规矩不会因为这人挡在眼前就改变。我又收了好几辆车的过路费。他一直站在收费窗口外侧，有两次司机甚至把钱递到他手上。车子离开以后，我就说："你把钱拿给我！"他才如梦初醒般退给我钱。

"你把钱塞到裤兜里。"他像是在提醒我。我说："这跟你没关系。塞衣兜里方便，反正到时候要对账的，钱都要交给我们会计。"他不再说什么，仍然站在那里，很碍眼。遇到大车过路，他得把身体摊开，紧紧贴着屋壁，让大车顺利过去。我还要担心车棱把这个人剐伤，这样一来，他也肯定不会付过路费了。

终于我做了妥协，跟他说："你交三块钱吧，只要三块。另一块钱我给你垫上。"

但他说:"我真没钱。实话告诉你吧,我想把车砸了,然后走回去。我一直不喜欢这辆摩托,替它付过路费,我觉得很冤。我宁愿砸了它。"

"那你砸吧。"

"有铁锤吗?"

狗蛋真在屋里找来一把铁锤,递到这个人手上。如果他真要砸车,我会认为他脑袋有问题。稍加计算,就不难算出,如果把这辆摩托骑进废品收购站,论铁卖也能卖个大几十块钱。他却为区区三块钱,放弃了那大几十块钱的收入。这种性情执拗转不过筋的人活在世界上,活该他怄气受罪。

他用力地砸起来,一举一动都饱蘸着仇恨,嘴里还骂着娘。过不多久他把车头砸开了,接着又去砸车尾。车体迸发出凄凉而又无奈的声音。有时候铁锤落在皮件上,激起的闷响,有点像人在叫唤。天黑透了,我们照样收着过路费,时不时朝那边瞟去一眼。我想加钱,但发现那是不可能的。我只有维持原收费标准。

过路司机觉得异常,纷纷小声问我:"那边是在干什么呢?"我告诉他:"两口子打架,砸东西。"司机就笑了,我们也笑起来。天太冷,笑一笑脸皮会得到活动,产生一种虚热。

他终于把车砸到完全散架的程度,我听见那些部件纷纷滚落的声音,卿卿哐哐,有的圆形件沿着马路滚了好远。

砸完以后他从收费站的窗前走过,很不屑地睨了我一眼。当他走过去,狗蛋忽然想到了什么,遂把窗子拉开把头探出去冲着那人的背影大喊:"哎,还我铁锤!"

从城里方向来了一辆警车，我们并没有注意。这是单向收费的站口，只有驶向城里的车才能引起我们的关注。警车里下来几个人，敲开窗玻璃，问我："刚才这里有人打架？是两口子打架对吗？"我蒙了，稍一迟疑才想到真该抽自己的嘴。"是有个人砸自己的摩托。""哦？为什么要砸自己的摩托？"问我话的这个警察上了些年纪，他应该听出来这里面没有案情，但是有趣味。我告诉他："因为那辆摩托很难看，又坏了，他觉得拿去修理都不划算，干脆砸掉了省事。"老警察咧开嘴笑了，说："我们这地方，不乏这种倔人，有什么办法？"

为慎重起见，他们打着电筒走过去看，看见一地碎乱的零件，和漏出来的各种油污。警察又走过来说："你们也真是，应该予以制止。要砸摩托，回到家里怎么砸都行，但在马路上砸还是不太合适。弄脏了这么大一片，明天还不是你们去打扫？"

他们即将离开时，一个年轻警察忽然问我们："黄小桃今天不上班啊？"我马上明白他所提到的人就是小黄，我也因此知道了小黄的名字。在我稍作迟疑酝酿着怎么回答时，狗蛋抢着说："黄小桃是谁啊？"我想捂住他的猪拱嘴都忙不迭。

"你不认识黄小桃？黄小桃你都不认识？在这里上班多久了？你们这个站一共才几个人？……"年轻的警察是敏感的，竟然在刹那间就觉察到问题的存在，一张口就问了一串问题，打机关枪一样，把狗蛋吓傻了。我也在刹那间明白，今晚把狗蛋叫来，纯粹是在自找麻烦。

已经来不及了。狗蛋一慌乱，那些警察脸上反而显现出蛮有把握的样子。警察叫我们别动，第一声"别动"还很客气。当我试图动一下（把手里拽着的收据扔向屋角），那声音转眼就十二分严厉起来："别动，你他妈讨死啊。"我听见铁器被碰响的声音，就再也不敢动了。

警察进到屋里，见我们几个都是蛮老实的样子，态度尚可，就把拿出来的手铐收了回去。"你们靠墙站好，按高矮顺序。"一个年轻警察这么命令。所以我们靠着墙站好以前还比了一下各自身高。我挪向中间，更像是一个主犯了。有什么办法，狗蛋和我一比显得蠢，苏杨和我一比显得太嫩。

那个和蔼的老警察坐在椅子上，抽起了烟。他抽的烟很贵。他指一指我，问："你说说，到底是怎么回事？"

我不想说。反正他们要知道的，但事情由我嘴里说出来，就不一样。警察们会像听相声一样笑个没完。反正结果都是一样，所以我不想逗他们开心。老警察看了看一侧的墙壁，那里有一框图板，上面贴着收费站每个员工的照片。这就很明白了，里面没有我们三个人的照片。照片下面附得有几个投诉电话，其中一个是收费站站长的手机。我知道老警察拨的就是这个号码。他在他的手机上摁了十一下。

他向那边的人问完了情况，就朝我们几个微笑。警察是冲两口子打架而来，本以为扑了个空，没想到有意外收获。每个警察脸上都有一层浅浅的喜悦，看着我们，像看着打猎得来的一堆猎物。他们居高临下地微笑着，想到这堆猎物不是瞄准打到的，而是枪走火打下来的，就尤其开心得起。老警察说:"你们真会钻空子。只有今天晚上他们不上班，你们就来了。门是谁撬开的？"

狗蛋这个人自己承认了。他像回答老师提问一样回答了老警察的问题。由此不难看出狗蛋是个敢作敢当的汉子，但他脑子不够用，即使人品再过硬，以后也不会邀他做事了。接着老警察问这个主意是谁想出来的。没人回答，老警察的目光一直搁在我脸上，他认定是我。我不想说话，舌头有点累。

这时忽然有一支车队经过收费站，都是大型车，按规矩每辆可以收十五块钱。第一辆车主动停到收费站前，准备缴费，但一个年轻的警察挥挥手示意司机把车开过去。那一支车队就这样白白溜走了。我看在眼里疼在心里，狗蛋和苏杨的目光也瞟向了屋外，他们心疼的程度应该不比我轻。

"你们不要左顾右盼。"老警察用低沉的声音把我们从胡思乱想中拖回来，重新面对摆在眼前的麻烦事。我承认这主意是我想出来的。老警察也不奇怪，说:"看得出来，肯定是你啦。"我觉得他像是在表扬我，但我没法就此高兴起来。我只能争取一个好态度，把兜里的钱掏出来。反正这钱没有机会被我拿去买烟了，与其被他们搜出来，还不如赚个主动。

屋里有四把椅子，四个警察各自坐了一把，还剩一个警察，他没有椅子坐，心情就不那么好。老警察示意他坐在桌子上，他不干，走出去坐在警车上。警车靠在路边，在警车屁股后头就是那一摊摩托车零件。

185

接下来警察懒洋洋地问起一些事，我们三人也变得老实，有问必答，尽量详细并不厌其烦。一会儿收费站的站长要过来，刚才老警察打电话时，我听清楚了这个意思。现在老警察在等人，问讯就有点像是消磨时间了。也奇怪，天很晚了，过路的车却忽然多起来，像是存心跟我怄气。

忽然车子堵了起来，一辆接一辆往后面延伸，慢慢地，堵死的车串成线向收费站延伸。两个警察跑出去，沿着车的队列往前探究，便发现问题出在两百米外，那有个弯道，一辆车横着翻倒在路上。

"一辆车横着翻倒，把路堵死了，两边的车都走不动。"回到小屋里的警察向老警察汇报情况。

我能想象，那大概是一辆农用车，过站时发现不收费，高兴坏了，一过站就加大油门开快车。刚才我看见一辆农用车过去，那个皱巴着马脸的司机见没人收费，嘴都笑扯了。马路上的雪是被扫干净了，但天冷，有些地方结着薄冰，容易打滑。

"是一辆农用车，车里人没事，爬出来了。"年轻警察继续汇报。我的预感有一定准确性，但是猜中了情况我也乐不起来。坐在椅子上的警察们开始跺脚，天冷。老警察就一呼啦站了起来，还原地跳几跳。年轻的警察捱了不久，也不敢坐椅子了，纷纷站起来搓手、跺脚、跳动。我也想跺跺脚，脑袋里突然冒出小时候唱过的一支歌：如果感到幸福你就跺跺脚……

现在谈不上幸福，但必须跺脚。我的行为很快被一个年轻警察制止了,他凶狠地说:"嗨你,谁叫你打摆子啦?"

我只有停了下来,脚跟就腾起了寒气。现在我只想这些警察把我们捉到车上去,拉回公安局,该怎么处理就怎么处理。车上比屋子里暖和。但堵死的车已经延长到了收费站,警车上即使挂着灯鸣响警笛,也不可能从别的车顶上跳过去。

"路边的那一堆烂摩托,应该还剩得有汽油。"最年轻的那个警察脑袋跑得最快,像跑马一样,突然想到了这回事。这一帮警察的眼睛都豁亮起来。他们掏出手铐把我们三人铐住,然后走出去,走到散乱的摩托零件中间,从中找出了油箱。汽油被倾倒在路边一块干燥的地上,轻轻一点,腾起老高的火苗。我听见这帮警察的尖叫声音,他们围着火烤着自己,而且还在不停地跺脚。郊外,雪地里的一把火肯定能带给人挺兴奋的感觉,所以他们甚至扭动了身体,说是跳舞又有点勉强,类似最早期最原始的迪斯科。

汽油燃烧得很快,而路暂时没有被疏通的迹象。我们三人被锁在屋里,脚却还能够挪动。两副手铐把我们三个人串连在一起。我们跺了好半天脚,把一屋子灰尘都跺得飞起来,终于脚跟有了些暖意,却又累得不支。于是我们挪过去坐在椅子上。我站了这么久,一坐下去脑袋就有些迷糊,进入半睡眠的状态。说起来丑人,我一边跺脚一边还做了个梦,很短。我梦见美女黄小桃打了一盆腾着雾气的洗脚水朝我走来,冲我淫荡地微笑着,像是要为我洗脚,或者做些别的不能让别人知道的事情……

"狗日的,都给我站起来!"

187

我被一声喝骂惊醒，睁眼一看，两个年轻警察几时又进到屋里了，横在眼前。我们三人必须统一步骤，同时站起来。以为他们会教训一顿，但他们显然懒得理睬我们，只是把那几张椅子搬了出去。

我以为他们会围着火堆坐下，还可以烤一烤鞋垫什么的，但他们并没有坐椅子的意思，而是把椅子平放在地上，跳起来狠命地踹几脚，再踹几脚，那几把实木椅子就散架了，散成一堆堆柴。警察把柴搁在了火堆上。汽油即将燃尽，而火还要烤下去。

椅子燃烧时，油漆着火的气味喷进了屋子，非常难闻。我看见那两张办公桌。本来桌椅是配套的，现在椅子已经一点点变成灰了，桌子显得有点落寞。如果车路继续堵下去，警察会不会把桌子也烧掉？我环顾了一下房子，只有办公桌可烧。门上裹了一层白铁皮。

收费站站长老王和小黄很晚才赶到，邹哥却没来。车只能停在很远的地方，两人沿着堵在路上的车流徒步走到收费站。

看见我时小黄很惊讶，也很愤怒。她想张开口骂我两句，但很快就镇定下来，把要骂的话吞回去。站长老王已经看出端倪，他问："小桃，你认得他们？"小黄回答说："鬼才认得他们。他们是苑村的，登记摩托车时来过站里。"

趁老王不注意，小黄偷偷凶了我几眼，满含怨毒。她的意思我明白，我不会把我们之间的交往招供出来。虽然我会对不义之财起歪心思，但也具有守口如瓶的优良品质。

警察也进来了，老警察和老王彼此嘘寒问暖，显然是老熟人。老王同时也是蛮客气蛮懂礼貌的人，他说了许多"太麻烦了呀；太对不住你们了呀；回头一定要去撮一顿"之类的话。然后老王就在屋子里查找有多少损失。铁门的暗锁虽然没坏，但显然不能再用了，因为它被撬开过。抽屉的锁也不能用了。老王的眼睛到处乱杵，每发现一处损失就撕心裂肺地看我一眼。撞着他的眼神，我就相信这个站长虽然有些抠门，但毫无疑问是个责任心强的人，公家的损失也会让他心疼。我刹那间对老王有了些好感。

"还丢了什么？"老警察问。

"他妈的，真奇怪，几把椅子都不见了。"老王愤怒地看着我说，"你们把椅子偷到哪去了？"

老警察接口说："老王，一码事是一码事，椅子是我们用掉了。"

"怎么用掉了？"

"烧掉了，冷。哎老王，也要怪你，屋里竟然都没准备炭。天这么冷，我们只好拿你椅子用一用。回头我给你补几把椅子。"

老王大气地说："老曹你扯卵淡呀，用掉了就用掉了，只要不是被这几个崽子偷走就行。唉，对不住你们呀，大雪天，让你们来我们这里挨冷受冻。"老王还拍了拍老警察的肩头，以示友好和愧怍。

老警察临走时交代说："以后要注意防范，不要让坏分子有可乘之机。"

老王就把脑袋扭向小黄，厉声说:"你听见了吗?"

路突然通了。警察们上了车，把我们三人也拽上去。老王要搭一截车，他自己的车扔在前面路边。当小黄也试图挤上车时，老王就对她说:"你还想回去？现在就给我加班！今天惹了这么多麻烦，你还想休息?"

警车发动了半天才弄出响声。我看见小黄站在收费的窗口后面，眼里噙满泪水，准备着向后面的车收费。老王坐在我眼前，他苦着脸，抽着闷烟。

车子开动时，我想跟小黄道个再见，恰这时跟小黄认识的年轻警察也道了再见，把我的声音完全盖住了。小黄幽怨地看着我们这一车人，然后恶狠狠地扯着手里的收据，递给后面那车的司机。

我想，小黄只消收一阵钱，捏着纸钞，心情自然就会好起来的。我看了看身边仍然一脸心疼的老王，又想，老王让小黄加夜班，大概是想把几张椅子的钱赚回来。

狗日的狗

第一天

小丁站在人堆里,看着来往的车。如果从哪辆车里伸出手一招,铲子们会像狗一样蹿过去,稍有迟疑,一桩生意就丢了。小丁盯着来来往往的车。他只认识国产的几种基本车型,印象最深的是"长安羚羊",县城的出租车全是那型号。铲子们给那车取个绰号叫绿蛤蟆——而县委李书记因为长了酒糟鼻,绰号红蛤蟆,听着像弟兄俩。

那辆墨蓝色的车开到边时,没有引起铲子们的注意——县城的人把这些人叫铲子,仿佛是一种工具。小丁就是一个铲子。铲子们只留意大货。要是一辆大货开来,不等停稳,大家一窝蜂围过去,往货箱边缘一拽,再一蹭,就飞身飙进货箱里去了,那身手,比电影《铁道游击队》里那一帮老革命轻便得多。然后，司机会下车，大手一挥，说，够啦够啦。没爬上车的铲子只好悻悻而去。

小丁认不得那车，凭感觉，起码值十辆绿蛤蟆。那车外形一看就养眼。车子要是看着养眼，那都是成把成把的钞票堆出来的。

墨蓝色的车放下一块玻璃，里面有个人指一指小丁，说，那铲子，过来。小丁走过去，别的铲子竟没有跟过来哄抢这生意。

你狗日的不像铲子。车里的人说，像是个大学生。小丁说，是大学生，放假出来勤工俭学。说着手往怀里抄，想把省师大的学生证抄出来。不过，那是成人高考考上的，学生证比正规的小一个尺码。

行了，我信你的。那人掐开一个铁皮匣抽出一支雪茄，抽起来。他问，你可以去搞家教，怎么来当铲子？小丁说，小县城里面，家教没有铲子找钱多。这几天过年，工钱可以。那人说，会爬树吗？会砍柴吗？小丁说，你说笑话哩，这两样都干不了，我还敢当铲子？但我没带柴刀。那人说，那好办。你再帮我找两个长得稍微有人样的，打车到回龙新区后门。那里就一栋私房。说着，那人掏出十块钱让小丁打车。

小丁不动声色地叫来两个同乡。他很怕铲子们一听有工，全他妈围上来，把自己当钱一样拽来拽去。三个人离开人群，没有打车，跑着去。他们把打车的钱省下来，一个人有一包长沙牌的纸烟。一看见那幢房子，就知道今天的工钱差不了。房子色调鲜艳，楼层不多但重重叠叠，亭廊楼阁，斗拱穹隆，中西合璧，极尽复杂之能事，仿佛是童年幻想中的产物。小丁走到里面，腿肚子有点哆嗦。

院子有两亩地大小，种了几株刺槐，几株柿子树，以及一些杂乱的灌木。小丁家里也种着刺槐，这种树夏天开黄花，花球硕大丰盈，让整个院子都热闹起来。刺槐树给了小丁熟稔并且亲近的感觉。车里的那人走出房子，扔下几把做工精致的柴刀，布置起来。他说，把这些树都砍掉，喏，这些，还有那些，全砍掉！但别让树枝砸坏园里的石头。你们爬上去，从上面一截截地砍。那人指了指园子里，有几块中空多窍的武陵石。在乡下，这种石头不难见到。——别让树枝砸了石头！小丁品咂这样的话，有些怪异。以前他从没听过类似的说法。

年纪大点的那同乡老范看看园里的树木，正长得旺盛，惋惜地说，这么好的树！这种柿子树，结的果不大，但吃起来蛮甜，我家里也种了几棵。

那人正要踱进房内，听见铲子提意见，就把头拧了过来，手插在腰际。他说，你狗日的一个铲子问这么多，要你砍，砍就是了。我这园子，哪能有土啦吧唧的贱树？

那人老爱说"狗日的"，谁都成了"狗日的"，这像是发语词一样，不吐就讲不出后面的话。但像他那样穿着得体一身名牌的人，骂几句娘，反倒营造了纡尊降贵与人亲近的气氛，听起来不是特别刺耳。老范是性情悫直的半大老头，他说，人分贵贱，树几时也分了贵贱？那老板你说说，什么样的树才是贵树？

开桂花的那不是贵（桂）树嘛，呵呵。那人并不生气，他说，说出几种你也没听过。回头我会在园子里种上黄金檀、玛瑙树还有孔雀木，原产美国，是用隐形飞机B2偷运过来的——人家美国不稀罕你几张烂人民币，这是美国友人偷偷传过来的。

那人说话时，是一派煞有介事的样子。

老同乡问，这些贵树莫非能摇钱？

那人为难地拍拍后脑勺，依旧耐烦地说，你狗日的，嘿，还真是把我问着了，这些树我还没见过哩，到云南省预订的，立了春再移栽过来。……别说废话了，你们动手干吧，记住，要把枝条都锯成一尺半长，也就是……他在脑子里换算了一下，再跟我们说，也就是，48公分。

也就是半米。小丁自作聪明地补充。

可他说，不，48公分。

每个人发了一块软尺，得比着尺子去砍树，事情就麻烦了，刀子不能乱斫。几个人砍树时忍不住想笑，把笑声憋住，鼻子却突突有声。这哪是砍柴啊，倒像在裁衣服。说实话，乡下的土裁缝都没那么精细，剪刀一走偏，差了几公分，也是常事。那砍刀倒是漂亮，在开刃的刀口旁边，印篆着夔纹图案，每一划都钢钩铁线，绝无赘余之笔。但这样的刀砍柴不行，刃口有些发绵。小丁想找块砂岩把刀子磨一磨，那人赶紧制止。他说，磨掉花纹你狗日的帮我刻上？

那人回到屋里。三个人盘踞在树上，一边砍一边扯白话。老范见识要稍多一点，他说，我们县发大财的老板就那几个，这家伙是谁？他喃喃自语念了几个名字，眼睛倏地就亮了起来，跟小丁说，搞不好，就是廖兴伯，在福建做矿做发家的那个！老范越想就越敢肯定，这人正是廖兴伯。说到廖兴伯，小丁并不陌生，据说是县里的钱老大。小丁初中的语文老师老张业余喜欢舞文弄墨，搞搞写作，现在混进文联当了个作家。前几年老张揽到一件大活，就是给廖兴伯写传。老张喝了酒就跟别人说，廖老板用起钱来，像是明天就要见阎王一样，一点不心疼。——他一个字开我一块钱。别人问老张，那你一天写得了多少字？老张说既然廖老板开价蛮高，自己也要慢工细活对付着，每天只写888字，多一个字也不写。别人一算888字就是差不多九张老头票，忍不住惊叫一声，说今天的酒钱该你老张开了。结果，老张花了近两年时间，搞出三十几万字的长篇传记，廖老板却因为在福建偷税，坐了趟班房，来不及给老张开润笔。廖老板放出来以后，元气大伤，也没再提起写传的事。老张觉得这亏大了，拿着一摞稿纸去找廖老板要钱。廖老板不光赖皮，还以进为退，冲着老张骂，你狗日的，一枝衰笔，写得老子破财吃官司。

  侧枝已经砍差不多了，剩下光秃秃的主干。几个人不紧不慢砍着树，扯起工钱的事。小丁说，我刚才也没好跟他讲价，但平时三十块钱一个工，今天大年初一，再怎么样，要加到五十吧？老范却惴惴不安，说，也就是砍一天柴。这几堆杂木柴加起来值不了一百块，一个人开五十块工钱，他不是亏本了？另一个同乡小范则宽心得很，说，只要廖老板高兴，哪和你算这点柴米账？

老范脸上罩着一层阴霾。他说，早知道这样，不如叫廖老板把那几棵柿子树送给我，抵工钱就行。可惜了。小丁就安慰地说，搞不好人家怕你吃亏，还不答应。

把树蔸子也挖出来以后，天就黑了。腊月正月，夜晚总是说来就来。那人过来了，老范就问，廖老板，你还有什么交代的？那人看看地上撂起来的杂木柴，长短还算整齐，点了点头。他说，嗯，我找出绳子，你们帮我把柴都一捆捆扎好，每一捆不要太大，有个一二十斤就行。他从楼房里找出几捆没用过的细麻绳，让几个人剪断了捆柴。捆柴的时候老范又嘀咕着说，这捆杂木样子还值不上这根麻绳。说归说，老范把柴捆得密密匝匝结结实实。

廖老板给每个人开88块工钱。他摸出几张一百块的纸钞，要每人找12块。小丁和同乡找给他钱，他却不接，而是指了指鱼池。他说，丢到那里面去，你们在心里讲我一句好话。小丁把12块钱扔到水里，并在心里默念，蠢猪。老范念出声来了，他说，大老板堆金积玉，养崽养女全都点头名状元。

廖老板留三人吃晚饭。三人被安排在厨房里，和厨师还有女工一桌吃饭。廖老板请了几个朋友，在大厅里过大年初一。饭后，廖老板又留几个人帮着放爆竹。他说，不小心买多了，放不完。你们帮着放一放。

大厅里有个壁炉。廖老板说，本来可以装几台空调，但我妈不习惯那东西，说闷，就只有搞壁炉。以前，小丁只在安徒生童话里看到过壁炉，现在看到实物，感觉仍有些不真实。廖老板叫他们把白天砍下的柴塞壁炉里，还要码成规规矩矩的井字形。老范提醒地说，这是湿柴，烧不燃的。

呃，对。廖老板想了想，很快又说，我自有办法，别操心。他把司机叫来，耳语几句。司机心领神会，找出一根软管一个胶壶，朝那辆汽车走过去。司机利索地把软管插进油箱，用嘴含着软管另一头吸几口，汽油就根据虹吸的原理，不断流到胶壶里面。司机把汽油淋到柴垛上，再点燃。

火蓬地一声就燃开了，眨眼间炽烈起来。

第二天

第一天临走时廖老板把小丁悄悄地叫到一边，说明天要两个工。年纪大的，腿脚不太灵便。小丁就会意，廖老板嫌弃那个老范。第二天小丁只叫了小范一块去做活。今天不会砍树。小丁想，要是栽树，又不到时候。那做些什么呢？

廖老板见小丁和小范进屋了，自言自语地说，今天做些什么呢？他显然也没有想好要干什么。他说，过年这几天我缺人手，手下那一帮狗日的都回去了，哎，真的是不孝顺。

这天天气不错，难得地出起太阳来，虽说阳光只是软耷耷病恹恹地挂下来。廖老板的老婆打着哈欠走了出来。不难看出她年轻时是美女，但是现在，脸已经部分地发皱。她可能定期打保养素，脸有些浮肿，底下仿佛填充得有东西，把脸皮硬生生地抻平。

你看你那个样子，像呷毒。廖老板说，一点血色都没有。廖老板的老婆凶了他一眼，说，你呷毒！我脸色怎么啦，前几天撞着个人,他夸我看上去像是只有十几岁。廖老板鼻头喷着响,吃吃地笑起来。他跟他老婆说,前几天我也碰见一个人,他说我看上去还在穿开裆裤,玩泥巴泡。

廖老板的老婆又打了一串哈欠,然后说,今天我们去方老板家打牌,他老婆算牌算不赢我。廖老板说,能不能高雅一点?狗日的,就知道打牌。

廖老板看看外面天色,忽然有了个主意。他说,小红,今天下河洗衣服好不好。老是送去干洗,今天下河洗。

没想到他老婆竟然来了兴趣。她说,是啊老廖,我们好多年没有下河洗衣了?谈恋爱那时候,你狗日的老是要我帮你洗,臭袜子要我洗,三角衩也要我洗。廖老板说,你讲鬼话,那时候是我帮你洗衣。两口子就争了起来,像突然变年轻了。廖老板有一对粉雕玉琢的儿女,八九岁大,看着让人想咬一口。他俩听说去河边洗衣,也很高兴,还要带上泳衣和救生衣。廖老板说,怎么生了你们这两个白痴,是游泳的时候吗?

小丁和同乡小范先陪着廖老板,去超市买了一些东西,做些准备。廖老板买了两个特大号的贮物箱,PVC材质的,天蓝色,看样子要拿去装衣服;又买了一把阳伞,一套便携式折叠桌椅,铝质的。之后,廖老板把车开到劳保商店,买了四双橡胶桶靴,四双乳胶手套,又买了两套厚帆布制的工作服。开着车回去时,廖老板很有感触地跟小丁小范说,我这个人,是苦出来的,特别闲不住。我看不惯那些有了钱就不肯劳动的人,那是忘本。自己的事尽量自己干,这样的人,我才佩服。小丁想要附和着说什么,廖老板又说,还有我那一对崽女,没受过苦,不行的。

廖老板忽然想起了什么,他问小丁,在河里洗衣,要用个东西捶衣服,那叫什么?小丁说,就叫棒槌。廖老板说,对,棒槌,狗日的棒槌。他又去了一个木匠铺,叫木匠用木工机铣出四把棒槌,两大两小。

再从别墅里出来,廖老板开一辆车,他老婆小红又开了一辆车。车子开了40多里地,到一处较为开阔的河湾,停了下来。小红下到车外面,伸了个懒腰,说,这地方真是清静,不如买一块地来种点菜。廖老板正在跟小丁小范指手画脚,要两人把河边整理出一块平整的地方。他扭转头去跟老婆说,亲爱的,我也这么想来着。他那一对儿女听到了,就拿腔捏调地跟他们妈说,亲爱的,哦亲爱的……小红就说,小狗日的,都跟你们那狗爹学坏了。廖老板冲她喊,王小红,自己野蛮也就算了,别他妈跟孩子动粗口。

廖老板一家四口穿得煞有介事,一色的桶靴,一色戴着手套,下到河边,把衣服浸泡在河水里。小孩一不注意就玩起了水,廖老板不停地制止。展现在小丁和小范眼前的,是一派其乐融融的情景,这一家人,充满了生活情趣。小丁看得眼热。

只洗了一小会,廖老板的女儿就说,不洗了,太冷了。她的情绪带动她的弟弟,男孩也不干了,把湿衣服一撂,说,无聊。两个小孩在河滩上展开追逐,越跑越远。他们的妈王小红洗了十分钟左右,就蹲不下了,站直身子,往自己肩头上捶来捶去。她自怨自艾地说，不行了，干不得事了。她瞥了小丁一眼，招呼他走过去。王小红说，来，小帅哥，帮姐姐捶捶背。她似乎抛了个媚眼，又扭头跟男人说，廖兴伯，你不会吃醋吧？

我还吃醋？廖老板说，我只吃臭豆腐。你当我还是毛孩子？小丁，捶呀，你狗日的尽管用力捶，还把你爪子伸进去帮她抓痒。我不心疼——我看都不看。

王小红咯咯地笑了，像是被人搔到了痒穴，一时还停不下来。

小丁帮王小红捶了一通背，王小红感觉舒坦了，就在摊开的折叠椅上休息。剩下的衣服，全由小丁和小范洗。每一件衣服放在一个塑料袋里，基本上都没什么灰尘。许多衣服面料昂贵，根本就不适合揉搓，小丁和小范不敢下手。廖老板说，我不心疼你还心疼？怕个鸟，又不是龙袍，尽管搓。小丁和小范得了这句话，就下力气搓起了衣服，然后一顿棒槌乱捶起来，很是过瘾。这些衣服上好的面料，洗着捶着，手上都有种说不出来的舒适感觉。

廖老板和老婆坐在那里抽烟，有时候朝那边跑去，叫孩子别跑得太远。

洗完那一堆衣服，太阳就看不见了，天也不早。廖老板依然给大票子。两人来之前就有准，各自准备了一叠钢镚子，找零。这钱拿到市面上不好用，老头老太太们只认纸钞，除非是坐公共汽车。廖老板不在乎，他把24枚钢镚子捏在手里，再一枚枚地往河中央打水漂。他一共打了24块钱的水漂，打完之后，脸上的神情很惬意。

水太冷。小丁想，要不然，倒可以下河去捞这些钢锄。他看看小范，小范也正看着小丁。两人相视而笑，知道对方都怀揣着同样的心思。

第三天以及第四天

第三天廖老板只要小丁一个人干活。他夸小丁说，你狗日的其实蛮机灵。读了大学就是不一样，当铲子都比别人厉害。然后，廖老板感慨地说，还是有文化的好啊。廖老板仍然没想好，当天要干什么，小丁来了以后，还叫小丁参谋着出个主意。小丁哪想得出来，这廖老板口味有点古怪，那么冷的冬天拿洗衣服当玩乐。于是廖老板就和小丁聊天。主要是廖老板讲，小丁洗耳恭听。廖老板摆起了自己的发迹史，摆了个把小时，累了。他问起小丁的情况。小丁说自己是林界乡的人，廖老板的眼睛一下就亮了。他说，林界？那地方好，树林多，还有草甸，可以打猎是不？小丁点了点头。每年，确实有不少人去林界乡打猎。廖老板在极短的时间内拿定主意，要邀几个朋友去林界乡打猎。他上到二楼卧室叫醒了王小红，问她想不想去。王小红说她要打牌。她埋怨地说，昨天我都憋一天了。

廖老板只有自己去。他的几个朋友都非常响应，因为除了车和枪，其他的开销都由廖老板包了。廖老板叫上小丁，去了户外活动专店大采购。里面的东西都特别贵，廖老板用信用卡埋单,被划掉万把块钱。廖老板说,今晚到野外露营。

下午两点,一行人出发。小丁数了一下,有六七辆车子,稀稀拉拉地走成一列。廖老板开着他那辆墨蓝色的车,走在队伍最前面。直到这一天,小丁仍然不知道这车什么牌子。

车里有个女人。那女人涂脂抹粉,穿得很性感。冬天里穿得很性感,那是要付出身体的代价,搞不好就得病。但女人只能这样。小丁猜测,她是廖老板的情妇。小丁一点也不感到奇怪,因为他觉得这样的事王小红都不奇怪,那就轮不着自己奇怪。

廖老板的车里就坐着他们三人——廖老板自己,小丁,还有女人。女人坐在前座,小丁独自坐在后面,从背后看去,只能看见女人的侧面一小块脸皮,其轮廓很像小丁高中时的同学小兰。小丁觉得,越看越像。但他挺知趣地不和她打招呼。

林界乡是离县城最远的一个乡,要走两个多小时。行到半道上,廖老板停了车,后面的车自然也跟着停下。廖老板尿憋了,他下到车外,往四周看去,寻找隐蔽些的地方。这一带很开阔,路边只有一些矮小的灌木。廖老板打算往更远的地方走去。

他的一个朋友用一种揶揄的口吻说,老廖,怎么不洗轮子啦?

小丁知道"洗轮子"这说法,是司机们嘴里的词汇。有时候车子开到开阔路段,找不到遮蔽物,司机就会用车身遮住自己,把尿撒在车轮子上。这就叫洗轮子。

廖老板说，狗日的，有什么不敢洗啊，不就是一台保时捷嘛，迈巴赫的轮子我都经常洗。

迈巴赫算个鸟。那个朋友嬉皮笑脸地说，空军一号的轮子，我洗一个，小布什站在对面，洗另外一个。廖老板不吃激将，他跟他的朋友们说，那都过来帮我洗轮子吧。吴老三，你那台破别克，我往前面一站，有尿都撒不出来。名叫吴老三的那个人听了这话，就使劲地招呼着别的人，说，老向老张老田老汤，还有你老朱，都过来帮老廖洗轮子，洗狗日的保时捷，一个洗一个轮子。

那些人倒是乐意帮这个忙，嘻嘻哈哈地围了过来，准备掏家伙。吴老三忽然想到那女人还坐在车里头，就说，老廖呵，你那个细妹子还坐在车里头。廖老板大手一挥，豪迈地说，屁事，王小红在里头，照样洗。于是大家就不管不顾地掏出家伙，洗轮子。天气挺冷，那些人一边排尿一边拼命地打着尿颤。小丁也坐在里头，他看见车的四周升腾着浑浊的水雾，仿佛闻见了尿碱的腥臊之气。而前面的女人几乎把头埋进两腿之间。过了不久，小丁告诉女人，没事了，他们已经洗完了。

女人忽然回转头，盯了小丁一眼，眼里尽是怨恨。小丁还看见，女人的眼里噙满了泪水。这时小丁可以确认，女人就是从前的同学小兰。

那片能打到野物的树林草甸，离小丁家住的小水凼村有十几里。车队开到地方后，廖老板还有其他六七个老板指使着小丁把帆布帐篷搭起来。人多口杂，这帐篷怎么搭其实谁都不里手，他们经常互相否定，差点吵起嘴来。小丁听得头皮胀痛，许多环节因为指挥不当而一再重复。搞了两个小时，巨大的帐篷屋总算是搭起来。那帐篷屋墨绿色的，有门有窗，让人感觉是军用的。他们掏出一台发电机，大帐篷里面亮起了大瓦数的灯泡。老板们穿起了迷彩装。这些人把自己武装到了牙齿，头戴钢盔、夜视镜，衣裤上面到处都是兜，有个老板身上挂着几枚鹅蛋大小的"手雷"，稍一走动，那东西就磕磕碰碰，发出叮叮当当的响。靴子十分笨重，小兰帮着廖老板穿靴子，其他的老板，都由小丁服伺候着穿长靴。这活一点都不轻松，小丁觉得，像是在给残疾人装义肢。

廖老板看着他的一伙同伴，看着一个两个精神抖擞的打扮，很满意。他扭头问小丁，小丁，你看，还缺些什么？小丁说，廖老板，要是打猎的话，还缺一只赶山狗。没有狗去撵野物，是打不到猎的。廖老板说，你狗日的怎么不早说，这一路上我总是觉得，少了些什么。原来是少了一只狗日的狗啊。

小丁想起老范家里有一只赶山狗，那只狗是整个小水凼村最好的，甚至有些猎手从好远的地方赶来，向老范借那只狗。小丁说，廖老板，老范家里有一只好狗。廖老板问老范是谁，小丁就告诉他，是大年初一到过他家砍柴的那铲子，年纪最大的铲子。廖老板记性不是很好，他怔了一会才想起来，说，哦，他呀，这家伙一根筋，办事能力很差的。他家能有好狗？我跟你说，我是有些怀疑的。小丁就笑了，他说，廖老板，人是人狗是狗。廖老板也笑了，他说，你说得有道理，人是人狗是狗，鸟人也能驯养出很棒的狗来。

廖老板带着小丁，驱车去了小水凼。老范竟然在家里。老范初二那天没有揽到活计，好歹大年初一搞了差不多一百块钱，就回家过年初三。老范看到廖老板很惊讶，他赶忙招呼老婆过来，说，这是我们县城最有钱的廖老板。老范的老婆走过来，挺稀罕地看着廖老板，讲不出什么话。廖老板谦虚地说，哪里哪里，县里还有好多当官的有财不露财呢，我那几个钿算得什么？

接着就是看狗。廖老板说，老范，把你家那只赶山狗找来，我看看。他家过得不太宽裕，狗却养得有几只。老范把狗都吆喝了过来，让廖老板挑。老范介绍说最好的那只，廖老板却看不上眼。那只狗长相确实有些窝囊，脑袋上毛碴碴的，耳朵耷拉着，体形较小，看上去很有些邋遢。廖老板看上了另一只毛色发亮的黑狗，老范就说，那狗其实最柴，不是好狗。赶山狗和别的狗不一样，得看鼻梁，喏，就是这里。好狗的鼻梁比较挺，中间要稍微有些凸起。还有，脑门心分毛的这根线，应该扯得越长越好。我这只阿龙（老范捋了捋那只长相窝囊的狗），其实是万里挑一的好狗子，一般的人哪能看得出来？廖老板，我不骗你，我这人相狗看鸡有一手，祖传的本事，村里人都知道。

廖老板看看这只狗，又看看那只狗，仿佛是行家里手。最后，他说，这两只狗我都买了，你送个价，我还一口，行就过现钱。老范说，廖老板，这狗还真不好卖。黑狗你算个肉价钱，买去了没关系。但这只狗（老范又亲昵地抚摸着他的阿龙）我可真舍不得卖。毕竟是只土狗，卖起来值不起价，要多了你还觉得我讹诈。但这狗卖着不值钱，找起来还真不容易。廖老板说，那你看怎么办呢，算我租用两天，你开个价。老范说，黑狗你尽管带去，它都敢赚工钱？但阿龙，倒是有几个人跟我租用过，一天二十块钱，用回来了都说这狗蛮不错。廖老板说，那我给五十块，两只狗都带走。老范满口答应了，还留廖老板和小丁在家里吃饭。廖老板不吃饭，要老范把锅巴用茶油烹一下，他打包拿走。

把狗放在车后座上，廖老板开着车，又不时从观后镜里打量着这两只狗。他不时地摇了摇头，跟小丁说，那只什么阿龙长得也太不像话了，我拿回去都觉得丢人。

这只狗是长得难看。小丁说，但老范绝不会骗你，这只狗赶山肯定厉害。

廖老板说，鬼知道呢。你说我们会不会打得一头野猪？然后廖老板笑了，觉得这想法不现实。他说，打得几头野羊就算没白来。我们的装备也太精良了，别只打得几只兔子，那是很没面子的事。

头一天晚上没有去打猎。按说晚上是适合打猎的时候，他们每个人都带着军用强光电筒。天黑以后又下了一层薄雪，野地里浮动着虚幻的白光，要是打猎的话就更方便了。这些老板们相互鼓着劲，说这一晚不搞它几只野物就不收工，走出去，外面刮了几阵尖锐的风，他们就缩回了帐篷，咒骂着这狗日的天气。他们围在桌子前打起了麻将，一共开两桌，赌头比较大，放两张摸四张，自摸一手有一千多块钱。每个人的前面都摆了厚厚的一沓钱。打入味了以后他们都纷纷说，这是个好地方，这真他妈是个好地方，别说公安局的人，纵然是鬼，都未必摸得到。他们打得很放心，很放松，叫小丁和小兰去弄消夜。

小丁和小兰在一个小帐篷里弄消夜。两个人一直没有说话。小兰穿得比较少，因为她没想到这山上竟然会那样地冷。她不停地打着哆嗦。小丁虽然有些看她不惯，但也受不了她哆嗦的样子，就把外衣脱下来让她穿。小兰说，谢谢你，丁小宋。小丁说，以后，还是多穿点衣服，感冒还不打紧，就怕搞成肺炎。

半夜，小丁在小帐篷里打盹，廖老板走进来，叫小丁去帮自己摸几圈。他说，现在，我要提提精神。你去和那些狗日的打牌，输了算我的，赢了撂你两块肉骨头。他朝小丁使了个眼神。廖老板拿出一个小皮包，从里面掏出一把像塑料袋一样的东西。他叫小丁用气筒往塑料袋里面打气，塑料袋鼓起来以后，竟然是一个很大的睡袋。廖老板叫小兰脱了衣服先睡进去，把睡袋搞得暖和一些。小丁在那边打牌。同桌几个老板玩牌不算门精，都一般般。小丁也爱摸麻将，在学校的时候，他租房子和别的人玩牌，也不怎么输，一年下来可以凑足下一年的学费。但是今晚小丁打得大失水准。他老觉得自己听见了那边小帐篷里弄出来的声音，听见小兰绵绵不绝的惨叫。用心一听，又只听见巨大的风声，小兰的叫声被风声严严实实地盖掉了。小丁无端觉得，外面的风，应该呈片状，风的边缘会是像刀口一样锋利。风吹来，其实是把头顶上那巨大的空间一层层片开,就像年节的时候把五花肉片成扣肉。在这样的声音下,其他一些声音都衰微了,都被掩盖到可以忽略不计的程度。小丁暗自地说,我哪里真的听见了小兰的叫喊声?

小丁把钱输得很快,但心里面也很痛快。他上桌以后放了几手大炮,别的几个老板就不停地表扬他,真是个好孩子,是个小钢炮。还有一个矮胖的老板建议说,干脆,我们叫你小钢炮算了,小钢炮,你狗日的答应一声嘛。

小丁就应了一声,一脸的无所谓,然后继续放炮。另一个老板就说,我觉得,还是叫他连珠炮才好。小丁也应了,他是很痛快地应一声。廖老板提足了精神,再回到牌桌上,小丁已经输掉了两千来块钱。廖老板说,还可以,还可以。小丁下桌以后就放心地睡去了,他想,不会再有谁叫自己替牌的。

那一晚廖老板输个不停。别的老板就揶揄他说,那是因为他摸了小兰身上让人倒牌运的地方。他们淫秽地笑个不止。

第二天中午,这些老板才打起精神往山上去。他们中午前睡了几个小时,显然没有睡够,眼里是很惺忪的样子。两只狗昨晚被吊在树上,现在放开了,就跑得很欢实。小丁懂得怎么吆喝狗,狗跑得远了,小丁吆喝两声,狗就会跑回来。

老板们抽着烟,挎着猎枪跟在狗屁股后头。小丁很奇怪怎么还能弄到猎枪,前年,县公安局已经下到各乡各村,把所有人手里的枪都缴光了,包括自制的火药枪,拉到炼铁厂重新回炉。廖老板告诉他,说,公安局把那些枪拉走之前,专门一个电话打给我,叫我去挑挑,有什么好枪就留下几杆,要不然真是可惜了。

草甸上的草都是枯死后的深黄色,间杂着棕褐色,整个看去,草甸的景象凋闭荒凉,待得久了,会让人心情堵起来。天色呈现昏黄的调子,云压得很低。两只狗挺来劲,相互追逐着跑来跑去。老板们大都很胖,上山靠挪动,下山就像滚动。走不了多久,大家就建议,歇歇气,然后找个地方坐下来抽烟。小丁这天干的活,是背一个篓子跟在他们后面。他们坐下来休息时,小丁就把篓子放下,从里面取出一些柴爿子,迅速燃起一堆火。

有时候,狗会撵出来一两只满地乱拱的小东西,老板们一哄而上,追着打。但是他们的枪法不是很准,浪费了不少子弹,只打着一只芭茅老鼠。那只老鼠很肥硕,开枪的人打算把芭茅老鼠挑在枪杆上,也算有所收获。但廖老板说,你他妈挑这东西搞什么?不知道前年的非典就是吃这东西吃出来的?搞不好还能吃出禽流感来呢。那人悻悻地把老鼠扔在地上。黑狗拢过来,扯出鼻子嗅嗅那只死老鼠,那人就狠狠地踢了黑狗一脚。黑狗悲惨地叫了一声,蹿个老远。

他们继续打猎,每人挥舞着一根树枝,往草丛深处探去,想用打草惊蛇的办法,让那些野物受惊蹿跳出来。但这办法显然很难奏效,也可能,草丛里藏下的野物远不是他们想象中那样多。

有一次,阿龙撵出了两只野物,一只灰色,一只是棕色,向两个方向逃窜。廖老板眼尖,看得出那灰色的东西是一只野兔。但阿龙跟棕毛的野物较上劲了,在后面死撵着不放。廖老板说,狗呵狗呵,撵另一边,撵那兔子。日你娘哎,那是一只兔子。

但阿龙还没能和廖老板默契起来,没能听懂廖老板的意思。小丁也瞎着急,他也不能把廖老板的意思传达给阿龙。野兔三钻两跳看不见了,隐没在一片更深更宽的草丛中。众人只得跟着那狗去追逐棕毛畜牲。阿龙用一会的工夫追上了,咬了那东西一口,那东西赶快缩成一团。众人迫不及待地开枪,打了一堆子弹。那东西果然不动了。廖老板跑过去,用脚把那打死的东西搣开。又是一只芭茅老鼠。廖老板说,狗日的,是芭茅鼠。他恶毒地盯了阿龙一眼。

小丁解释说,其实芭茅鼠的肉很好吃,野兔肉并不好吃。以前这狗赶山赶得多了,那些猎人都不稀罕野兔。

廖老板说,愚昧,什么素质?非典就是这些人给吃出来的。廖老板不准小丁捡起这块肥肉。

那以后,这堆人再也没能发现野物。小丁背篓里的柴爿烧没了,他们再歇气的时候,就烤不上火。有个人嚷嚷着说,收工了,这鬼天气,收工算了。好几个人都响应起来。他们从来没搞过这么剧烈的活动,现在骨架都开始松动了。廖老板只好说,那就回去。当时时间还早,三点多钟。有人建议把先前丢掉的那两只芭茅鼠找来。他说,今天好歹只打到那两样东西,回去煮有半锅。那肉好吃得很。煮得透一点,非典也煮死了,不怕的。

廖老板垂着脑袋,似乎觉着一天下来一点收成都没有,说不过去，就答应回去找。他们折回去找，但没有找到，一只芭茅鼠都找不到了。

大家打算再野炊一顿，然后回城里。廖老板一张狭长的脸稀烂的，很灰暗。弄这顿饭时，他们把带来的菜都聚拢了，全是从超市买的，贴着标签。廖老板若有所思地吸了两支烟，忽然站了起来，摘下挂在树枝上的那柄猎枪。他冲着黑狗打着呼哨，黑狗会意，就跟着他向较远一点的地方跑去。

小丁看出端倪来，他说，廖老板，那是老范家的狗。廖老板说，我晓得，我补他钱就是。不就是几张钱嘛。

那狗离廖老板只有十来步远的距离。廖老板朝着狗瞄准，狗好奇地看着廖老板，没有动。头一枪没打中，黑狗这下明白了，没命地往后山跑去。

廖老板往地上啐一口唾沫，说，准星不行。

他折了回来，又对阿龙吹吹口哨。刚才，廖老板从小丁那里学到了用吹口哨来指挥狗。阿龙听见这样的声音，情绪饱满地跟着廖老板往外跑。小丁想上去阻拦。小丁挺为难地说，廖老板哎，这是老范最喜欢的一只狗，都当崽养。他想去夺廖老板的枪，廖老板挣脱小丁的手，回过头来打了小丁一个耳光。他说，你狗日的，昨天输了我几千块钱，我还没来得及跟你算账。

后面上来几个老板，扯住小丁的手，让他不能动弹。廖老板支使阿龙蹲在自己前面三丈远的地方，然后开了一枪，又没打着。但阿龙并不害怕枪响，它听习惯了。阿龙看了看子弹落地的地方，然后继续看向廖老板，舔着舌头，是一种嘲弄的表情。廖老板说，狗日的狗呵，你真是个呆狗。他推上另一颗子弹，又朝狗瞄准起来。

小丁嗫了一声呼哨，阿龙就跑开了，往远处跑去。廖老板又给了小丁第二个巴掌，然后跟扯住小丁的人吩咐说，别让这铲子出声。扯住小丁的人说，连珠炮，你就别作声了，反正是要赔钱的。

廖老板吆喝了几声，阿龙屁颠屁颠地又跑回来了。小丁被人掰着手拧着嘴，嗫不出呼哨。他忽然想，你狗日的，简直连黑狗都不如呵。廖老板都忍不住说，真是一只听话的狗，可惜了。他端起枪，又打了一枪。这一下，把阿龙打着了，躺在地上，弹着腿一阵一阵地抽搐，并悲惨地呻吟起来。廖老板走上前去，把枪管压着狗脑门补了一枪，然后又补了一枪。这两枪把狗彻底打死了。

廖老板踢踢死狗。他喃喃地说，狗日的狗呵，谁叫你没撵上兔子呢。

他们用火把狗毛烧掉，扯出狗下水，把狗肉剁成三指头大小的肉块，然后支起锅炖起来，放上整块的姜，还有别的香辛料。这些老板中间，有一个是开饭店起家的，弄起狗肉轻车熟路。狗肉香得有些闷人。

我和弟弟捕盗记

我家一直住在山上，好又不好，好的是住在山上，不好的是贼多。从小我听电视剧里的人喊山贼山贼，我的理解从不是"山上的贼"，而是"山上来贼"。贼不来，只有我们住在山上，清静，悠闲，看着山下的河，河对岸如林莽般的草窠窠。

小时候山上狗多，几乎家家户户都养。周末或是假期，这山上最常见的情景，就是小孩一群狗一群，彼此追逐着。那时的狗都是本地狗，和小孩差不多大小，但小孩都不怕狗，甚至喜欢撞见狗交媾，一撞见了就追着打，看着公狗拖拽着母狗跑好长的路，才分开。家长们也鼓励小孩们坏了狗们的好事，大人们说，那是狗在耍流氓，见到就打！这样一来，既教训了狗，也教育了小孩，让我们早早地知道，做人要规矩，耍流氓免不了是要挨一顿痛打的。

晚上，人睡了，狗无一例外被关在门外。月亮下，它们成群结队地跑着，从这个山头蹿到那个山头，有时候被月光激发出了返祖现象，便抻长脖子发出有如狼嚎的声音。这声音让夜晚更显宁静。有狗守卫的夜晚，睡眠总是显得充足。晚上，狗不管跑出去多远，次日一早，主人一开堂门，狗必定已经回到自家屋子，蜷在堂门前睡着。

我家也养狗，是条纯白色的本地母狗，看家护院不说，还会捕老鼠。它把一二楼的老鼠捕尽了，还不甘心，冲着阁楼狂吠。阁楼没有楼梯，父亲架着木梯把狗放到阁楼，它在其间左奔右突，搞出滚滚烟尘。过得两小时，父亲再爬到阁楼，那狗已经搞死一堆老鼠，甩起尾巴邀功。它只喜欢玩老鼠，一只只玩死，但不吃。也许在它看来，捕鼠是一种乐此不疲的游戏，像人打麻将或是钓鱼，虽然一再重复，但每一次高潮都是崭新的。

后来有一年政府部门忽然花大力气宣传狂犬病的危害，电视里播，居委会院外贴着宣传招贴，还用车载着大喇叭走街串巷地广播。我对这个不感兴趣，因为我对狗充满了感情。但是那些声音千丝万缕地钻进耳里，狂犬病的危害，多少知道了一点。其中一大危害，就是潜伏期特别长，甚至可长达四五十年。当时我对狂犬病的理解是：一个六十岁的老头被狗咬了，依他的体质活到八十就得挂，但他碰到了潜伏期最长的那种狂犬病，于是，只好硬起皮头熬到百多岁，再去死……

总的来说，政府的宣传是起作用的，即使作用不那么明显，随之而来的打狗运动却是毫不含糊的。政府组织了打狗队，开进佴城的角角落落，也开进我们西山，见了狗就打。当时我们西山上的房子都没有围院墙，狗养在屋子外，所以打狗运动很见成效。第一个回合，我家的狗幸而没死，就赶紧吆进屋里，关着门养。只要狗不出门，打狗队的就无可奈何。他们如果要破门而入打狗，父亲就信誓旦旦地说，我也会把他们当狗打！打狗队和狗主人发生了争执，甚至引发了激烈的冲突。我家坎下面蔡家的狗本来已经关在屋里头，有一次老蔡出门，一打开房门，那狗憋不住蹿了出去。老蔡正要吆狗回来，打狗队的就一拥而上了，仿佛是打了一场伏击战。老蔡冲他们说，这是我家的狗！但那些人根本不理会，仍然将狗打死。这惹恼了老蔡的二儿子，蔡老二舞着闩门棍子冲向打狗队，以一敌四，毫不畏惧。老蔡大声吆喝，周围的住户纷纷拢过来挽起袖口要帮忙。打狗队几个人见势不妙慌忙逃窜，老蔡赶紧看看蔡老二身上受伤了没有。蔡老二挨了几棒，胳膊上几处瘀青，但摇摇头说没事。蔡老二只大我两岁，那年十四，但已经长得武高武大。他读小学时就喜欢欺负初中生，当时读初二，可以拿高中生打着玩。后面没有混上高中，去读了技校，十六七岁的时候，蔡老二在佴城挑谁打架都不晓得眨眼了。

打狗队的人每天都有狗肉吃，而且政府还给奖励，他们干劲十足，没完没了地骚扰着西山。有的家庭见这阵势，自行打了狗，煲一锅狗肉吃下了事。我家舍不得伤害那只白母狗，幸好它在家里待得也安心，似乎知道外面有凶险，不出门。但有一天，它在角落里找来一只死老鼠，意外地吃下去了。晚上，那只狗在楼梯上蹿上蹿下十来个回合，终于死在楼梯边。

山上的狗大都弄死以后，盗贼们就来了。

盗贼初来那夜，我还刚上初中，弟弟小我一岁在读六年级。那一年国家事多，社会有点乱，盗贼也伺机而动。

那夜月亮很好，徐徐涂下清辉，父亲说窗外的一切都很白，甚至窗户上那团白光一耀一耀地，像涨出池子的水，不停地浸进屋内。几天后我听一个给围墙砌砖的老师傅说，大月夜往往是不平静的，月亮都在发春，何况人呢？

那夜，那两个人在窗外坐着说话，我父亲早就注意到了。父亲有晚睡的习惯，甚至轻度失眠，他发现窗外有两个人坐在月光里，也不以为意。那时候，西山上绝大多数住户都还没给自家砌围墙，一幢幢房子突兀地耸立起来，没有庭院，房子之外都是公用之地。父亲说那两个人一个很胖，另一个脖子很细。那个胖人，更让父亲放松了防备，没法拿他往盗贼上靠。因为这年月盗贼总归是不能肆意杀人，所以经常要逃跑，腿功必须厉害的。据说盗贼们都是脚扎沙袋，甚至袋里插着铅条练腿功。各行各业，都有入行的基本要求，当盗贼也是不能幸免。父亲坐在窗前，看看月光，看看外面的人，盘算着一些家庭琐事。他几乎要认为外面那一胖一细脖子的两个人是陪自己度过这不眠之夜来的。依父亲的性格，可能也想坐出去邀两位陌生的朋友在月光下喝几杯酒，兴致来了对月赋诗也不是不可以。酒倒还有，但厨房里已经没有下酒菜了。

正在乱想，父亲听见外面有咯咯咯的响动声。仔细一看，胖人还坐着，细脖子不见了。父亲估计细脖子找僻静地方方便去了。从小我们就被家长教导，在人家堂门口大小便是非常没有教养的表现，搞不好鸡巴会长疮，屁眼会流脓。过一会，细脖子重新进入父亲的视野，父亲见两人谈性正浓，估计自己陪不起的，正要去睡觉。这时，胖人和细脖子忽然靠近我家堂门，拿着什么工具撬起门来，发出轻微的响声。父亲这才知道外面两人是干什么来的，那是第一次遇盗，父亲没有经验，也沉不住气，暴喝一声你们他妈的在搞什么？我和弟弟闻声跳下床，拿脚找鞋，衣裤懒穿了，只穿三角衩子，跑下楼看是怎么回事。父亲已经打开房门跑到外面，透过门框，我看见所有的月光都淋在父亲的头上。他手上持着一把宝剑，是看了《武林》杂志后花几十块钱从浙江苍南邮购的龙泉宝剑，不过很钝，没有开刃。父亲说他练过武术，但我只见过他打太极。现在想想，父亲打太极是有模有样的，姿势确乎有几分专业，但当时看多了武打片，要说太极拳就是功夫，真还不太肯信。那看上去还没有广播体操气势雄伟。

胖人和细脖子早已跑得不见踪影了。

我和弟弟出去后，发现厨房的门被撬开了。厨房独立于主楼之外。我们走进去开了灯，发现高压锅被移至门口，用草绳捆着，显然盗贼是想带走的。此外，盗贼看不上我家厨房里任何东西。那时候，厨房除了那口高压锅，确实再难找出超过十块钱的东西。

次日,母亲就跟父亲商量,说现在的社会治安越来越差了,还是修一道围墙吧,围一个院子,盗贼要进来要穿两重门。两重门总是比一重门保险。父亲拗过不母亲,怕她担心,就答应了。父亲内心里是不愿房子外面围着墙的。母亲又说,事不宜迟,搞就搞吧,反正我们公司正在拆几幢老仓库,跟领导打个招呼,砖头去那里拖。时值暑假,我父亲是化学老师,不必上班。他找来一个砌墙师傅,自己也操起一把砖刀,要我和弟弟打下手,在房子外侧砌出一道墙来。因为心不甘情不愿,父亲对围墙的设计就有些敷衍了事,墙修得矮不说,还留着好多窗户,窗户上用的是木框木栅,为增加美观,木栅中间还镶着雕木的装饰物。父亲解释说,还是要尽量让空气流通,增大采光,要不然,自己的家就跟监狱没多少区别了。

那以后,盗贼还频繁光顾我家,视围墙若无物。我觉得那道矮矮的围墙不但不起防盗作用,反而招贼,因为墙上雕花砌窗,让贼以为这家人既有雅兴,肯定也有闲钱。有一年元月份,阴历年还没过的时候,另一伙盗贼翻过了我家围墙,没有撬开堂门,只是进入了厨房。第二天一早我们发现围墙上被撬开过,木雕装饰被损毁,或是被人轻轻一掰就开裂了。钱被母亲压在枕头底下,盗贼偷不掉,进入厨房看见的只是一些不值钱的东西。我家刚买来的一百多斤米,贮在米缸。父亲和我在厨房清点少了什么东西,点来点去没发现少了什么,准备煮粥打开了米缸盖子,那一百多斤米一粒不剩地被人撮空了。父亲不由得哈哈地笑，说是一帮穷盗贼，一百多斤的东西要翻围墙带出去，也是辛苦。母亲则说，你把围墙砌矮了。

父亲无奈，把围墙加高，给花窗安上了钢栅栏，还敲碎了啤酒瓶，把碎玻璃片镶在墙头的水泥里面，搞出几分森严的样子。

盗贼依旧来。要是这么随便搞一搞就真能防盗了，盗贼们内心的职业道德也放不过自己。第三次来也是一个傍晚，这差不多是一句废话。那几天，父亲带弟弟去了广东。父亲出差，那时候不兴专门的旅游，小孩要外出，就跟着父母一起出差到处走走。就我和母亲在家，母亲照旧住在一楼进门右边的房子，我不住二楼，夏天时候一楼比二楼凉快，我铺一张席子睡在一楼客厅的地板上。半夜，我听见撬门的声音。

我很忘不了那夜，因为经过那夜以后我不敢理直气壮地鄙视别人胆小。我相信，那夜我首先听到了撬门声。在电影里，在小说里，盗贼都是鼠辈，见不得光，更见不得人，你一吭声他们就逃之夭夭。在那天以前，家里失盗两次，我一度盼望着盗贼再来，我及时惊醒与之搏斗厮打，就像蔡老二对付打狗队的人。那夜撬门声响起，我知道盗贼又来了。盗贼来撬我家的门真已经不是稀罕事，他们就这么来了，那声音先是试探地响了两下，接下来就有些肆无忌惮，吱吱嘎嘎地越来越大了。我还听见门外说小话的声音，一边说一边还有个家伙在笑。他们操着一种少数民族方言，因为佴城是杂居之地，我能听懂个别字词。他们骂着娘说这里面下闩了，有点费力气。真不晓得他们是干什么来的,当盗贼还怕麻烦。

身边有一条毛巾被,我本来不盖,只是防半夜降温摆着。此时我醒了,把毛巾被盖住脑袋……当时,我确实是这么干的,很不好意思,我原还以为自己英勇,原来却只是只"门槛猴",在熟人面前逞得起能。我没想到,撬门声刹那间转化成巨大的恐怖,潮水般覆盖了我的全身,我身体抽起冷战,心里还自欺地念叨着,我只是梦见了什么声音,梦见的,其实一切并不存在……

作翼、小唐、小宋、传理、传祥,快起来,狗日的盗贼,悖时的砍脑壳的盗贼又来了!

我母亲的尖叫声这时候忽然漫天大作,听着焦急,却又字字清晰。传理和传祥是我两个舅舅的名字,他们从不睡在我家里。母亲这时候故意要多叫出几个男人的名字,壮自己的胆,让盗贼摸不清底细。其实母亲一叫唤,撬门的声音就停止了。母亲手里捏着父亲锻炼用的剑,叫上我一起走出去,发现盗贼还遗落了一把短钎在地上。母亲拿剑的姿势很不专业,她不喜欢看武打片,要是是我,可以拿得更有模样。

你睡得真死,幸好我瞌睡浅。母亲这么跟我说。

我吐出舌头,装得很无辜地笑了一笑。

另一次,仅一个月以后,我家又被盗了。盗贼已经撬门进来,手段专业,没弄出什么声音,所以我一家人都没有被惊醒。我估计这盗贼可能使用了"鸡鸣五鼓返魂香"一类的东西,一家人才至于睡得这么死,但这种估计又被事实推翻了:盗贼如果有这么专业的设备,为什么还进不了我父母的房间呢？他们只是摸进了我和弟弟睡的那间房，我俩没钱，他们也许失望了，恐怕是为了不白费力气，好歹偷了一堆衣物走掉。

弟弟起来时找不见裤子穿，大是不解。我父亲醒来，发现门上的撬痕，这才意识到昨晚被陌生人造访。他便跟弟弟说，不要找了，那条裤子被偷了。再一找，就发现衣柜里少了好多衣服。弟弟别的不在乎，只是挺可惜那件马裤，这趟随父亲出差刚买来的，只穿过一水，心疼得不得了。那件马裤县里买不到的，他俩在深圳穿过中英街，到香港那一头买来的。

弟弟不解地问，怎么连裤子都偷？

父亲微微一笑，说，别心疼，回头再给你买两条。

打开堂门一看，地上竟还留着一双人字拖鞋。昨夜月黑风高，强盗偷了裤子，出了门却找不见自己的拖鞋，肯定是打着赤脚离开的。看看鞋码，强盗大概和我们年纪差不多。

弟弟不愿意就此罢休。那年他十三岁，但长得快，比我还高半个头。他成天跟在蔡老二屁股后头混，打架也是蛮有心得，小兄弟也交了一帮，偷偷抽起了烟。那几天，他喊来几个小兄弟，整县城地转，帮他找那条裤子。他坚信，全县只有一件那种款式的马裤，要是撞见别的谁穿着那条裤子，无疑就是那天晚上的盗贼。弟弟恨恨地说，要是让我撞见了，当街扒他裤子，让他晓得什么叫丢人！

弟弟带着三个小兄弟在街上整整逛了两天，功夫不负有心人，他真的发现有个家伙穿着一模一样的马裤。弟弟领着兄弟过去，拦住那家伙。那家伙说是比弟弟高半头，但弟弟未必怕他，因为他还有三个兄弟。他要问那人，马裤是从哪买的，对方不答，而是往后退着走。弟弟想挨近他，这时有四五个青皮从周围拢了过来，横在弟弟和那家伙的中间。那家伙退着走几步，就转过身大步流星地朝前走了。

你们让开！弟弟呵斥挡在道上的那几个青皮，他们当然不作理会，而是微笑地看着弟弟。弟弟要从他们中间挤过去，他们就把我弟弟推来攘去。弟弟骂骂咧咧地挥起拳头要和他们打架，扭头看看后面，自己的三个小兄弟早就没入人群见不着了。

弟弟没有要回自己心爱的马裤，反挨了一顿打，虽然不重，但脸上遮不住了，回家还挨了父母一顿痛骂。挨骂以后，弟弟似乎就想明白了，马裤其实无所谓，打架才是更重要的事。要是打架不行，即使找到了马裤又能怎样呢？用嘴叫，是喊不应的，只能靠两只手将裤子从对方屁股上扒下来！

蔡老二的哥哥蔡老大会武功，他家院子也宽阔，总有一帮青皮在他家院子里练拳，嗨嗨哈哈地嚷着，站桩、蹬地、打拳、耍杂把式、耍器械。练拳的青皮往往剃光了头皮，搞得像少林寺僧兵似的。弟弟那以后就去蔡老大那里报了名，看在老蔡和我父母的交情，蔡老大也不收分文，弟弟想练就伙在青皮里面，看别人怎么搞法，他跟着学就是。弟弟练得一个星期，还死命拽着我一起去那里练。他甚至有点撒娇，扯着我的袖筒说，哥，你去嘛去嘛。

我说，你一人去不行吗？

不行，以后再有强盗进屋，我们兄弟俩一齐上。弟弟说，我们就是捕盗双雄。

捕盗双雄？我呵呵哈哈地笑起来。弟弟喜欢看武侠小说，拿到学校去看易被老师收缴，于是晚上躲被窝里打手电筒看。吃早餐的钱他都省下来，买电池了。我估计他看过的武侠小说里少不了几部叫做××双雄的。我偶尔也看武侠小说，因为不好意思老看小人书。看了几部，我发现练成一个武林高手似乎也不是什么难事，三年五载后，或是十年八载后，见谁都不憷，甚至见谁灭谁，岂不是好事？万一自己慧根非凡，天生的武学奇才，到时候搞到独步武林，一统江湖的地步呢……我看武侠小说，也是容易把自己放进去，要不然，那玩意如何能这么惹人着迷？

我脑子一热，就说，好的，去就去。

我去了两三天，发现即使站桩这样的事，真练起来也苦得难言，找个借口不去了。弟弟很鄙视我，说没想到你是这号人。我们要当捕盗双雄啊，你忘了？

我摇摇头，依旧不肯去。我可不会因为一个绰号就赔了自己的休息时间，蹲马步蹲到小便失禁的地步。再说，现在实在不是"江湖人送绰号"的年月了，电影里那些好汉自报家门让人觉得英武神气，现在谁再报绰号给人家听，人家肯定以为精神病院围墙没堵牢。

蔡家有一晚也被盗了。他家被盗得厉害，大门洞开以后，几乎所有的家用电器全被搬掉了，电视电冰箱洗衣机，甚至还有插在墙上充电的刮胡刀。蔡老二就拉起队伍，搞巡逻。

现在他和小偷强盗有仇，急不可待地要捉到个把个，先打他一顿方消心头之恨。蔡老二和我一样在读恓城一中高中部，但基本上不见他去学校，成天都在街面上溜达，还把一个广西妹子发展成女朋友。晚上他组织起来的巡逻队通宵值班，在我们这山头来回逛荡，一发现有走夜路的人就拦住盘问。蔡老二还叫我弟弟也去参加他的巡逻队。弟弟跟着蔡老大学武术，按辈份来说，要把蔡老二叫成师叔。我弟弟本来成绩不错的，后来喜欢跟着蔡老二跑，成绩有所下降，这让父亲很不高兴。弟弟听蔡老二的话，要去参加巡逻队，父亲也拦不住。

这么一搞，搞出些影响，市里的党报都报道了这支自建巡逻队的事迹，还把蔡老二的照片印在上面，周边很多县的人都认识他了。强盗哪还敢来？

搞巡逻队，是要开销的，每天晚上，每人至少是要一个盒饭、一包烟和一瓶水。蔡老二要队员各自负担，很多人就打起了退堂鼓，坚持得有个把月，便找各种各样的借口不来了。蔡老二是个狠人，他发了脾气，跟剩下的人说，你们都不要来了，我自己一个人搞。他妈的，有我一个也就够了。报纸上都登了的事情，你们怎么说不干就不干了？

说是那么说，他一个人也坚持不了多久，没几天，该几点睡觉就几点睡觉。虽然他觉得自己挺对不住市里党报的抬爱，但是他更不能牺牲自己的睡眠质量。

巡逻队解散后大约有半年多时间，蔡老二犯下那笔案子。

他那个女友，可以公然带到家里去。老蔡两口子一开始觉得这样不好，蔡老二毕竟还是个高中生，公然把妹子往家里带，这样是不像话的。妹子去了他家，老蔡两口子连白眼都不给妹子，只给后脑勺。但那妹子爱蔡老二爱得要死，恰好又是个皮实人，不管两老有什么样的表现，她总是一个劲地叫伯伯，伯母。时间一长，老蔡两口子都不好意思了，只得开口答应。虽然放宽了政策，但这妹子是不让到家过夜的，待得再晚，老蔡也要儿子把妹子送回去。

那天，蔡老二很晚了才把妹子送回去，在外面又捱了好久，凌晨时分才回家。离家不远了，看见三四个陌生男人在这山上转。他把那几个男的叫住，问他们是干什么的。那些男的本来不当回事，理都不理，继续往前走。因为他们觉得这家伙脑袋八成出了毛病，正常情况下，只有四个人拦在路上盘问一个人的道理，哪能反着来？这么一来，四张脸皮怎么挂得住？蔡老二见这帮人不把自己放在眼里，大为光火，决定先下手为强，冲上去就放翻了两个。那四个人好半天回过神来，捋起袖子和蔡老二打起来。那一架应该是打得很惨烈，死了一个，算上蔡老二伤了四个。

那年他幸好十七岁，十七岁的雨季，犯了事还能享受从轻。要是过几个月他满了十八岁，搞不好就会押赴刑场，被一个戴口罩的刑警用枪瞄准了，仔细地打上一枪。

再后来，我读大专，我弟弟去读中专，我俩都离开家去了省城，家里就只有父母两人。盗贼还是一再光顾我家，父母警醒，一次一次地发现盗贼进屋，不敢抓贼，只是一次次发出声音将他们赶走了事。父亲还想再养一只狗，但母亲不同意。当年那只白狗突然地死去,让母亲难过了很久。那狗在家里毕竟待得有好几年时间,有时候,母亲会觉得狗也是家里的一名成员。狗在的时候,这种感觉只是模模糊糊,说狗像亲人还怕人笑话。一俟狗没了,这种感觉就来得特别强烈。母亲嘴上说,狗会带来虱子,不卫生,决不养了。

盗贼每来一次,父亲就亡羊补牢一回。墙越加越高,先只是一米五左右的矮墙,加了两轮之后,墙高达到二米五。花窗上先是安防盗窗,但防盗窗往往沦为盗贼们攀爬墙的着力点,父亲只好把花窗一只一只地堵死。墙头先是插上碎玻璃片子,不起作用,强盗们根本不怕碎玻璃片子,用钳子钳几下,碎玻璃就掰下来了。因为手法专业,掰玻璃片的整个过程不会弄出一点点声音。稍一动手脚,那些人翻两米多的墙,如履平地。之后,父亲只好在墙头插上一圈卫矛。卫矛的缝隙里,还见缝插针地种上牛舌子。那种植物命极贱,刺极硬,在墙头也生长得郁郁葱葱,甚至恣肆张扬。父亲连一点搁手的空隙都不肯留给强盗。

一切都弄好以后,父亲松了一口气。打电话时,他跟我说,现在应该放心了,我们家彻底搞得像监狱了。强盗哪都敢爬,但绝不会往监狱里爬。

父亲的见解是正确的,我家已经被箍得像铁桶一般,那以后,盗贼再也没有钻进来过。有一晚,父亲清晰地听见电锤钻东西的声音,以为哪家邻居连夜搞装修,懒得理会。但我母亲警醒,越听越不对劲,爬起来看情况,忽然就大声嚷嚷起来。那天晚上,我家大门被人用电钻钻了几个洞眼,但依然牢靠得很。盗贼的心理学学得不错,他(或者他们)一反常态大张旗鼓地搞事,制造出噪音,想以此惑乱人的知觉,蒙混过关。强盗再打几个眼,也不可能把门弄开。门后头,有两根手腕粗的铁门柱撑着。他们要是用炸药,没准能炸开。当然,要是用炸药炸开了门,又抢不到令他们满意的东西,一恼羞成怒,势必就要杀人了。这可实在不划算。偷和盗,其实也是权衡利弊,计算投入和产出比的事情,所有的人都不愿意做亏本生意。

父亲咬一咬牙,花钱换上了两扇钢板门。那以后,家里就一直没有被盗了。

一晃十几年过去了,我弟弟成为一名光荣的下岗工人,我成为一名坐在家里自由撰稿的作家。当年,父亲本想让弟弟读高中,读大学,像他那样,起码有个本科学历。但是考虑到弟弟越来越爱在街子里混,甚至那一伙毛孩里头还夹杂着几个既染头发又抽烟的妹子,便担心弟弟也像蔡老二一样,早早地把女孩往家里带。父亲心一横,打发弟弟去远处读了中专。中专毕业后他分到朗山烟厂,上班没两年,厂子就倒闭,他成为下岗工人,女朋友也丢了。他回到家中,万念俱灰,天天坐在家里打游戏。

突然有一天,我又见到了蔡老二。他高高壮壮,比我还胖,气色也好得不得了。据老蔡说,蔡老二在监狱里混上了牢头,享受的是领导待遇,天天好吃好喝,看哪个不顺眼照样用拳脚招呼,有一回把一个贪污犯几乎打瞎了,又加了刑,捱到今年才回来。我们打了招呼，抽着烟说说话。我想听他说说经历，他只说忙，推托。他问我小孩几岁了，我说女友还没找，他很惊讶，说除了小菊，你竟然也在等我啊。

出来后，他也确实很忙，那个叫小菊的广西妹子整整等了他十五年。现在，他得把搁了十五年的事情处理一下。他很快结了婚，和老婆搬去县城西郊一座山头造米酒，据说口味极佳，供不应求。他老婆是酒坊老板的女儿，十五年的历练，他收获了一份古典爱情。他很少回家，我难得撞见他。

我长时间地待在家里，写东西，发表，换成钱吃饭。钱不多，我喜欢这份安逸，一不小心变胖了，越胖就越不想走动。弟弟则成天打游戏，父母要说他几句，他就以心情不好为借口。搞得父亲忍不住批评他，你失恋不可能失一辈子吧？他呵呵一笑，继续打那没完没了的游戏。

有一天，我照样坐在卧室打字，周围照常宁静，突然传来几声砍柴的声音，但又不像是砍在木质物品上，响声有点怪。我走到窗前，那声音戛然断掉，等我坐回原处，那声音腾地又冒了出来。遂懒得理会，幸好这声音于我也没什么干扰。过得不久，突然听见父亲在外面高叫了一声，声音漫漶不清。父亲这几年身体多病，易激动，激动时发出的声音通常只具情感无法明确表义。但这声音分明不对，有愤怒，又掺杂着一点点恐惧。我和弟弟在各自房间里都听见了，赶紧跑出去看发生了什么事。父亲指着一个地方，其实就在我那间房的窗户底下，一截PVC材质的排水管被砍断了。父亲又指着不远的地方，骂了声狗日的。

我看见一个身影隐没在邻居姓马那家人的屋坎下面，那里长满了低矮的灌木，有些带刺，他往那里面钻要吃不少苦头。我和弟弟，当然不愿吃这样的苦。

事情本可以就这么算了，损失也不大，一截水管被人当柴砍了，来不及偷运，柴刀和小偷之前在别处砍的一堆粗细不等的PVC管都遗落在地上。PVC管拿到废收站去，可以论斤卖。虽然价格不高，那盗贼如果只是想赚上一夜网的钱，倒也差不多了。

父亲告诉我们，那家伙看上去十五六岁，干瘦，像吃了鸦片烟。

我说，算了算了，反正也没什么损失。但弟弟忽然来了兴致。他说，好不容易看到强盗的脸了，哥，你忘了，我们是捕盗双雄啊！

弟弟在笑，想起久远的事。他内心一直想抓一名强盗，因为爬进我家的强盗实在有点多。弟弟一怂恿，我也来了劲。我想去抓贼，其实内心并没有多少痛恨的意思，反而有种莫名的喜悦。我的生活太单调了，突然闯入这么一个冒冒失失的小蟊贼——这简直像是碗里没菜的时候，找见了一碟辣椒粉。此外，也基于对彼此力量的准确判断。他只是一个小孩，十五六岁，手臂上的腱子肉还未能长粗；而我，可以叫上弟弟。我很长时间没有奔跑了，忽然想跑一跑。

我们估计了一下形势：那家伙从马家的屋坎钻过去，只能通向后山。那一路荆棘丛生，而我对周围一带太过熟悉，绕另一条路，稍远，但畅通无阻。

绕到后山，只见下山那一面坡草长起来老高了，风吹草动，没看见人。在坡脚，有一户人家，屋里的狗叫起来，一个二十几岁的青年从窗户探出头来，问我们找谁。他极瘦，一头乱发，脖颈上有刺青。我告诉他我家住山的那一面，刚撵走一个小蟊贼，看情形是往后山来了。

瘦青年哦地一声，似乎颇有同感，他从屋内走到门口，恨声地说，这些遭瘟的贼娃娃，把我家高压锅都偷了三个。

难怪他警惕性这么高。相同的遭遇，使他脸上拧出了同仇敌忾的表情。我的弟弟，他竟然问人家，你家怎么有这么多高压锅？

瘦青年回答，买一个偷一个，偷一个再买一个。

正说着话，我和弟弟瞥见草被风吹低的地方蹲着一个人。那家伙发觉自己暴露了，懒懒散散地站起来，朝山脚走来。在他的背后，是一堵随着山脊起伏的高墙，墙的那边是县林业局和水厂两个单位。

我问站在屋门口的瘦青年，那人是住你们这里的吗？

瘦青年得往前走两步，找个角度，才能看见那家伙。他瞥了一眼，便吼起来，你是搞什么的？你给老子站住！

瘦青年无疑也是个青皮，在社会上混惯了，揸架多了，吼声自有一股威严。

我和弟弟也进一步看清那家伙，果然才十五六岁的样子，是个小孩。虽然我们不能确定是他，但他已经乱了分寸，不知所措，贴着墙朝那边跑去。我和弟弟的站位恰好很合适，很轻松地就封住了他的来路与去路，渐渐缩小包围。

墙很高,这家伙往墙头上睨得一眼,眼里闪出痛苦神色。我们慢慢挨近他,他竟然将身子蜷了起来蹲在地下,仿佛不打算挣扎,一副砧上鱼板上肉,挨宰由人的样子。说实话,怎么去捉住一个人,我不会,我弟弟也不会,但我们有两人,我俩的体重加起来应该是这小孩的四倍。即使这样,向他靠近时我心里仍无把握,但见他做出这副模样,我踏实了。

你他妈的,你他妈的!弟弟开始朝那家伙吼了起来,我俩活动着双手准备捉住他,就像在闷罐里捉王八。

当我几乎可以抓住那家伙时,他身形突然一长,冷哼一声,竟然跳起来攀住墙头,脚一抽搐就蹬在墙头青砖上面,翻到墙的那一侧。

我和弟弟傻了眼,互相看了几眼,有些发蒙。我先反应过来,冲弟弟说,你也翻墙跳过去啊。弟弟比我瘦几圈,翻墙的事他义不容辞。但弟弟跳了几次,手指根本够不住墙头。墙头实在是很高,刚才那小家伙肯定也想不到自己跳得上去,但真到被抓的那一刹,他突然超常地发挥了。我不知道他那一跃时,是否有腾云驾雾之感。

我考虑自己是不是蹲下来,顶着弟弟上墙,弟弟却烦躁地说,算了,人家早跑远了。

我们扭头原路返回时,脸上无光。瘦青年一直站在屋门口,一动不动,冷静地看着发生的一切。此时,他脸上拧起嘲弄的笑容。

看着瘦青年脸上的笑容,那一刹,我竟然有些羡慕那个小偷。甚至,我真想彼此调换角色,巴不得刚才是我一跃而起攀上墙头。如果是我,说不定还会从容地扭扭头看看下面那两个傻瓜,并抛去一个嘲弄的笑容,再从容离开。

但事实上,我被年月和暴饮暴食变成了个胖子,只有站在墙脚向上张望的份。

我和弟弟铩羽而归,无功而返。而父母站在自家门口,指着地上那一堆长短不一粗细不均的PVC管材,跟几个邻居讲起刚才发生的事情。邻居们无心听这些事,被盗算是什么新鲜事?在西山上,哪家又没碰到过?他们看着小蟊贼留下的一堆长短不一的PVC管材,都说家里正缺这么一截,派得上用途,各自拿了一根离去。

母亲看着地上的PVC管子越来越少,赶紧摇着手冲邻居们说,不能拿了不能拿了,剩下的这截是我家自己的了!

父亲看见我俩回来,问情况怎么样。我拽了拽弟弟的衣角,然后冲父亲说,那小孩子跑得快,追不上。

呃,平安就好,强盗撵走了就行,不必捉他,狗急了也会跳墙的。

父亲说到狗急跳墙,联想到刚才的一幕,我们兄弟俩憋不住笑了起来。

父亲也不多问,查看了泄水管的断口,似是自言自语地说,真是的,就露了这么一处破绽,盗贼就趁机而入了。

翌日,我和弟弟把这条泄水管全都换成水泥预制件的。父亲看着新弄好的水泥管道,得意地说,这样一来,这些强盗,该是狗咬刺猬无处下嘴了吧。

寻找采芹

1

他觉得这地方熟着。这感觉不知从哪时就有了，愣生生冒出来，然后枝枝丫丫在脑袋里生长。他想，也许是从那座桥开始。过了桥，一切都变了，一路行驶，眼前的景物像是在头脑中过电影。他知道这叫 TOT 现象，绝大多数人都会碰上——正在发生的事情，仿佛是以往某段时光的重现。他明白以前他从没来过朗山县，更不会到这个乡村。这村叫屋杵岩——以前他当知青时下到的那个村，也有类似的说法，把房屋的主梁叫屋杵。一路驶去，村公路起伏很大，车身颠簸不止。雾时而出现时而消隐。他发现雾麇集在较低洼的位置，只消随路面爬升几米高，雾转瞬而逝。

时隐时现的雾使他拉近了和往事的距离，十年前，二十年前……时间的长度很快变得没有区别,不存在视效上的近大远小。"你知道么?"他跟司机说,"以前我当知青蹲过的村子,也差不多是这个样。那个地方叫渠坪,我挖过火车洞,放过炮,累得吐了血,一年半下来得到表彰,是一个搪瓷缸,这么大。"他两只手的拇指食指圈成个圈,并补充说:"这么大,上面印着韶山,把我高兴坏了。我一直拿那个缸子漱口洗脸喝水吃饭。那时候人很单纯,受了表扬就会很高兴,像幼儿园大班的孩子。"司机小谭"哦"了一声,照例挤出一些笑容。他又说:"那年我还差点恋爱了,女的是个炮手,女炮手很少,所以也就格外抢眼。长得还算可以,方头方脑,别人都叫她康妹子——她不姓康,但会开康拜因。我被她胸前两坨奶勾住了,日他妈有这么大,有搪瓷缸两个大,有吃饭的瓦钵大。那时候吃不饱饭,晚上肚皮一瘪就肯定梦见她。"他一说话,小谭就会笑起来。小谭的脸在任何时候都会挤出微笑,所以脸皮有些虚皱。他叹了一口气,说:"可惜,那女炮手后来死了。被炸死的。我们都跑去看,我跑在最前面。……你知道我心里头当时想了些什么?"

"哦。"小谭敷衍着,微笑着。他真想抽小谭一耳光。他遏抑不住,继续往下说:"我跑在最前面,就想看看,她衣服有没有被炸破,那两坨东西有没有露出来。"小谭眼珠突然亮了,他问:"哦,廖老板,你看见了么?"

"稀烂的。"时隔这么多年,他语气不无遗憾。他不晓得有多少次跟多少个人说起这件事,现在他已经能拿捏得很好,吊起别人胃口,最后抖包袱似的吐出"稀烂的"三个字。每一次回忆，也是一次释放。时至今日，他只记得女炮手长得很丑。他想那女人仅仅是勾起他的食欲，绝非性欲。但那时他二十出头，未受过系统的性教育，食欲和性欲两件事在脑袋里混为一谈也不奇怪。

之后他想起了采芹。他仿佛这时才想起此行的目的，脑袋里闪烁着一些幽微的东西。他以为自己会激动起来，却感到有些累了。他说："我躺一下，到地方时再叫我。"他把车座降了下去，放起一个碟，用于催眠。这几年他挑了好多种唱碟，挑来挑去，发现革命样板戏最能催眠。虽然那种音乐很铿锵，但他稍微听得一阵，就会找到兴修山塘水库或者是挖铁路隧洞时的激昂劲头。激昂过后，紧接而来的是无边无际的疲惫，再打起瞌睡，就有一种忙里偷闲的快意，还老梦见以前管工的那个队长突然跑过来，用胶鞋踢醒他。

2

他已经五十二岁。两年前他刚五十岁时，有一阵很压抑，但自我调节着度过了。他记不得自己二十六岁或者十八岁时，想起五十岁，是怎么样的概念。他记不得了。大概，那时候觉得五十岁就跟死了差不多。当然，他想，现在和以前大不一样了。小时候，看着五十岁的人大都皱皮靸脸，皱纹里淤满渣土，老得不成样子。现在，他想告诉那个二十六岁的自己或者十八岁的自己说，你们眼光短浅呐，五十岁不是你们当时可以想象的。他心里头有一种窃笑。他想，要是告诉那两个年轻人，自己五十岁才真正体验到女人是什么滋味，那两个年轻人无疑会用打量畜生的目光逼视着他。

印象里，他这一辈的人青春萌动都较晚，性欲无端来临时，觉得自己是个流氓。特别是早晨那段辰光，身体的某个部位比整个人先行站起来，他就当自己是犯罪。他脑袋发疯似的活跃起来，敢于臆想任何一个女人。无法自已时他甚至想一剪刀剪掉那个祸根。幸好有人及时开导他，这像吃喝拉撒一样极端正常，要是你老子没这回事，你打哪里来的？谈恋爱的时候已经是七十年代末了。他谈了一个，半年后又换了一个。第二个比第一个好一点，无论长相人品。于是他还想找第三个，很快有了目标。他没想到自己还是蛮讨女孩子喜欢，谈起来没遇到那一帮朋友面临的诸多困难。他那个半聋的母亲不答应他再换女友。她说："不要作践人家，你都谈好多个了，再谈一个，你叫我怎么好意思出门买菜？"于是他就和谈过的第二个女朋友结婚，现在那女的还是他老婆，生了一个崽一个女，不很聪明但也不傻。生下一对儿女后他很知足，觉得这一辈子比上不足比下绰绰有余，在一个县级市也是数得着号的有钱人了，别人总是低眉顺眼地来看他。而二十来岁时，他最大的理想是混进供销社，弄些平价炸药去河里炸鱼。那时河里游着很多鱼，鲫鱼棱鱼羊角鱼，甚至还有团鱼，那又叫王八。

他之所以不和老婆离婚是因为她很安静。他几次挑起事端想和她吵上一架，比如说，莫名其妙地砸坏一件东西。她只是疲沓地睨他一眼，什么也不说，自顾打毛衣，看香港电视剧。他有时候会砸第二件东西，砸了以后就冷静了，不会没完没了。生意场给了他良好的自制力，天大的烦闷不过砸两件东西的工夫，就消弭于无形了。

有一次一个离婚的女人跑到他老婆单位，告诉她："你的男人跟我好上一阵了，你看这个破事怎么解决？李大姐，你是知道的，我比你更讨他喜欢，你总不至于占着茅坑老是看别人拉屎吧？多没意思啊。"

这些话都是他老婆的同事向他复述的。他笑了笑，问老婆的同事："李燕是什么态度？"那个人说："你老婆真是与众不同，她一声不吭，看了旁边的同事几眼，大家都不由自主站起来把那个疯婆子赶跑了。本来这事别人说不上话，但李姐的眼神太无辜了，要几多可怜就有几多可怜。"那人又说："找到李姐，是你福份呐。"他有些触动，想起老婆的种种好处，特别是事发那天晚上，老婆竟然只字未提。其实，他要是提出离婚，李燕也不会有什么意见。她单位很好，养活自己不成问题，何况离婚的话他要付她一大笔钱。

因为这么多年，她的性情把他搞得耳根清净，已经不适合和喊喊喳喳的女人待在一起。盯上他的女人们，又总是喊喊喳喳。

而采芹，也很安静。现在，他善于从任何问题出发，想来想去。峰回路转，最后都落到采芹身上。采芹是一切问题的终点，这半年来，他总是精神涣散，不想做事，一箩筐一箩筐地喝安神补脑药也无济于事。他知道这都跟采芹有关。他记得，采芹白天不爱说话，把话都憋到了夜晚。采芹夜晚很疯。但一早起来,他看看她,总觉得她不像是昨晚在床上发得起疯的那个女人。

有一次他俩在床头说着无关紧要的话,她忽然生气了。她生气后的举动让他猝不及防。她用自己右边的乳房(她老是觉得自己右乳比左乳要大上两个尺码)塞住他的嘴和鼻孔,然后环起两臂作死地抱住他脑袋,嘴里撒娇似的念叨着:"憋死你,憋死你这个老东西。"她用尽浑身力气。他感到憋,喉咙发甜发涩,脑子因缺氧而得来一种轻盈的快意。他什么事都不愿想起,暗自说:"采芹,你把我憋死好了。"那一刹,死突然具有了亲和的面目,仿佛在黑暗的一角,用温暖的目光沐浴着他,导引着他。同时他闻见她身上纯正的体香,是从埋在皮肤底下的腺体散发出来的。他想,天呐,这么憋死了也不冤。他两手最大幅度地摊开着,毫不挣扎,慢慢地,他感觉到那两只手越来越轻了,麻酥酥地。见他不作反抗,她怎么用力也不觉得过分,还担心哪里漏气了,憋不住他。

好半天,她放下他的脑袋并拧开灯,看见他脸上一片煞白,像他厂里出产的那种劣质的再生纸,添加过多的增白剂。她拖着哭腔,摇晃着他,在他耳边一遍遍叫着:"老公,你怎么了啊……"

他还愿意醒来,是因为他想看看她破涕为笑的样子。

3

小谭把他叫醒。村庄到了。他睁开眼,看见这个小山村却没几座山，只有支棱棱从地上长出来的石峰石笋，突兀而劲瘦。他问小谭："你看那些石头像什么？"小谭很快揣摩到了他的意思，说："像鸡巴。"本来他是这个意思，却说："有档次点好不好？除了那东西你还能想到什么？我看，像屋杵。"小谭说："对，像屋杵。"

村委整个出动，迎接他。免不了会吃一顿饭。屋杵岩村的人准备了大油大荤的一桌菜，让他难以下筷。他挑挑拣拣地吃了几根野菜。他并不急于打听那个叫"李叔生"的人。看看同桌的村人，想必，每人嘴里都问得出李叔生祖宗几代的事情。他反而不着急。放下碗筷，他羡慕他们吃大片肥肉的样子，还吸溜嘴皮上的油珠子。

李——叔——生！头回听到这名字，他就感到别扭，估计这家伙起码有三弟兄：伯生、仲生，之后就是叔生。但说谁是叔叔生的，那还不骂人啊？

由此他又想起采芹的事。那一次，采芹想把银行卡的用户名填写为"赵薇"或者"崔格格"。实名制已经施行了，办卡得亮身份证。但采芹说她没有身份证。他据此断定，崔采芹肯定不是真名，但她应该是姓崔。他说："没问题，你要叫张曼玉也行。"他很快给她办好两张卡，各存入十万块钱，把到她手里。他告诉她，初始密码在信封里，取钱时要把密码改一下。"这样，钱才真正攥在你手上。"

再往前捋一年时间，他是在朋友的电器商场里初次碰见采芹。当时采芹一家家跑推销，卖一种套装插杆牙刷，附送几个牙刷头备换。她的推销策略就是不停鞠躬，行大礼，不说话。牙刷用不着过多介绍，无非就是刷牙的。她鞠躬非常勤快，让对方很过意不去，干脆买一盒试试，也就一二十块钱。当采芹抬起头来，他从她脸上看出一丝怦然心动的东西。他说不清楚，乍一眼看去采芹干枯瘦弱，发育不良，脸上还斑斑点点，年纪不过十六七岁。

他让朋友把这女孩留下来当导购，工资由他支付。朋友看了他一眼，晓得他有了动那女孩的心思，有些纳闷。朋友揶揄他说："你的口味蛮古怪咧。"

采芹当然愿意留下来，只要比推销牙膏收入高一点，她就愿意留下来。他很快就把采芹搞到自己手里。他开车带她到另一个市买东西，任她挑，而他像慈爱的父亲一样跟在后头，完事了刷卡结账。第一次采芹只花了他两百多块钱，还一脸惶恐不安。第二次，她就熟门熟路了，专拣品牌店，花销他五千多块钱。他很欣慰，看得出这个妹子柴火味不重，蛮开窍。当然，另有一个说法，女人化妆是天性，犹如吃喝，更甚于吃喝。

采芹化了妆以后，那个开电器店的朋友结结实实傻了一回眼。朋友也千辛万苦包养了一个二奶，把那女人弄上床之前就花销了好几万。上床以后感觉那女人仁子不如外壳那样好，却因为前期投资过大，弃之可惜。现在，朋友见他花几千块钱就让采芹熠熠生辉了，眼馋得很。朋友说："老廖，这件事以后我完全服你了。以你的眼光，不发财简直没有天理。"他刚摆出得意的神情，朋友就直截了当地说："我有个想法，不爱听的话你抽我几耳光都行。你跟她不是来真的吧?"他眼皮狂跳了起来。那一刻他觉得自己被人当宝搞了,是寓言里站在树杈上叼块臭肉的那只乌鸦。果然,朋友说:"有马大家骑,能不能,让我几天?"朋友笑得很无耻,也很灿烂。"当然,别说一个女孩,你要是愿意,我砍下脑壳给你当板凳。"他收发自如地操控着面部表情。他知道孰重孰轻,这么多年得以发财,靠的是一股江湖脾性,把陌生人混成熟人,把熟人混成死党。这是他在人前煞费苦心经营出来的形象。

他把钥匙扔给朋友。那片钥匙划出道晶亮的抛物线,上面还串了个牙黄色的挂饰,是采芹挑的,上面刻的东巴文字据说是一道符谶,兆示谁若变心就会死去。朋友接过钥匙,还一脸的猝不及防。他说:"老廖,开个玩笑。""谁他妈和你开玩笑?"他脸一阴,挺义气地说,"我的就是你的,你今晚不去就是打我脸。"

其实那晚他睡不着,想着朋友和采芹做起来会是怎么样的情形。朋友在这方面比他强,而且强他数倍,他见识过,于是心里很有压力。半夜朋友打来电话,说:"没办法,她死活不肯,还咬了我两口。这白痴,真把自己当你老婆了。"他说:"呃,他妈的,我去看看。"李燕醒了,瞟来一眼。他说:"有个朋友出状态了,我去看看。"李燕翻个身又睡了,他觉得跟她说什么话都显得多余。

那一夜采芹把他关在门口,不肯开门。他听见她的哭泣,却感到欣慰,觉得整个人变年轻了,还能和十几岁的小女孩闹闹矛盾,发发脾气。他不急于进去。他还有几个办法打开房门,但他更愿意在院子里坐着,看看天上暗云涌动的样子。他想,年轻的感觉真好。做爱时他看着她红光泛起,脸色微醺。想到她那么年轻,他就当自己也变得年轻了。他在她身上得到双重快感。

他不能老是自欺欺人,醒过神他更清楚自己实在不年轻了。二十年前他看过一个香港电影,还是黑白色,大概五六十年代拍的。说是一个年轻人身上流淌着一种罕见的血液。有个富翁控制了他,定期抽取年轻人的血往自己身上注射,也变得年轻了。有一天年轻人跑掉了,富翁没了年轻人的血液滋养,一夜白头,老状极其凄惨,犹如厉鬼。

看电影时他三十来岁,满心的正义感。他痛恨那个富翁,看见年轻人出逃成功他就快意淋漓,看见富翁在后面追,他盼着富翁的船触礁落水。二十年后,再想起这个电影,感觉不一样了。年来他做的几个噩梦都与那电影异曲同工,梦的末端他自己老了,花白的头发和胡须在脑袋两端分别生长,像树木巨大的根系,牵牵连连,蚕食着体内仅有的养分。醒来,摸摸身边的采芹,她的皮肤仍然那么细滑,有如丝绸。再次伏到她身上,他不敢勾头看自己的肚皮。在她尖挺的乳房后面,就是自己堆堆叠叠的肚皮。他强打精神又把她弄上一次。他身体的那部分强自打起精神放进她体内,感觉却像是在抽她的血。

采芹把他关在门外的那一晚,他抽了好多烟。后来采芹熄了灯,独自睡去了。他知道她早晚会原谅他,明天,顶多后天。她能够生他的气,这不啻是件好事。

4

他摆摆样子去查看那个矿洞，走出来，天已向晚。他跟村支书说他很累，想搭一户人家睡一晚。村支书招呼他上自己家里。这时他问："你们这里是不是有个叫李叔生的？"村支书说："你怎么认得他？"他解释说好像听谁说过。村支书也不作太多理会，把他带到了李叔生家。

那个叫李叔生的人来到他面前，知道来人有钱，也是满脸堆笑。这孩子长得老气，配不上采芹。他相信，自己年轻时，比这个什么他妈的李叔生英俊多了。

李叔生说："蒋老板……喔，廖老板，谁和你讲起过我啊？"他说："记不得了。"他不耐烦地打了个哈欠，走进屋里。李叔生一家人脸上堆笑，站起身来迎他。他睡进李叔生的屋子，很大，光线不好，床上有席梦思。在这些农村，买席梦思定然是备着结婚的，要不然攥着那几百块钱，还不如多买几袋化肥。

他叫小谭把车开到县城去，明天再来接他。他睡下了，劣质的席梦思有些硌背。

5

半年前，确定采芹失踪的那天，他陡然老了许多，走路都有了踉跄感。他强自撑着，不让别人看出来。冷静下来后，他首先想到的是他给她的钱。这两年多的时间，她应该攒下了几十万。

他用两张身份证去办连卡存折，卡早就发放了，但存折一直没领。朋友是营业部主管，他接过身份证扔给一个女柜员，叫她按卡号办证。女柜员接过身份证一看，觉得奇怪。一个证上写着赵薇，另一个证上写着崔格格。女柜员旋动着身份证查看防伪标记。朋友说："真的。我说真的就是真的。我负责。"女柜员问他要密码。他说："还要密码？"女柜员说："肯定要啦，廖老板。"

朋友无奈地看他一眼，表明自己权限不够，不能再帮了。一闪念他想到两串数字：840715和860722。他试了第一串，错码。他试了第二串，也是错码。女柜员说："今天只能再输一次了，廖老板，你要记清楚。"他稍一思忖，又摁动如下键码：19860722。

"账上余额有多少？"女柜员问。他说："不记得了，几十万应该有吧。""差不多，317500块。对吧？""差不多。"女柜员就给他办了一张连卡存折，把开卡以来每一笔存支额都打了上去。他看了看，还好，大都是存入，支出的部分很少。采芹竟然没想到要换卡，把钱转存一下。照这么说来，她坚信这两张卡是安全的，卡里的钱稳稳当当攥在自己手里的。

她的生日也是他偶然得到的。她从来都说她是1984年7月15日生。他有些怀疑，问她属什么的。她迟疑了好一会才说属鼠。他想她得掐着手指才算出来那年是鼠年。一年后的一天，她在卫生间洗澡，他听见她手机打嗝似的响了一下。

她毕竟还孩子气，不断更换短信铃声，越换越难听。他拧开看了看，上面写着：二妹，十七岁了，生日快乐，早日嫁个大老板，有钱把给我一点。

当天是 7 月 22 日，照这么算，采芹应该出生于 1986 年。

直到套出银行卡的密码那一刻，他才确定她是生于 1986 年，他认识她的时候她才 16 岁。他吓了一跳，因为他熟知一些法律，知道对女孩而言 16 岁是一道坎——16 岁以下，无论女孩自愿与否，男方都得以强奸论处。于是他奇怪，什么时候把这些法律条文弄得那么清楚呢？

而用户名为"崔格格"的那张卡，他始终套不准密码。后来他还试过了采芹的手机号尾数、QQ 号、跳操卡卡号和美容卡卡号，结果都不是。于是他猜测这张卡的密码是另一个人的生日。

他经常去查"赵薇"那张卡的余额，数字一直没有变动，那笔钱一直躺在那里。采芹从不肯说自己来自哪个县份。采芹操的普通话里夹杂着一些乡音，他却没听出来那是哪里的腔调。采芹一直没动那笔钱，于是他无法获知她藏在哪里。

朋友给他介绍了个私家侦探。他想，私家侦探，听着跟福尔摩斯是一伙的。和那人交谈以后，他觉得那人不像是很有头脑。他把他手头有关采芹的情况都提供给那人，还出具几张照片，他和采芹的结婚照——有一次在省城兜风，他瞥见一家影楼，就拽着采芹莛进去咔嚓咔嚓照了大几千块钱的结婚照。私人侦探说最好不要用结婚照、艺术照，并且指了指照片上的他，说："廖老板，你看，照片都经过电脑处理了。

你觉得像你本人么?"他看了看,确实不像。平心而论,照片上的男人起码比他年轻二十岁。但二十年前,他本人不可能有这么胖。

那私人侦探办事能力竟然可以,很快打听到采芹的下落:朗山县,屋杵岩村。私人侦探还告诉了他"李叔生"这个名字。李叔生的生日是1979年9月5日。知道这个名字,再查李叔生的档案,是很容易的事。

他又去了趟银行,输入一串数字:19790905。"崔格格"那个账户被这串数字打开了,那一刻,他幻听着类似于锁舌跳动的声音。女柜员却笑着说:"只有五千多块钱。廖老板,你当这卡里剩多少?"女柜员知道他在这张卡上花了不少精力。在她看来,像他这样的老板为五千多块钱煞费周折,肯定是得不偿失。

他把"赵薇"那个账户的密码换了,换成22706891。只那么几下,那三十几万都变成他的了。他心里说,采芹你跟了我那么几年,这笔钱我迟早还会给你。我先帮你看管一阵。"崔格格"那个账户上,进出倒是很快,但每一笔数额都不大,一两百,甚至几十块,支取地点统统都在朗山。照这么看来,采芹尚未养成花自己钱的习惯。她离开他以后,就谈不上什么花销了。

有时候,他心血来潮,还会往"崔格格"那张卡上存入一点钱。他不想多存,一次存入几百块。他记得她是缺心眼的女孩,仅用一张卡支取现金,不可能对余额记得那么牢实。往卡里存入一点钱,感觉像是坐在自家的大鱼缸边,抛几粒特效饵食,看着缸底那几只大王八慢悠悠浮上来,把饵食吞进去。那几只大王八游动时慵懒的样子,他看着都感觉舒坦。

有一次,他要往那张卡里存些钱,发现钱悉数被取走了。他当即决定去朗山找采芹。他再也不能等了,浑身燥热,有一种被灼烧的痛感。

6

两个臭棋篓子整天下象棋。他不记得上次下象棋是什么时候,只记得象走田马走日这些基本规则。那天一早起来,他看见李叔生坐在堂门口抽烟,发呆。他说:"李叔生,有象棋不咯,拿出来杀几盘。"李叔生说他有,摸进另一间房拿出一匣,棋子都被摸薄了。他问李叔生下得怎么样,李叔生憨厚地说:"从小就喜欢,一般般吧。"杀起来以后他发现李叔生其实很臭,肯定没背过谱,棋路平平稳稳,不会什么必杀招。两人杀了大半天,各有输赢,不分上下。

他说:"李叔生,这样吧,你赢了我我就输你一张钱,我赢了不要你给。"李叔生两眼看天,想了想,才说:"那我横竖没亏的啊。"于是又杀了几盘,李叔生来劲了,把衣服解脱一件,每一招都想半天,但是仍然很臭。李叔生赢了一盘,他从皮夹子里掏出一张红票子递过去。李叔生眼睛睁圆了,他原以为姓廖这个老板说的"一张",是淡蓝色的十元钞。

他没有漏过李叔生的表情。李叔生看见钱的样子就像一只老头狗,忧郁而又饱含深情。

两人又下了几回合。他来了兴趣，不再轻易让李叔生赢自己。中途村委的人来了，请他再去那眼矿洞看一看。他说不用，过几天他会叫一个工程师来看矿，再拣一些样品拿去化验。他对那个矿洞毫无兴趣。刚进朗山县城，看见墙上贴着招商告示，说屋杵岩有一眼铅锌矿寻找承包商。他决定以矿老板的身份去屋杵岩。他要堂而皇之地，有头有脸地出现在那个穷敝的山村。

村支书说："李叔生不行，他会下什么棋略，丑死个人。我叫金彪过来和廖老板杀几盘。金彪杀象棋杀得有板有眼。"可他说："我也手臭，正好跟叔生捉对子。"李叔生怕村里人看见自己赢钱，就把棋盘移到屋顶上去。

"李叔生你还没结婚？"他敲着棋子，这么问了句。李叔生的心思都放在棋盘上，他嗯一声，自顾想棋路。他说："想什么想，你这家伙，想得越久下得越臭你信不？"李叔生憨笑了一下，用车将了一军。他把帅往下挪，李叔生又移了另一个车来将军，嘴里还念叨着："长短车。"他拿一只马往回跳，把后面那个车踩死了。李叔生一张丝瓜脸揉得稀烂，说："你的马几时摆在那里了？"他说："你讲鬼话，本来就在这里，你往我马脚上摆。"

那一盘李叔生还是赢了，他让李叔生悔了两手棋，要不然就会是和棋。他又给他一张红票子，说："休息一下，弄点饭菜。"李叔生正在兴头上，说："再来一盘。"他又掏一张钱扔给李叔生，说："算你赢了行不？"李叔生不好意思接钱，而是伸出脑袋大声叫他妈。李叔生的妈从灶房探出头来，李叔生把一张钱揉成纸砣砣扔下去，说："去割两斤肉，里脊肉，再买一瓶瓦罐子湘泉酒。"

两人在屋顶吸烟。他再次关切地问李叔生结婚了没有，李叔生就笑笑，说得等年把时间。女的差些年龄。"哦？"他问，"谈多久了？那女孩你搞过没有？"李叔生低下了头，嘿嘿嘿笑着，不晓得如何回答。他追问道："那就是说，搞过了？感觉怎么样？"想起采芹，他心里有种隐隐约约却又一刻不肯宁息的钝痛。他想，采芹和李叔生做起爱来，会是什么样的状况？是不是，躺在宽大的被窝里，你叫我狗狗，我叫你肉肉，然后，相互用牙齿啃起来？

李叔生想了半天，回答说："也就那样。廖老板，你搞的比我多得多，你搞有文化够档次的鳖，大学生鳖博士鳖，我只配搞搞那个柴火鳖。就好像你喝酒鬼抽蓝屁股，我喝瓦罐湘泉抽自卷大炮筒，哪轮得着我跟你讲什么感觉？"间歇一会，李叔生又说："我讲是讲不出来。要是老板有兴致，哪天我和我那妹子搞事，你只管趴在窗口看就是了，别发出响动。"李叔生一张脸皱巴巴地笑起来。

7

屋杵岩这地界雾多雨水也多，雨一停山谷里就雾气熏蒸，雨越大雾越大。

他在李叔生家里过得有滋有味，每天一到饭点，村支书就请他去吃饭，李叔生也作陪。村委的人摸不清李叔生跟这外来的老板是什么关系,拿李叔生也高看一眼。李叔生明白这道理,坐位子时尽量跟廖老板靠近。这几天李叔生时常有开窍了的感觉。

李叔生也曾问廖老板,到底谁跟他提起过自己。李叔生心想,到时候可得感谢那熟人,在廖老板面前提一提他的名字,换来的可是一把钞票呵。

每次他都回答:"不记得了,反正是有个人。"李叔生很奇怪,既然廖老板连那个人都不记得了,何事又记牢了我的名字?想不出个头绪,李叔生自作聪明地归结了一下:也许,有钱的人都这么莫名其妙,让人看不出路数。

下了几天棋,李叔生已经很难赢他一盘,他也渐渐兴致索然,很想换一个对手。他要不断地加强对采芹的意念,要记起以前两人鱼水欢悦时的一些细节,才能强打精神把这臭棋摆下去。

下棋时他问:"叔生哎,怎么那个妹子老不来找你?你俩的感情,像是不蛮好。"

"嗤,她这几日得了疯症,硬说自己丢了很多钱。问她丢了多少,她又不肯讲,只说说出来吓死你。这几天她去城里找她的钱去了。"李叔生说,"我是没钱,有钱的话拽她上精神病院检查检查。"他问:"搞不好她真的有好多钱呢。"李叔生又嗤的一声,说:"好多钱?冥钱还差不多,一张就是几十万。哪天我一跤跌到中央金库,再给她捡一蛇皮袋的钱。"

他又问:"那你想她了不咯?"

"想起她就烦躁咧。"李叔生不无埋怨地说,"廖老板你不要打岔嘛，搞得我老是分心，下不赢你。"他赔笑着说："不说了，我住嘴。"

过得两天，采芹来了。他背对院门。院门被推开，李叔生抬起头看过去。她说："快来帮我接一下咯!"他又一次听到了她熟悉的声音，但时隔半年，她的腔调里已找不到娇嗔的语气。她的嗓门变粗了。不须回头看，他就知道她背着一大背篓的东西。他听见她在喘粗气。

"你背来一背篓钱呐?"李叔生说，"没看到我在陪这个老板杀象棋嘛。你进灶房，我妈在那里。"然后李叔生勾下头争分夺秒地想棋。这一盘李叔生开盘还下得顺，连踩对方几个棋子。但下到后头，眼看着又赢不了。

她说："死样子，就晓得下棋。"她把那一背篓东西背进里屋。她再走到院里，李叔生已经回天无力，只等着对方慢慢地消遣余下的几个棋子。李叔生扭头过去介绍说："细柳，这是搞矿生意的廖老板。"

他捏准时机扭头过去，很惊讶地说："是你啊？原来你叫细柳。"他打量着她，寻找她身上细微的变化。他先前从那私家侦探嘴里听到过这名字，现在，被证实了。采芹一时有些发蒙，还有些惶恐。

李叔生说："你们怎么认识？"李叔生显得很高兴，又开始摆棋了。他站起来抻抻懒腰，李叔生就把棋盘转动180度，把他这边的棋子也码整齐了。

他说："叔生哎，我想起来了，是采芹……不，就是你的细柳跟我提到过你。你看，现在我都想起来了。"

"是吗？细柳，你怎么认识廖老板？"李叔生虽然有此一问，却并不想听细柳回答。李叔生招呼廖老板坐下来，再杀一盘。

他说："不下了不下了，叔生伢子，你陪我到处去走走。我要散一散步。"叔生说好，嘱咐细柳去掐些萝卜秧做汤菜，然后披一件衣服跟在廖老板后面。

他走出去时故意不看细柳的脸色。他只是用余光看见，细柳抄着手，看着李叔生。李叔生却并不理会，跟在自己后头。细柳一直站在院子里，怔怔地，回不过神。

8

小谭接了电话把车开到村口。他叫李叔生也上车，一齐去砂镇洗洗脚什么的。他有个主意，要给李叔生找几个肉感点的妹子，看他憋不憋得住。想到这里他扑哧一声，忍不住笑了。李叔生瞟来一眼，又迅速将头扭过去，看向窗外。窗外依然阴霾，因为雾大，一切事物像是被水泡过。

一路坑坑洼洼，车子时而陷在泥里动弹不了。李叔生会主动下去，承担推车的事情。后轮甩了李叔生一身泥点子，脸上都有。他呵呵笑着，从后箱取一件衬衣扔给李叔生。后箱里那只马粪纸盒子里面装的全是名牌衬衣。某些场合，不管是人是鬼，他见到谁就先送一件衬衣。他说："脏了没关系，等下先去桑拿，泡泡盐浴，再搞搞按摩。"

一路上，李叔生一直没说话。他憋了憋，又憋了憋，憋不住问李叔生:"你怎么也不问问,我是怎么认得细柳的?""廖老板怎么认得她的?"李叔生鹦鹉学舌一样说着话,仿佛对这事不感兴趣。他睃去一眼,忽然发现李叔生眼仁子里压抑着很多东西。

那一刻,他才意识到李叔生并不笨。李叔生看出很多东西,但不愿说出来。他咝了一口气,这才发觉自个正在慢得迟钝,仿佛老年痴呆提前,却不自知,还拿人家聪明脑壳当宝搞。

"你大概知道的,我也用不着拐弯抹角。"他说,"你的细柳,我一直叫她采芹。那时候我不晓得她叫细柳,我只知道她叫采芹。"

李叔生噘起嘴巴,若有所思,继续把头撇向另一侧,看着外面无比枯燥的景物。他说起了自己跟采芹的那点破事。"采芹其实还是个小孩……"他停顿了一下,想起采芹的娇嗔声音,仿佛还绕在耳边;想起采芹每天都要喝酸牛奶,一喝就是一板,五瓶或者六瓶,她会把一板牛奶同时插入吸管,喝起来就像是吹排箫……他又想起自己,因为采芹,他变得比以往有情趣了,做出跟年龄不搭调的举动。比如说,每到欲火上身的时候,他作势摸一摸采芹的额头,佯作关切状说,"采芹,呀,你发高烧了,来,我帮你打一针。"

小谭始终在笑。只要觉得廖老板哪句话想逗人发笑,他就会捧场似的笑起来。

屋柞岩的上空灰云聚得多了,光线立时变暗。他示意小谭拧开车顶篷上的灯。外面很暗,车内是橘黄色的柔和的光。

他回忆着采芹并把回忆到的情节叽里呱啦讲出来，整个人变得有些动情，旁若无人。

李叔生拿手往衣兜里掏。小谭从后视镜看到这情况，赶紧放慢车速，扭头查看后边的情况。李叔生从衣兜里摸出一枚铁夹子，还把铁夹子举起来晃了晃，给小谭看看。李叔生嘴里轻蔑地笑了笑，然后用铁夹夹嘴边的胡髭，夹紧了，再一扯。

李叔生的表情让他意外，具体地说，李叔生那种平心静气的样子让他头皮隐隐发麻。李叔生似笑非笑，自顾夹胡髭，咧着嘴。他说了一大堆话，有些渴更有些累。他喝了一口果汁，瞥见瓶体上印着"喝前摇一摇"的字样。他摇一摇，又喝进去一大口，呛了。

"叔生，要不然，你揍我一顿也行。我的采芹，竟然是你的细柳，有什么办法呢？"他干瘪地笑着。李叔生仿佛没听见。他拍拍李叔生的肩，把同样的话再说一遍。

李叔生反而有些窘迫，他求援似的游目四望。小谭捕捉到了这眼神。小谭一只眼睛看着前面的路，一只眼睛盯死在后视镜上，警惕性很高，或者，小谭还盼着有什么风吹草动，这样他就得来表功的机会。李叔生更加窘迫，就说："廖老板，你拿我开心也别这么开嘎。"

他转过半爿身子，慈祥地看着李叔生。但李叔生始终避免与他目光接触，只得没完没了拨自己的胡髭。他记得李叔生想棋路的时候也有类似的动作，所以胡须发育不良，生长得稀稀拉拉。

老远看得见砂镇了。他觉得是时候了,就摊起底牌。他说:"叔生,你也看见了,你是个老实人,我可不能让你吃亏。你应该另外找一个,干净点的……你在听我说话吗?"他扳住李叔生的肩头,后面那一句是吹着李叔生的耳朵说出来的。李叔生不得不扭过头来看着他。他不喜欢李叔生低眉顺眼的样子,他很想说,年轻人呵,你他妈应该愤怒一点,愤怒,懂吗?

"最近这一阵时间,你觉得我们哥俩感情怎么样?"他又摆出那种惯有的嘲弄人的神情。他本想让面部来得严肃一点,一不小心,又成了嘲笑的样子。他对自己的啰嗦有些厌倦,于是直白地说:"你开个价。"

"什么?"李叔生有些蒙。他看不出来,李叔生是真不知道还是装傻。

"没什么。你心里明白的,不如开个价码。"他说。与此同时他打了个古怪的手势,但自个都搞不清那是什么意思。

李叔生仍然没有说话,脸色陡然阴沉下来。

洗了澡,他帮李叔生点了一个妹子。他问:"这个妹子怎么样?"李叔生阴着脸,把女人拖进一间房,"啪"地从里面闩死了。过了二十来分钟,妹子出来了,李叔生不肯出来。他晓得李叔生的意思,于是撮着响榧子叫来老板,又要了一个妹子。换到第三个妹子以后,李叔生弹尽粮绝地走出来,脸上仍然阴着。李叔生笔直地朝他走来,小谭看看这架势,赶快窜拢了过来。

李叔生走到他跟前,说:"十万。"

他蹙了蹙眉头，不说什么。小谭却憋不住笑了。小谭两手撑着膝盖，打喷嚏似的笑起来。小谭等着李叔生稍有动手的迹象，就把他摁倒在地上。李叔生底气不足地看看眼前两个人，说："可以少一点，但少不了多少。"

9

"我老早提醒过你，银行卡的密码不要用手机号，也不要用生日什么的。现在晓得厉害了吧？"他微笑着，教给她这些最起码的常识。采芹（她仍然要他叫自己采芹，而不是细柳）说："是啊，老廖，现在我算晓得了，不听老人言吃亏在眼前。"她把手搭在他脖子上，很妩媚地朝他微笑。

他把她找了回来。他本以为她会有一段时间的消沉期，以适应这种变化。但她无动于衷地回到他身边，把日子照常过下去。

有一天在车子里面，采芹感慨地说："我心里一直不踏实，晓得早晚会被你找到。那个猪——我是说李叔生，真是个木脑壳。为了那十万块钱，连我都不要了。他要是晓得我有三十多万，肯定把肠子都悔青了。"她向着虚空处抛去几个嘲弄的微笑，掉转过脸来，脸上有了几分谄媚。她说："总是有这些蠢头巴脑的人。"

"话不能这么说。"他说，"要是他不拿那十万块钱，我也不会把这三十万重新送到你手里。你想想，是这样吗？"她费力地梳理着这两层关系，好半天没回过神来。

采芹变得顺从起来，有些依恋他了。经过这半年的波折，她意识到李叔生遍地都有，而真正有钱的老板难得碰上几个。"李叔生那家伙，其实我也没打定主意，是不是嫁给他。"她好几次这么跟他说，"他还依赖我赚了那么多钱。其实，我估计你给他两三万，足够打发他了。他凭什么拿十万块？"他安慰着她，并答应过年的时候，给她父母也送去同样的数目。她说："给那两个老东西四五万就够了。"

他能感觉到她这种思路的变化：她慢慢地把他的钱看成自己的钱。用报纸上常用语说，就是具有了主人翁精神。他不知道这是否值得庆幸。现在，她话多了，经常嫌钱不够用，还买着教材学怎样化妆。现在，待在她的身边，他很难再找到年轻的感觉，而像一片叶子老是被风扬起来，卷着跑，那是一种无根而生的疲累。偶尔，他也怀疑，这半年的寻找，倒不是说，找到采芹后自己就更快乐；而是，找不到采芹，生活就处在一种异常状态，找到采芹才能恢复常态。现在，似乎恢复了原有的状态，她很具体地存在于他视线正当中的位置。

他忽然想，那半年的寻找，虽然有些失魂落魄，却又是精神饱满的。现在，他感到累。他想，也许我不该这么快就把她找回来，也许，我应该一直找下去。

他不再像以前那样，频繁地在采芹的住处过夜。采芹有了觉察，还嗔怪他，用指甲掐他，声调也变得发嗲。他对她也开始了撒谎，找借口，说是业务繁忙。

他买下一块地，要修一栋楼，把自己手下几个公司的办公人员都弄到一块。原来那地方是烂泥塘,工人不断从工地里挖出王八。包工头把王八都送给他,说:"廖老板你补补血。"他买了一只玻璃缸,搁在采芹住处的客厅里面,把王八都放养在里头,大大小小共有七只。

他到省外出差了一趟,半个月后才回来。去采芹那里之前,他买了一袋虾皮,准备拿去喂王八。他拧着门铃,采芹打开门时,他看见她脸上贴满了黄瓜切片和别的什么东西。"我的团鱼呢?"他走到玻璃缸前,掏出虾皮,却看不见缸里的王八。"我炖吃了。我每天炖一只。"她走进房里,继续整理那张脸,说,"正好够吃一星期。"

他怔怔地看着空缸。她的嗓音连绵不断塞进耳朵眼。"我又不是白痴,现在就要下功夫了。要不然,你会找一个年轻的婊子。你怕是,已经找了一个吧?还骗我说去出差。"她光着脚走来走去,担心地问,"今年我是不是老了许多?"

当一个二十岁的女孩问"我是不是老了"这样的问题时,一个五十多岁的男人应作何回答?他站在桌前,不断往空缸里扔虾皮。他充耳不闻地听着她每一句唠叨,满脑子却回忆着那几只王八在水里缓慢游动的样子,或者笨拙地翻转身体时而露出亮白肚皮的样子。他还想起来王八们竞相吞吃虾皮的情景。此外,他什么话也没有说。

图书在版编目（CIP）数据

衣钵/田耳著. -- 上海:上海文艺出版社, 2020（2023.2重印）
（田耳作品）
ISBN 978-7-5321-7734-9

Ⅰ.①衣… Ⅱ.①田… Ⅲ.①短篇小说－小说集－中国－当代 Ⅳ.①I247.7

中国版本图书馆CIP数据核字(2020)第136449号

发 行 人：毕　胜
策　　划：李伟长
责任编辑：江　晔
装帧设计：付诗意
封面插画：何文通

书　　名：衣　钵
作　　者：田　耳
出　　版：上海世纪出版集团　　上海文艺出版社
地　　址：上海市绍兴路7号　200020
发　　行：上海文艺出版社发行中心
　　　　　上海市绍兴路50号　200020　www.ewen.co
印　　刷：上海昌鑫龙印务有限公司
开　　本：889×1194　1/32
印　　张：8.25
插　　页：2
字　　数：165,000
印　　次：2020年8月第1版　2023年2月第2次印刷
I S B N：978-7-5321-7734-9/I・6143
定　　价：42.00元
告 读 者：如发现本书有质量问题请与印刷厂质量科联系　T:52830308